외

톨

이

흡혈 공주의

고
뇌

2

[Hikikomari
the Vampire Countess
no
Monmon]

뚱―

빌헤이즈

언니♪

사쿠나 메모아

나도 독서를
좋아하거든.

테라코마리 건데스블러드

제7부대 대장
테라코마리
건데스블러드

제6부대 대장
사쿠나 메모아

제5부대 대장
오디론 메탈

뮬나이트 제국

제3부대 대장
프레테 마스카렐

제4부대 대장
델피네

제2부대 대장
헬데우스 헤븐

칠홍천 대장군

희다. 압도적으로 희었다.
코마리의 반짝이는 금발은
갓 내린 눈처럼 차가운 백은으로 변해 갔다.

Hikikomari
[the Vampire Countess]
no
Monmon

외톨이

흡혈공주의

고뇌

2

Hikikomari
the Vampire Countess
no
Momdon

바야시 코테이

ust : 리이츄

나현 옮김

커버, 삽화, 본문 일러스트
리이츄

아침이다. 커튼 틈새로 비쳐드는 빛이 전한다.

하지만 나는 깨어 있다. 깨어 있는 것이다.

평소 같으면 침대로 들어가 새벽이 아니라 저녁까지 날려 버릴 기세로 푹 잠들어 있을 시간대인데, 오늘의 나는 뚫어져라 책상 위를 주시하고 있다.

"됐다……. 마침내 됐어……!"

가슴속을 채우는 것은 더할 나위 없는 환희였다.

그럴 수밖에.

완성했으니까. 소설 신작을.

내가 생각해도 정말 기특하다. 평일에는 아침부터 저녁까지 혹사당하는 데다 귀가해도 변태 메이드가 성가실 정도로 들러붙으니까. 주말에는 피곤하니까 뒹굴뒹굴하고 싶고 말이다──. 이렇게 바쁜 와중에 시간을 쥐어짜 내면서 꾸준히 붓을 잡은 지 한 달, 어찌어찌 작품 하나를 완성한 나에게는 특별한 재능이 있는 걸지도 모른다.

이제 이걸 출판사에 보내기만 하면 된다.

보내기만 하면 되는데── 주의할 점이 있다.

변태 메이드다. 이 원고의 존재를 녀석에게 들키면 일이 번거로워진다.

좌우간 이번 작품은 '딸기 우유'를 능가하는 대작이기 때문에 무단으로 공개당하기라도 하면 수치스러움에 끙끙 앓다 죽을 게 분명하니까 결코 녀석에게는 들키지 않게 신중히.

"좋은 아침입니다, 코마리 님."

"와아아아아아악!"

나는 필사적으로 원고에 달려들었다.

어느새 뒤에 메이드복을 입은 여자가 서 있었다. 자칭 '코마리 님의 전속 메이드'이자 타칭 '변태 메이드'인 빌헤이즈다. 여느 때처럼 새침한 얼굴을 하고 있지만 속아선 안 된다. 어차피 변태 같은 생각을 하고 있을 게 뻔하다.

"별일이네요. 이 시간에 코마리 님이 깨어 계시다니."

"그, 그렇지. 가끔씩은 일찍 일어나는 것도 나쁘지 않을 것 같아서. 그러니까 깨울 필요는 없어. 나가줘."

"나가도 되지만 코마리 님의 대 걸작을 읽게 해주세요."

"바로 들켰잖아!!"

나는 원고를 품에 안고 벽 쪽으로 후퇴했다. 이번에야말로 읽게 둘까 보냐!

"더 이상 다가오지 마! 다가오면 네 민망한 비밀을 폭로하겠어!"

"제 몸에 민망한 곳은 하나도 없어요! 바로 다 벗을 테니까 찬찬히 확인해 주세요."

"그런 점이 민망하다고!"

빌은 어안이 벙벙해하고 있다. 이 녀석은 진짜 치녀일지도 모

른다.

하지만 그녀는 대담하게 웃더니 "농담이에요"라고 말했다.

"무의미한 노출은 천박한 것. 최근에 알았어요."

"최근? 좀 늦지 않아?"

"게다가 어지간한 일이 아닌 한 코마리 님의 역작을 무리하게 읽을 생각은 없어요. 당신은 제 은인이에요──. 어떻게 은인이 싫어하는 짓을 하겠어요."

"음······."

그 말에 떠오른 건 한 달 전의 일이다.

갑자기 돌아온 밀리센트는 내 일상을 산산조각 냈다.

너무나도 비참하고 자극적인 사건이었지만 내가 '완전한 은둔형 외톨이'에서 '반쪽 은둔형 외톨이'로 업그레이드한 전환점이기도 하다.

그래──, 나는 그 후 밀리센트를 면회하려고 몇 번 시도했다. 한 번 더 제대로 얘기를 나눠보는 게 낫겠다 싶었으니까.

하지만 아직 만나지 못했다. 정부 발표에 따르면 밀리센트는 제도의 감옥에 갇혀 있는 것 같은데 실제로 찾아가도 그녀의 모습은 전혀 찾아볼 수 없었다. 간수에게 물어봐도 "전해드릴 수 없습니다"라고만 한다. 황제에게 물어봐도 "그런 것보다 데이트하지 않겠냐?"라고만 한다. 그 녀석은 대체 어디 간 거지.

······뭐, 그건 둘째치고 빌은 한 달 전 밀리센트와 얽힌 사건을 두고 나에게 고마움을 느끼고 있는 듯하다. 그 정도 일로 감사를 받을 이유가 전혀 없는데.

"그러니까 그렇게 경계하지 않으셔도 코마리 님이 싫어하는 일은 안 해요."

"그럼 내 말이라면 다 들어줄 거야?"

"네, 그럴게요. 오늘도 열심히 일하죠."

"대화가 이상하게 이어지는 거 같지 않아?"

"이상하지 않아요. 오늘은 월요일인데요? 일하는 게 당연하죠."

"내 말이라면 다 들어주는 거 아니었어?"

"네, 그러니까 오늘의 대전 상대는 가장 다루기 쉬운 원숭이로 선발해 뒀어요. 라페리코 왕국과의 전쟁이죠. 그쪽 하데스 모르키키 중장은 이번에도 의욕이 넘치던걸요."

빌이 편지를 건넸다.

수신인은 나. 발신인은 '라페리코 왕국 사성수 하데스 모르키키'이다.

뜯어 본다.

「죽었어.」

"이런 편지를 보내는 의미가 있나?!"

"위협행위겠죠. 자연계에서는 얕보이면 끝이니까요."

"자연계의 룰을 인간계에 도입하지 마!"

"그나저나 정말 무의미한 편지로군요. 천하무적의 칠홍천이신 테라코마리 건데스블러드 대장군이 이런 야수가 짖는 소리에 굴할 리 없죠."

"당연히 굴하지! 무섭거든!"

"안심하세요. 제가 곁에 있으니까."

"그래도 싫어! 이제 틀렸어, 오늘에야말로 꾀병을 쓰겠어! 나는 이제부터 생사의 기로를 헤매는 고열이 나서 자는 걸로 하자!"

"하지만 이번 전쟁에 승리하면 일주일간 휴가를 받을 수 있다던데요."

"……뭐?"

"오늘로 딱 10연승이에요. 황제 폐하는 코마리 님의 호쾌한 진격에 크게 기뻐하고 계시는지 이 싸움에서 승리하면 포상으로 휴가를 주신다나 봐요."

"…………."

휴가. 일주일간의 휴가.

일주일이 있으면 뭘 할 수 있을까. 좋아하는 책을 읽거나 온종일 낮잠을 자거나 새로운 이야기를 집필하거나──.

"그건 그렇다 치고 옷부터 갈아입으시죠. 자, 벗길 테니까 가만히 계세요."

내 마음은 흔들리고 있었다. 휴가와 목숨을 천칭에 내걸다니, 생각할 것도 없는 바보 같은 소리인데.

아니, 그래도 일주일이라고 일주일. 이런 찬스를 놓칠 거 같아?

"어머, 땀을 흘리셨네요. 닦아드릴게요──. 츄르릅."

아니, 아니. 그래도 전쟁이라고 전쟁. 나는 고독과 평온을 사랑하는 희대의 현자야. 안식을 얻기 위해 전장에 몸을 내던진다는 건 본말전도 아닌가? 까딱 잘못했다간 죽는다고.

"아아! 역시 코마리 님의 살결은 희고 매끄러워서 싹싹 핥아 먹고 싶을 정도로 맛있어요."

아니, 아니, 아니, 그래도 잠깐. 침팬지하고는 3번 정도 싸운 적이 있는데 다 내 압승이었잖아. 부하들이 나서주면 이번에도 이길지 몰라──.

"──응?"

문득 내 몸을 내려다본다.

어째서인지 군복을 입고 있다.

"어라? 어느새……?"

"코마리 님이 생각에 빠지신 틈에 벗기고 감상하고 입혔죠."

"뭐어어어어어어?!"

"자, 출근할 시간이에요! 어서 학살하러 가죠!"

"잠깐, 기다──. 마음의 준비가! 그보다 감상했다니 뭘?!"

나는 속수무책으로 끌려갔다.

☆

굳이 말할 것도 없는 일이지만 나는 약하다.

어릴 적부터 피를 못 마신 탓에 키가 자라지 않았고 마력도 늘지 않은 데다 운동신경도 영 글러 먹은 열등 흡혈귀가 되어 버렸다. 이 삼중고 때문에 학생 때는 따돌림을 당했고, 그 따돌림 때문에 요 3년 동안 방에 틀어박혀 고뇌의 나날을 보냈다.

한 달 전의 소동을 계기로 다소 나아진 것 같긴 하지만, 내가 타고난 인도어파 · 두뇌파라는 사실은 불변의 진리다.

그러니까 당연히 이런 일에는 맞지 않을 것이다.

애초에 나는 평화를 사랑하는 정의의 흡혈귀다.

뮬나이트 제국의 1인당 평균 살인 경험 인수는 1.9명으로 알려져 있는데(이건 여섯 나라 중에서도 단연코 높다), 나는 한 명도 죽인 적이 없는 데다 앞으로 죽을 예정도 전혀 없다. 몇 번 부하를 죽인 것 같기도 하지만 그건 사고나 불가항력 때문이기에 노 카운트.

그러니까 거듭 단언하겠다. 나는 이런 일에는 절대 맞지 않는다.

……그런데 뇌가 근육으로 된 부하들은 유쾌한 착각을 하고 있는 듯하다.

"──하데스 모르키키 중장 전사! 뮬나이트 제국의 승리입니다!"

누군가가 그렇게 외친 순간, 우오오오오오오오오오오──, 하고 귀를 찌르는 듯한 승리의 함성이 울려 퍼졌다. 시끄러우니까 이렇게 가까운 거리에서 소리치지 말아 줬으면 한다.

《핵 영역》. 여섯 마핵의 영향범위가 겹치는 피비린내 나는 전장이다.

빌에게 연행당한 나는 불평할 새도 없이 부하 500명 앞에 세워졌고, 뒤숭숭한 연설을 한 다음 지휘부의 푹신한 의자에 앉게 되었다. 뭐, 매번 있는 일이지만 마음의 준비가 전혀 안 된 사이에 싸움이 시작되고 말았다.

이러니저러니 하면서도 우리는 이겼다.

여느 때처럼 전군 돌격을 감행한 라페리코 군단에게 카오스텔이 공간 마법【이차원의 구멍】을 발동했고 녀석들을 통째로 사차원 공간으로 보내 버렸다. 그러나 역시 장군이라고 해야 하나, 하데스 모르키키 중장만은 사차원의 벽을 부수고 현세로 돌아와서는 그대로 내 부하를 100명 정도 죽이며 전력으로 전진했다. "하는 수 없지. 내가 널 지켜주마"라며 내 앞으로 나선 요한의 안면에 털이 북슬북슬한 주먹이 꽂혔고, 금발을 가진 머리가 부서짐과 동시에 벨리우스의 도끼가 침팬지의 목을 베어 냈다.

죽는 줄 알았다.

죽겠다 싶은 빈도가 요즘 이상하게 잦아진 것 같다.

"훌륭하십니다, 각하! 이번 전쟁도 완벽한 우리의 승리로군요."

두근거리는 심장을 진정시키려 가슴을 쓸어내리는데 부하 중한 명이 공손히 말을 걸어왔다. 마른 나무 같은 체구가 특징적인 남자 카오스텔 콘트다.

"이로써 수인들도 똑똑히 알았겠죠. 테라코마리 건데스블러드 대장군이 얼마나 귀엽고 강대하며 살의가 넘치는지!"

"그, 그렇지! 나처럼 귀엽고 강대하며 살의가 넘치는 흡혈귀는 또 없으니까! 어떤 상대든 새끼손가락 하나면 끝이라고!"

""""우오오오오오오오오오오오오오오오오오———!!""""

부하들이 우렁차게 소리쳤다. 매번 소란 피우지 좀 마. 무서우니까.

카오스텔이 유괴범 같은 미소를 띠며 말했다.

"각하. 슬슬 수인들을 상대하기도 질리셨겠죠. 더 강대한 상대에게 선전포고하심이 어떨까요?"

"강대한 상대……?"

"지금까지 각하가 무찌른 장군들은 말하자면 중하급입니다. 각국의 에이스라고 불리는 자들은 여전히 침묵을 고수하는 데다 저희에게 전쟁을 신청하지도 않았어요. 저희 쪽에서 신청해 보는 것도 나쁘지 않을 것 같은데요."

"그, 그런가."

"흐음. 그거 명안이로군."

카오스텔에게 동의의 뜻을 보인 것은 개의 머리를 가진 수인 벨리우스 이누 케르베로다.

"각하 실력이라면 각국의 에이스급도 거뜬히 격파할 수 있겠지. 목표는── 그래. 젤라 알카 공화국의 네리아 커닝엄. 요선향의 아이란 린즈. 천조낙토의 아마츠 카루라 정도려나."

"아니, 나는……."

"예에──!" 하고 갑자기 절규한 건 껄렁껄렁한 래퍼. 제7부대에서 가장 위험하면서도 생각을 알 수 없는 폭탄마 멜라콘시다.

"코마리 각하의 멈추지 않는 돌진. 나를 이용하면 적들은 폭사? 타국의 문어들. 강해 보이는 것들. 겉은 번드르르해도 무용지물. 벨리우스는 번드르르해도 허수아비. 멍!"

코를 얻어맞고 날아갔다.

저 괴짜는 왜 쓸데없는 소리를 하는 걸까.

아니, 그런 건 아무래도 됐고.

외국의 에이스에게 먼저 선전포고하라고? 농담도 정도껏 해야지. 누가 나서서 자기 목숨을 위험에 빠뜨리겠냐!——라고 하고 싶지만, 그랬다간 내 실력을 의심하는 자가 나타나 살해당할지도 모른다. 지금은 현명하게 행동해야지.

"빌이여. 내 사랑스러운 부하들은 강적에게 선전포고해야 한다고 하는데, 네 생각은 어떻지?"

나는 옆에서 대기 중이던 빌에게 물었다.

이 녀석은 내 편이다. 이번 전쟁도 내가 이길 법한 상대를 골라준 것 같고, 애초에 오늘 아침에 내 말이라면 다 들어주겠다고 했다. 능숙하게 부하들을 설득해 주겠지—— 했더니.

"괜찮겠네요. 제도로 돌아가면 바로 선전포고 준비를 해두죠."

엥?

"참고로 코마리 님은 어떤 나라와 싸우고 싶으신가요?"

"으음. 빌? 내 말은 다 들어준다고…….."

빌은 싱긋 웃었다.

이 녀석—— 즐기고 있어!

"너 웃기지……"라고 할 뻔했을 때, 시선을 느꼈다. 부하들이 지켜보고 있다. 게다가 엄청난 기대를 담은 눈동자다. 생존본능이 경종을 울리고 있다.

내 입이 바보 같은 소리를 지껄이기 시작했다.

"……그, 그건…… 그렇지. 그래. 요, 요선향? 요선향과 싸워보고 싶군!"

"요선향이요? 그곳의 장군이라면 《삼룡성(三龍星)》아이란 린즈가 유명하죠. 놀랍게도 염불만으로 적의 심장을 폭발시키는 마법을 쓸 수 있다나 봐요."

"호, 호오! 상대하기에 부족함은 없겠군! 나도 비슷한 마법을 쓸 수 있으니까! 심장 하나둘쯤이야 폭발시키고도 남지!"

"오오!" "역시 각하셔!" "역시 각하는 희대의 흡혈귀야." "역대 최강의 칠홍천이라는 칭호도 현실미를 띠기 시작했군!" "언젠가 각하께서 황제가 되시지 않을까……?!"

그만해. 진짜 그만해. 이봐, 박수갈채도 그만해. 눈에 띄잖아. 눈에 띄면 일이 성가셔진다고. 좀 더 대단한 말을 해야 할 것 같잖아. 아니, 안 돼. 냉정해지자. 여기서 분위기에 취해 이상한 말을 뱉으면 걷잡을 수 없게 되니까. 머리를 굴리는 거야, 테라코마리 건데스블러드——.

"——건데스블러드 님! 요선향에 선전포고한다는 게 정말인가요?!"

"켁."

어느새 눈앞에 소녀가 서 있었다. 낯이 익다. 잊을 리가 있나. 이 녀석 때문에 난 전 세계를 오므라이스로 만들겠다고 선언한 셈이 됐으니까.

수첩과 펜을 든 창옥종. 순백의 날조 신문기자 메르카 티아노다.

그녀는 갑자기 얼굴을 확 들이밀었다. 가까워! 그러니까 가깝다고!

"오랜만이에요, 건데스블러드 님!"

"메, 메르카. 오랜만이군."

"와아! 제 이름을 기억해 주셨군요! 너무 영광이에요!"

"기억력에는 자신이 있거든. ……근데 무슨 일이지?"

"취재예요! 이번에도 많이 질문할게요! 괜찮죠?!"

시야 한 편에서 카오스텔이 고개를 끄덕이고 있다. 받아들이란 건가. 에잇, 하는 수 없지!

"알았어. 짧게 부탁하지."

"감사합니다!" 신문기자는 두 눈을 반짝반짝 빛냈다.

"조금 전 빌헤이즈 님과 나누신 얘기는 사실인가요?! 아이란린즈 씨를 노리는 이유는?! 역시 강하기 때문인가요?! 참고로 건데스블러드 님이 가장 강하다고 생각하는 분은 어떤 분인가요?! 아아, 아니. 본인을 제외하고 말씀해 주세요! 건데스블러드 님이 주목하는 분을 알려주세요! 다른 칠홍천인가요? 아니면 여섯 나라의 장군인가요? 아니면 어머님?!"

——여, 역시 성가셔어어어어어어어어!

"됐으니까 떨어져!"

"꺄악."

나는 반사적으로 기자를 밀쳤고 마음에 분노의 불길을 피우며 말했다.

"전에도 말했잖나! 내가 행하는 것은 단순한 패업(覇業)! 즉 세계 정복이야! 그러니까 다른 나라에 선전포고를 하느냐 마느냐 하는 건 무의미해! 최종적으로는 다 내가 유린해 줄 테니까! 알겠냐! 참고로 내가 강하다고 생각하는 건…… 잘 모르겠지만 아마 황제가 가장 강하겠지! 자, 이상!"

말을 마침과 동시에 나는 속으로 요란하게 한숨을 내쉬었다.

……또 저질렀군.

이렇게 적당히 둘러대다간 내 목이 조여들 게 뻔하지만, 적당히 둘러대지 않으면 목이 날아갈 테니 참 부당하다. 다만 이 영혼 없는 강자 어필이 의외로 통했다는 건 불행 중의 다행——이라고 할까. 잘 모르겠다.

어쨌든 위통이 끊이지 않는 나날이다.

아아……. 때려치우고 싶다. 방에 틀어박혀 있고 싶어.

누구 나랑 똑같은 고민을 가진 사람은 없을까?

있다면 친해질 수 있을 텐데…….

꼭 맹수처럼 소리치고 뛰어다니고 날뛰는 부하들 속에서 나는 깊은 한숨을 내쉬었다.

※

어전 회의가 끝날 무렵엔 해도 완전히 저물어 있었다.

오랫동안 의자에 앉아 있었던 탓에 뭉쳐버린 몸을 풀어주면서 석양이 지는 뮬나이트 궁전을 걷는다. 주변에 인기척은 없다. 이 시간엔 늘 그랬다.

"……제국 원로들도 참 난감하다니까."

아르만 건데스블러더의 중얼거림에는 약간 지친 기색이 어려 있었다. 무리도 아니다. 녀석들은 실력만으로 올라온 지금의 황제가 아니꼬운지 그녀의 혁신적인 의견에 사사건건 토를 달며 회의를 질질 끌었다.

참고로 오늘의 주 의제는 '어떻게 테러리스트를 섬멸할 것인가' 이다.

테러 그룹 '뒤집힌 달'의 구성원이 뮬나이트 제국 중추에 숨어 들어 날뛴 사건은 아직도 생생히 떠오른다. 이 이상 국가를 유린하게 둘 순 없다! 과격파들은 그렇게 소리 높여 외치며 '뒤집힌 달'을 격멸할 것을 완고하게 주장했지만, 이에 원로를 비롯한 보수파—— 황제 왈 '꼰대'—— 들은 '테러리스트 대책은 타국에 맡기면 된다'라고 기회주의 같은 말로 응수했다.

그래서는 안 된다고 아르만은 생각한다.

테러리스트의 위협은 헤아릴 수 없다. 녀석들은 《열핵해방》이라는 기존의 마법 체계와는 다른 비기를 연구, 이용하고 있다. 무슨 수를 쓰지 않으면 언젠가 뮬나이트 제국에—— 마핵에 녀석들의 칼끝이 닿을지도 모른다.

어떻게든 격멸해야 한다.

왜냐하면 이 나라에는 코마리가 있기 때문이다. 코마리나 가족이 안심하고 살 수 있는 곳을 만드는 것이 바로 아르만의 최종 목표. 그 밖에는 아무래도 상관없다.

"폐하와 비밀리에 얘기해 볼까……."

아르만과 현 황제는 학생 때부터 알고 지낸 사이다. 옛날부터 별난 여자다 싶기는 했지만, 황위에 오른 후로는 한층 더 기괴해져 버렸다. 재상인 아르만에게 아무 말 없이 국가의 중대사를 치르는 건 일상다반사, 오늘 회의 중에도 뭔가 수상한 모략을 꾸미는 기색을 느꼈으니 사전에 그녀의 뜻을 확인하지 않으면 나중에 눈알이 튀어나올 만한 일이 벌어지겠지——.

"응?"

인기척이 났다.

어둠 속에 누군가가 서 있다.

키는 그렇게 크지 않다. 어둠 때문에 얼굴이 보이지 않는다. 복장은—— 뮬나이트 제국의 군복일까. 초계(哨戒)병인가 했지만 그런 것도 아닌 듯하다. 그러나 아르만은 별로 경계하지 않았다. 무기를 가지지 않은 데다 마법을 쓸 기색도 없다.

"누구신지요. 이름을 여쭈어도——."

그림자가 훅 사라졌다. 아르만은 수상함에 주변을 둘러봤다. 혹시 유령 같은 것인가——. 오싹한 한기를 느끼며 식은땀을 흘린 순간,

복부에 둔통을 느꼈다.

"윽."

입가로 피가 흘러내린다.

아래를 본다.

누군가가 아르만의 배에 팔을 찔러넣었다.

"너, 는——."

조금 전에 본 군복이었다. 무기 없이 마법도 쓰지 않고 살의 하나 보이지 않고, 마치 그러는 게 당연하다는 듯 아르만의 배를 관통하고 있다.

그 녀석의 오른쪽 눈이 붉게 빛났다.

붉다. 열핵해방——.

"설마."

그 이상은 생각할 수 없었다. 배 속에서 힘이 빠졌고 정신을 차렸을 때는 무릎을 꿇고 있었다. 시야가 부예지고 숨이 거칠어지면서 얼른 황제에게 보고해야 한다고 멍하니 생각하는 사이 아르만의 심장이 멎었다.

☆

살인은 번거롭다.

잔인하게 죽이면 죽일수록 마음에 남는 피해자의 망집은 무시무시하다.

그래서 가능한 한 조용히, 기척을 숨기고, 상대가 알아차리기 전에 죽이는 게 낫다.

그렇게 하면 괜한 기억을 받아들이지 않아도 되니까.

——발밑을 굴러다니는 건 남자의 시체다.

아르만 건데스블러드. 제국의 중진. 역시 들키지 않고 죽이는 건 불가능했기에 다 막아내지 못한 그의 사념이 무시무시한 기세로 흘러들었다.

"……우웨엑."

숨이 막힌다. 토할 뻔했다. 남의 정신을 조작할 수는 있어도 자기 정신을 조작할 수는 없다. '핵을 불태우는 비기'라고 하지만, 역시 만능은 아니다.

보는 건 마핵에 관한 기억뿐. 그 이외에는 최대한 피해서 지나가기로 하자.

"좋아."

기억 정밀 조사가 끝났다.

끝났으면 어서 자리를 떠야 한다. 누가 목격하면 성가셔진다. 그 녀석도 처리해야 하니까――, 그렇게 생각하며 발길을 돌리다가 문득 자기 군복이 피가 튀는 바람에 흠뻑 젖었다는 걸 알아차렸다.

이 끈적한 적색을 볼 때마다 악몽 같은 기억이 떠오른다.

피. 썩은 내. 매일 식사하던 방은 섬뜩한 붉은빛으로 물들어 있었다. 가족은 각각 다른 곳에서 죽어 있었고, 목이 없거나 팔다리가 잘려 나갔거나 내장이 카펫 위에 쏟아져 있는 등 다들 개성이 풍부했다.

"…………."

다시 찾아든 구역질을 필사적으로 억누른다.

자신의 트라우마를 없앨 수는 없다.

뭐 이렇게 불완전한 힘이 다 있을까.

갑자기 마력 반응을 느꼈다. 넘겨받은 통신용 마광석에 연락이 온 것이다. 이쪽도 마력을 흘려보내자, 광석에서 차분한 남자의 목소리가 들린다.

[성과는?]

잠시 텀을 두고 답한다.

"전무. 아르만 건데스블러드는 아무것도 모르는군요."

[제국의 재상인데도 모르나. 신중하군.]

"어떡할까요. 그만둘까요?"

[상관없어. 예정대로 진행하도록.]

위압적인 목소리였다. 두려움을 힘껏 집어삼키고 담담하게 답한다.

"알겠습니다. 이제부터 칠홍천을 몰살하죠."

"황제 폐하께서도 우쭐하셨겠군요! 본인이 추천한 칠홍천이 이만한 공적을 세웠으니까요. 차기 황제 자리는 각하가 차지하실 게 분명합니다."

나란히 걷는 카오스텔이 자랑스레 그렇게 말했다.

침팬지와 싸운 다음 날. 뮬나이트 궁전의 알현실로 가는 복도. 눈이 부실 정도로 번쩍번쩍하게 닦인 바닥 위를 걸으면서 나는 지긋지긋하다는 듯 "그러게"라고 맞장구친다.

그러자 옆에서 따라오던 빌이 힐끗 내 얼굴을 살핀다.

"왜 그러세요, 코마리 님. 기운이 없으신데요."

"당연——. 아니, 무, 무슨 소리야! 나는 늘 패기가 넘치는데!"

나는 당황해서 정정했다. 여기서 본심을 드러내는 건 조금 그럴지도 모른다. 누가 듣고 있을지 모르는 데다 무엇보다 카오스텔이 옆에 있으니까.

그럼 왜 내가 궁전 같은 곳에 와 있느냐 하면 황제가 불렀기 때문이다.

라페리코 왕국을 이긴 나는 훌륭히 일주일 동안의 휴가를 얻어냈다. 그래서 바로 밤까지 푹 자려고 침대로 기어들어 갔는데, 그 침대에 아무 예고도 없이 변태 메이드가 침입하더니 이렇게 말한 것이다──. "황제 폐하께서 부르십니다. 안 오신다면 폐하가 친히 오셔서 코마리 님께 키스하시겠다나 봐요. 그러니까 가시죠. 얼른!"

빌이 묘하게 초조해하던 게 인상적이었지만, 뭐 그건 그렇다 치고 그런 협박을 당하면 가는 것 이외의 다른 선택지가 없다. 그래서 오늘은 조금 기분이 안 좋다. 기껏 기분 좋게 자고 있었는데. 대체 휴가를 주지 않으면 울어버리겠어.

"……흠, 황제 녀석도 참 곤란한걸. 갑자기 부르다니 예의를 모르는 데도 정도가 있지. 확 내 손톱 때를 달여서 먹여버리고 싶을 정도야."

"오오! 그 '뇌제'에게조차 가차 없는 태도……! 역시 각하이십니다."

"그, 그래. ……그런데 카오스텔. 너는 왜 여기 있는 거지?"

"우연히 각하를 보고 인사나 드리려고요."

"그래. 안녕."

"네, 안녕하십니까. 그리고 하나 건네고 싶은 게 있습니다."

카오스텔은 들고 있던 휴대용 주머니 속에 손을 집어넣었다. 뭐 남사스러운 것이라도 보여주는 게 아닐까 경계했는데 아무래도 아닌가 보다.

그가 꺼낸 것은…… 잘 개킨 옷이잖아?

"전에 각하의 굿즈를 만들자는 얘기가 나왔거든요. 우선 1탄으로 '각하 티셔츠'를 만들어 봤는데, 아직 본인께 전달드리지 못해서요."

"뭐?"

티셔츠를 넘겨받았다.

펼쳐본다.

내 얼굴(반쯤 웃는)이 큼직하게 프린팅되어 있었다.

"……어?"

"훌륭하죠? 이게 날개 돋친 듯이 팔렸거든요. 다른 버전도 만들까 해서 시행착오를 거치는 중입니다. 부끄러워하는 표정이나 토라진 표정으로요."

"뭐어어어어어어어어어어어어어어어어어어어어어?!"

잠깐, 너, 뭐라고?! 이게 뭔데?! 이런 걸 멋대로 만든 거야?! 게다가 멋대로 판 거냐?! 창피한 정도가 아닌데! 이런 이상한 걸 입는 녀석이 어디 있냐!

"각하께서도 꼭 입어봐 주십시오."

"내가 입으면 이상하잖아! 똑같은 얼굴이 2개 있는데!"

"귀여움이 2배가 될 겁니다."

"바보냐! 혹시나 강에 떨어져서 물에 빠진 쥐 신세가 됐는데 이것 말고는 입을 게 없더라도 절대 안 입어! 이봐, 빌. 뭐라고 좀 해봐!"

"저도 100벌 샀답니다."

"월급을 낭비하지 마!!"

"요한도 매일 군복 아래 입는 것 같던데요."

"그 녀석은 뭔데?!"

나는 머리를 싸매었다. 세상에는 별 괴짜가 다 있구나. 이런 영문 모를 옷을 입어서 뭐 좋을 게 있다고? 나를 비웃는 건가? 제길, 열받네. 요한 녀석! 그보다 이걸 무단으로 만든 카오스텔이 가장 열받아!

"……이봐. 이건 안 돼."

"안 된다…… 면?"

"차, 창피하거든. 다 회수해 줘."

"무슨 말씀이십니까, 각하!" 카오스텔은 베테랑 사기꾼 같은 느낌으로 절규했다. "이것만은 아무리 각하의 명령이라도 받아들일 수 없을지 모릅니다. 이렇게 멋진 굿즈인데요? 팔리기도 잘 팔리고 코마리 대의 지명도를 높이는 데도 딱 맞는 상품이에요. 그래도 각하가 그만두라고 하신다면─── 이 불초 카오스텔 콘트, 각하께 결투를 신청해서라도 제 의견을 밀어붙이겠습니다."

"…………………………………………."

이 녀석들은 의외로 내 명령을 잘 안 듣네.

아아, 그렇구나. 왜냐하면 우는 아이도 그친다는 무법자 집단인걸──── 제길!

"…………그래. 그래, 그래. 뭐, 결투하게 되면 내가 1초 만에 널 처리하게 될 건 물벼룩이라도 알 법할 자연의 섭리지만, 네가 그렇게까지 말한다면 하는 수 없지."

"성은이 망극합니다."

"하지만 뭘 할 때는 나에게 반드시 확인을 받도록."

"알겠습니다. 다음 굿즈는 기대에 부합할 수 있도록 열심히 노력하겠습니다."

아무 기대도 안 하거든.

"그럼 콘트 중위, 비장의 사진이 있으니까 꼭…….."

"너는 조용히 있어!"

이놈이고 저놈이고 웃기지도 않아. 게다가 이 녀석들은——빌은 둘째치고 카오스텔을 비롯한 난봉꾼들은 정말 새끼손가락 하나로 나를 죽일 힘을 가지고 있어서 섣불리 나무랄 수도 없다. 뭐 이렇게 부당한지. 누구 나한테 잘해주는 사람은 없나.

나는 티셔츠를 빌에게 떠넘긴 후 괴로운 심정으로 다시 걷기 시작했다.

아―, 집에 가고 싶다. 아―, 틀어박혀 있고 싶다.

그렇게 생각하면서 한동안 걷자 문득 앞쪽에서 군복을 입은 집단이 다가오는 게 보였다. 선두에서 걷는 건 위풍당당한 여자다. 그 뒤를 따르는 것은 '이제부터 사람을 죽이고 오겠습니다' 같은 말을 해도 이상하지 않을 만큼 무섭게 생긴 남자들이다.

나는 반사적으로 복도 구석으로 물러났다. 저런 녀석들은 어깨만 살짝 부딪혀도 트집을 잡을 게 뻔하다.

"각하, 왜 길을 양보하시나요. 상대야말로 구석으로 물러나야 자명한데요. 녀석들에게 각하의 위대함을 깨닫게 해주시죠."

닥치고 있어. 정말 닥쳐봐. 나서서 시비를 걸면 어떡하라고.

나는 카오스텔을 무시하고 걸음을 옮긴다. 힐끗 앞쪽의 집단을—— 특히 그 리더인 듯한 여자를 바라본다. 목이버섯처럼 윤기가 도는 머리카락과 당찬 눈. 나이는 20살 정도려나. 용장함과 화려함을 동시에 가진 걸음걸이는 아무리 봐도 귀족 느낌이었지만── 응? 그러고 보니 이 사람, 신문인지 뭔지에서 본 적이 있는데.

"──어머. 이게 누구야! 테라코마리 건데스블러드 대장군 아니세요. 당신도 폐하를 알현하러 왔나요?"

가볍게 고개를 꾸벅하고 지나가려 한 순간, 여자가 말을 걸었다.

이런. 어째서인지 내 이름을 알잖아. 어디서 만난 적이 있었나?

"그, 그래. 그런 거지."

"후후후. 어제 라페리코 전의 승전 보고인가요? 듣자 하니 이로써 10연승이라던데. 제7부대는 끊임없이 약진하는군요."

"그래! 이대로 세계를 노릴 셈이다!"

아니, 내가 무슨 소리를 하는 거지. 흉흉한 말은 함부로 입에 담는 게 아닌데── 그렇게 바로 내 발언을 후회하던 차에 여자가 별안간 "풉" 하고 웃음을 터뜨렸다.

"……뭐가 우습지?"

"실례. 건데스블러드 씨는 농담을 아주 잘하시네요."

"뭐?"

"그렇잖아요. 고작 원숭이 산에서 온 침팬지 좀 쓰러뜨렸다고 '세계를 노리겠다'니, 이게 농담이 아니고 뭔가요?"

그녀의 부하들이 실소를 지었다.

나는 깨달았다──. 이 사람은 아마 나의 대활약(거짓말투성이인)을 유쾌하게 보지 않는 타입이다. 그리고 그녀의 비아냥은 옳다. 전력으로 다 긍정하고 싶어질 만큼 옳다. 그렇기에 내 기분이 상할 일은 없었지만, 나에게도 체면이 있는 이상 어느 정도의 반론은 해야 한다.

"꿈을 이야기하는 게 뭐 잘못인가? 사람은 큰 목표가 있기에 힘을 낼 수 있는 건데."

"그렇다고 해도 너무 허황되지 않나요? 당신이 이룰 수 있을까요? ——당신은 사실 약하잖아요?"

"어?"

등에 식은땀이 흘렀다.

이봐, 잠시만. 이 녀석은 어디까지 아는 거지……?

"노리는 적은 순 피라미들이고. 게다가 전쟁 도중에는 안전한 곳에 앉아서 대충 지시만 내리잖아요. 당신이 실제로 나서서 싸운 적이 있던가요?"

"마, 많지는 않지."

"'많지는' 않은 게 아니라 '전혀' 없는 거 아닌가요?"

그녀는 후훗, 하고 깔보듯이 웃었다. 그러나 나는 안심하고 있었다. 이 사람은 내 사정을 아는 게 아니라 단순한 적대심에 '너 약하지? 응?' 같은 식으로 도발하는 것에 불과하다. ……그나저나 처음 보는 상대에게 이렇게까지 불손하게 굴다니 대단한걸. 역시 귀족 중에는 제대로 된 인간이 없다니까.

"아아, 그러고 보니 한 달 전에 테러리스트를 잡았다는 얘기가 있었죠. 하지만 무슨 증거가 있나요? 부하들에게 시키고 공적만 가로챈 게 아니라?"

내 양옆에서 '빠직' 하는 불길한 소리가 났다. ——이봐, 관둬. 무슨 일이 있어도 싸움 걸지 마. 그랬다간 100% 일이 번거로워

지니까.

이 상황을 현명하고 평화롭게 넘겨야지. 그래, 이럴 때는 상대를 칭찬하면 된다는 내용을 책에서 본 적이 있다. '지당한 말이에요! 당신 활약에 비하면 저는 별거 아니죠!' 같이 말하면 상대도 독기가 빠지겠지. ——하지만 그 전에.

"저기, 빌. 이 사람 이름이 뭐더라? 어디서 본 적이 있는 것 같은데 기억이 안 나서……."

"글쎄요? 본인에게 물어보면 어떨까요?"

"그래. 그게 가장 확실하겠어."

나는 그녀를 돌아보며 입을 열었다.

"새삼스레 미안하지만 넌 누구지?"

아. 조금 더 부드럽게 말할 걸 그랬나 했지만 이미 완전히 늦은 후였다.

반응은 각각 달랐다.

빌이 킥하고 웃었다. 카오스텔이 자랑스럽다는 듯 자기 턱을 어루만졌다. 그리고—— 눈앞에 있는 여성은 얼굴을 새빨갛게 붉히며 떨리는 목소리를 쥐어짜 냈다.

"'누구'냐고……? 이 나한테 '누구'냐고……?"

"죄송한데 어느 분이세요?"

"표현의 문제가 아니에요!" 타앙! 그녀는 힘껏 발을 굴렀다. "무례해……. 어쩜 이리도 무례할 수가……! 이 내가 영명(英明)한 칠홍천 '검은 섬광' 프레테 마스카렐이라는 걸 알면서 이런 짓을?!"

"몰라서 물어본 건데…… 근데 칠홍천? 칠홍천이었어?!"

"이, 이, 계집이……!"

"역시 코마리 님이세요! 제국에서 가장 유명한 칠홍천 프레테 마스카렐, 제도 출신에 20세 6월 7일생, 취미는 지폐 다발 세기. 특기는 암흑 마법이라 붙은 이명 '검은 섬광' 앞에서도 물러서지 않고 적극적으로 싸움을 거시다니! 나쁘지 않군요!"

"너 알고 있었으면 알려주지?!"

왜 아까는 모른다고 한 거야?! 너 때문에 일이 성가셔졌잖아! 프레테인지 뭔지 하는 사람의 안색이 잘 익은 토마토처럼 됐거든!

"후후, 후후후후……. 나도 한물갔군요……. 이런 계집에게 바보 취급당할 줄이야."

"따, 딱히 그러려던 게 아니라──."

"맞습니다, 마스카렐 님. 각하께 그런 의도는 없습니다. 당신 같은 버러지 따윈 안중에도 없으니까!"

왜 불에 기름을 붓고 그래애애애애애애애애애!

말해 두겠지만 나는 이 사람을 적대할 생각이 조금도 없거든! 칠홍천이라면 군의 광전사들을 통솔하는 슈퍼 광전사라니까? 가깝게 지내지 않으면 나중에 살해당할지도 모르잖아!

"이봐, 빌. 어쩌지? 이대로 가면 최악의 관계가 되겠는데!"

"지금은 저한테 맡기세요."

"일단 묻겠는데 뭘 어쩌게?"

"상대가 무례하게 나오면 성심성의껏 대응하는 게 도리죠. 이 럴 때는 진심을 담은 선물이라도 보내시는 게 어떨까요?"

"그, 그런가? 잘 모르겠지만 부탁할게."

"알겠습니다."

빌은 진지한 얼굴로 프레테 앞으로 나섰다.

"마스카렐 님. 큰 실례를 저질렀습니다. 테라코마리 님은 칠홍천에 취임하신 지 얼마 안 되셨어요. 세상 물정을 모르는 면은 차차 개선될 듯하니 이번 일은 아무쪼록 너그러이 이해하시죠."

"어? 그래……."

"이건 사과의 선물입니다. 제도 명물인 '피범벅 만주'. 전에 잡지 인터뷰에서 마스카렐 님이 좋아한다고 하셔서요."

그렇게 말한 빌은 (어디서 꺼냈는지 모르겠지만) 과자 상자를 프레테에게 건넸다. 나는 감탄하고야 말았다. 분명 이상한 말로 자리를 뒤집어놓을 줄 알았는데, 이 대응을 보라. 역시 변태 메이드는 단순한 변태가 아니었다.

프레테는 독기가 빠진 것처럼 눈을 깜빡이더니 선물을 받아들었다.

"어, 어머. 그래? 메이드는 정신이 제대로 박혔나 보네."

"칭찬해 주시니 영광입니다. ──다만 마스카렐 님께서도 오해하시는 점이 있어 지적해드리겠습니다."

……응?

"코마리 님은 최강입니다. 그리고 세상에서 가장 귀여워요. 조금 전 코마리 님을 침팬지처럼 저열하게 도발하며 놀린 점으로 보아 마스카렐 님은 그 사실을 모르시는 것 같군요."

그만. 이제 됐어. 입 다물어, 다물어 달라고……!

"이건 중대 사태입니다. 코마리 님의 매력이 정확히 전해지지 않은 점은 세상의 손실이라도 해도 과언이 아니니까요. 그러니까 코마리 님이 얼마나 훌륭하신지 전하기 위해 이것도 같이 드리겠습니다. 부디 받아주세요."

빌은 들고 있던 티셔츠를 프레테에게 건넸다.

……이 바보! 그런 걸 선물해서 어쩌려고!

"뭐죠, 이건."

프레테는 티셔츠를 펼쳤다.

내 얼굴(반쯤 웃는)이 드러났다.

프레테의 이마에 혈관 마크가 도드라졌다.

"……자알 알겠어요. 건데스블러드 씨……. 당신과는 가깝게 지낼 수 없겠군요."

"그, 그렇지 않아. 귀중한 동료니까 앞으로 친목을 다져가면……."

"당신이 그렇게 불쾌하게 구는 동안에는 무리예요. ——참나, 카렌 님 마음에 들었다고 해서 건방지게 굴다가는 큰코다칠 걸요!"

"……카렌 님? 그건 또 누구야."

"얼버무리지 말아요! 당신이 황제 폐하와 친밀한 관계라는 사실은 오늘 아침 신문에도 나와 있었다고요!"

황제? 그 사람 이름이 그렇게 귀여웠어? ——그런 식으로 놀라고 있는데 프레테가 공간 마법 같은 것으로 신문을 꺼내더니 그걸 내 앞에 펼쳐 보였다.

뭔가 굉장히 안 좋은 예감이 든다. 강렬한 데자뷔다.

[코마링 각하 열애 발각?!

뮬나이트 제국의 칠홍천 테라코마리 건데스블러드 대장군(15)
은 4일, 뮬나이트 제국 황제 카렌 엘바시아스 폐하(38)에게 뜨
거운 러브콜을 보냈다. 대장군은 '내가 가장 강하다고 보는 건
황제 폐하시다'라며 남모를 애정을 괴로운 듯 토로했다. 이건
'힘'이 인기의 기준인 뮬나이트 제국에서는 사랑 고백이나 다름
없다. 그에 엘바시아스 폐하는 '코마리가 원한다면 짐도 가만있
을 수 없지'라며 아주 싫지만은 않은 태도를 보이셨다. 두 사람
은 사적으로 '코마리', '폐하'라고 서로를 애칭으로 부르는 사이
라고 한다. 23세 차의 커플 탄생이 머지않은 것일까.]

 ……뭐어냐 이거언.

"아아, 비통해라! 카렌 님도 참 이상하시지. 당신처럼 가문 말
고는 내세울 게 없는 흡혈귀를 총애하시다니! 나에게는 눈길조
차 안 주시는데!"

"알 게 뭐야! 그보다 이런 얘기는 당연히 새빨간 거짓말이지.
육국 신문이잖아, 육국 신문! 지면의 80%가 날조와 망상, 과장
된 표현인 걸로 유명하거든?!" 내 안에서는 말이지!

"설령 기사가 날조라 해도 당신이 카렌 님 눈에 들었다는 것만
은 분명해요! ——아아, 카렌 님. 왜 이런 풋내기 계집에게……!
사쿠나 메모아 사건도 그렇고 도가 지나치잖아요!"

프레테는 분하다는 듯 이를 갈더니 나를 노려봤다. 매우 성가신 얘기다. 이렇게 뭐가 뭔지 모를 삼각관계에 휘말리다니 웃기지 말라지.

"어쨌든! 나는 당신을 인정 못 해요. 그게 싫다면── 그렇지, 이곳은 실력 지상주의인 뮬나이트 제국. 당신 스스로 칠홍천에 걸맞은 무력을 보이세요!"

"어, 언젠가 보여줄 거야. 하지만 그게 오늘은 아니야."

"흥. 그렇게 차일피일 미루는 건 인생을 헛사는 짓이에요!"

마음을 파고드는 말이었다. 딱히 짚이는 건 없지만 말이다.

프레테의 부하가 그녀의 귓가에 대고 "슬슬 시간이 됐습니다"라고 속삭였다. 영명한 칠홍천은 고개를 끄덕이더니 내 쪽을 힐끗 살핀 후 걸음을 뗐다.

"잘 가세요, 건데스블러드 씨. 다음에 만날 때는 꼭 당신의 실력을 보고 싶네요!"

프레테 군단이 복도 너머로 사라지는 걸 지켜보더니 카오스텔도 '이제 할 일이 있어서'라며 가버렸다. 그 일인지 뭔지의 내용을 추궁하고 싶었다. 귀찮지만 굿즈 문제는 내가 똑똑히 감시할 필요가 있겠어──. 아니, 지금은 그런 건 됐고, 어떻게 프레테와 화해할지 생각하는 게 우선인데──. 아니, 아니지. 우선은 변태 황제를 만나러 가야지──. 아니, 잠시만. 그러고 보니 우체국에 가져가려던 원고를 깜빡했잖아! 아아, 뭐 이렇게 할 일이 많냐!

그렇게 이런저런 생각을 하는 사이 알현실에 도착했다. 도착하자마자 옥좌에 당당히 앉아 막대 아이스크림을 먹던 금발의 거유 미소녀가 "오오!" 하고 괴조 같은 소리를 내며 다가왔다.

"잘 왔다, 코마리! 바깥은 더웠지? 외출을 꺼리는 코마리에게는 힘든 계절이겠지. 자, 이 아이스크림이라도 먹으면서 식히도록."

"으읍."

그녀는 내 입에 먹다 만 아이스크림을 찔러넣었다. 차갑다. 달다. 감귤 맛이다. 맛있어…… 가 아니라 갑자기 입에 뭘 밀어넣지 마! 위험하잖아.

나는 황제의 아이스크림을 넘겨받은 뒤, 가능한 한 비난하는 표정을 지으며 그녀를 노려봤다.

"황제. 어서 용건을 말해."

"와하핫! 너는 참 성급하구나. 그나저나 강제 간접키스의 맛은 어떠냐?"

"기분 나쁜 소리 마! 당연히 감귤 맛이지!"

아이스크림을 황제에게 떠넘겼다.

매번 정신 나간 성희롱을 아무렇지 않게 할 수 있는 것도 일종의 재능인 것 같다. 하나도 부럽지는 않지만. ──그러고 보니 이 사람에게는 하고 싶은 말이 있었지.

"그보다도! 그 신문은 어떻게 된 거야!"

"그 신문? ──아아, 열애 기사 말이지?"

황제는 막대 아이스크림을 입에 물면서 말했다.

"아주 발칙한 신문이로군. 남의 연애 사정을 보도하는 건 악질 행위다."

"황제의 코멘트가 실려 있는데?"

"그건 '건데스블러드 대장군이 선전포고하면 어쩔 것이냐?'라는 질문에 답한 거야. 녀석들 수법은 너도 잘 알지? 육국 신문은 완전 중립을 주창하는 대신 어떤 세력에게든 시비를 거는 쓰레기들이야. 가끔 제대로 된 기사를 실어서 취재는 받아들였다만……. 거참 화가 나는군."

의외다. 이 황제에게도 양식이라는 게 있었다니. 저 엉터리 기사를 기성사실로 만들려고 덮쳐들 줄 알았는데……. 조금 다시 봤어.

"뭐, 보통은 회수하고 사과문을 게재하라고 명령하겠지만 이번에는 바쁘니 보류하도록 하지."

"뭐……?"

"그런데 코마리, 본론으로 들어가려 한다만."

"잠깐. 회수는 안 해? 이러면 다들 계속 오해할 텐데……."

"바쁘다고 했잖아. 왜냐하면 어젯밤 너희 아버지가 누군가에 의해 죽었거든."

"바쁘고 말고 하는 문제가 아니라아아아아아아아아?!"

"시체는 저기 굴러다니고 있지."

"어째서?!"

눈알이 튀어나오는 줄 알았다. 벽 쪽에 아무렇게나 방치된 건 우리 아빠였다. 설마 자는 건 아닐 테고 정말 죽은 것이겠지──. 나는 거품을 물며 아빠에게로 달려갔다. 아빠의 모습은 너무나도 변해 있었다.

"아빠, 아빠! 일어나, 아빠!"

"걱정하지 마라. 마핵의 힘으로 오늘 중에는 부활하겠지."

황제는 그렇게 말하지만 내 마음은 편치 않았다. 왜냐하면 가족이 죽었으니까. 되살아난다고 해서 '다행이다' 하고 안심할 수 있을 리가 없지 않은가. 그런데 왜 이런 곳에 방치되어 있는 거지?!

"복부를 당했군요."

옆에 앉은 빌이 아버지의 시체를 바라보며 말했다. 확실히 옷의 배 부분이 찢어져 살이 드러나 있었다.

"상처가 낫고 있어서 정확하게 판단할 순 없지만, 아마 무기나 마법은 아닐 겁니다. 맨손으로 복부를 찢어놓은 거예요. 하수인은 범상치 않은 괴력을 가진 것 같군요."

"괴력이 문제가 아니라……."

나는 전율했다. 그러고 보니 어젯밤엔 아빠가 돌아오지 않았다. 동생 로로코는 '바깥에 여자라도 두고 있나 보지! 아하하하하!'라고 웃기지도 않는 소리를 했지만, 그런 일은 있을 수 없다. 좀 더 안 좋은 일이 생긴 게 아닐까 묘한 불안감을 느꼈었다.

그렇다지만 설마 살해당했을 줄이야.

"폐하. 건데스블러드 경의 신변에 무슨 일이 있었던 건가요?"

"보다시피 살해당했어. 어젯밤 어전 회의를 마치고 돌아가는 길에 당한 모양이야. 게다가 아르만뿐만이 아니야──. 요 일주일 사이 정부 고관 및 원로, 칠흥천이 다 합쳐 다섯이나 살해당했어. 이 정도면 이건 테러야. 범인은 테러리스트고."

나는 말문이 막혔다. 그게 정말 말이 되나?

"범인의 목적은?"

황제는 난감하다는 듯 자기 뺨을 어루만졌다.

"한심하게도 짚이는 게 없다. 왜냐하면 살해당한 녀석은 아무도 자기가 살해당했단 걸 인식하지 못했거든. 당연히 범인의 얼굴도 기억 못 해."

"기억 조작 마법일까요?"

"그럴 가능성은 있어. 하지만 정신 조작계 마음은 대마법 중에서도 대마법, 궁전 내에서 발동하면 짐이 모를 리 없지. 상급 마법【옷의 날개옷】으로 마력을 은폐했을 가능성도 배제할 순 없지만──. 짐 생각에 이건 마법이 아니라 열핵해방이다."

"열핵해방……, 그거 귀찮게 됐네요."

그때 빌이 뭔가 떠올랐다는 듯 눈을 깜빡였다.

"잠시만요, 폐하. 애초에 궁전 주변에는 외부인의 출입을 금지하는 결계가 쳐져 있을 텐데요. 밀리센트 때처럼【전이】의 문이 구축되어 있던 건지요?"

"문은 없었어. 결계에 구멍이 뚫렸다는 정보도 없고. 여기에서 도출되는 답은 단 하나── 제국 중추에 테러리스트가 잠입해 있다는 거지."

"허."

"원로들은 재미있을 정도로 위축되어 있어서 오늘 아침 바로

'하수인을 포박해라!'라고 엄명을 내렸어. 하지만 그런 주제에 우리가 의견을 내면 반드시 트집을 잡는다니까. 이 나라가 한동안 기우뚱했던 이유를 알 것 같다고."

"그건 그렇다 치고 대책을 세우지 않으면 일이 번거로워지겠어요."

"세우고 있어. 그래서 코마리를 부른 거지. ——코마리, 걱정되는 건 알겠지만 시체를 바라보고 있어도 회복 속도가 빨라지는 건 아니야."

"아, 알아! ……하지만 왜 이런 데 눕혀둔 거야? 제대로 된 병원 같은 곳으로 옮겨줘."

"코마리와 만나게 해주려고 일부러 병원에서 옮겨왔다만."

"괜한 짓 안 해도 돼! 불쌍하잖아!"

"죽은 사람을 욕보이는 건 짓은 도덕상 꺼림칙하다고? 하지만 그 녀석은 전에 유탄을 맞고 죽은 짐의 육체를 분뇨 구덩이에 내다 버린 전과가 있지. 이런 대우를 받아도 할 말이 없을걸."

무슨 짓을 한 거야, 아빠?!

"게다가 실제로 시체를 보니 사건의 중대성이 이해되지? 현재 우리나라는 발칙한 테러리스트에게 유린당하고 있어. 그리고 이런 사건을 해결할 사람은 오래전부터 칠홍천으로 정해져 있지."

죽도록 불길한 예감이 들었다. 그래서 나는 선수 쳤다.

"프레테에게 부탁하면 되겠네. 그 사람은 강해 보이니까."

"그 녀석은 요 며칠간 전쟁에 참가해야 해."

"그럼 직접 하지 그래?"

"바쁘다고 했을 텐데."

"나도 바빠서 그만 가볼까 봐."

"코마리."

"왜."

"너에게 테러리스트 퇴치를 부."

"싫어———————————————!" 입에서 절규가 터져 나왔다. "싫어싫어싫어! 당연히 싫지! 나는 이제부터 방에 틀어박혀 심연의 사색에 잠겨 있을 예정이거든! 애초에 전쟁에서 이기면 일주일의 휴가를 주겠다고 한 건 당신이잖아. 거짓말은 도둑이 되는 첫 단계랬어!"

"짐은 그런 말을 한 기억이 없다만."

"그건 코마리 님을 방에서 끌어내기 위한 거짓말이었어요. 데헷."

"도둑은 너였냐아아아아아아아아아아아아아?!"

'데헷'은 무슨! 하나도 안 귀여워! 내가 얼마나 휴일을 기대하고 있었는데……. 휴가를 준다길래 필사적으로 부하들을 싸우게 했는데……. 그걸 너는…… 그렇게 태연한 얼굴로 짓밟다니……!

"후우, ㅇㅇㅇㅇㅇㅇㅇ웃……!"

엄청난 충격에 눈물이 났다. 다리에서 힘이 풀리면서 새빨간 카펫에 주저앉았다. 그러나 나는 필사적으로 격한 감정을 억눌렀다. 온몸에 힘을 주고 파들파들 떨면서 이를 악문다. 그리고 빌을 노려봤다.

"……이봐, 빌. 너무 코마리를 괴롭히지 마라."

"하지만 거짓말이라도 하지 않으면 코마리 님이 바깥으로 한 발짝도 안 나오셔서——. 코마리 님, 부디 진정하세요."

"시끄러워, 시끄러워! 네가 사과할 때까지 절대 용서 못 해!"

"죄송합니다."

"…………."

그렇게 쉽게 사과하지 마. 고개를 푹 수그리며 진심으로 미안해하는 표정도 짓지 마. 용서해야 하잖아.

"앞으로는 가능한 한 말이 아니라 완력으로 코마리 님을 모시고 나올 테니까 용서해 주세요."

"그게 그거잖아!"

분노를 넘어 어이가 없었다. 뭐, 이 녀석도 진심으로 반성하는 것 같으니까 이 이상 이러쿵저러쿵하지 말자. 처음부터 휴가 따윈 없었던 거야——. 그렇게 눈물을 닦으면서 세상의 무정함에 한탄하는데.

"아니. 휴가는 주마."

황제가 그런 말을 꺼냈다.

"무, 무슨 뜻이야?"

"짐의 부탁을 들어준다면 휴가를 주겠다는 거다. 이대로는 조금 가엾으니까——. 테러리스트를 잡는다면 정말 일주일의 휴가를 주마."

결국 그렇게 되나.

"……하지만 테러리스트를 잡으라고 해도 곤란한데. 난 하나도 강하지 않거든."

"개인의 전력과는 무관해. 너에게는 빌헤이즈를 비롯해 우수한 부하들이 있지 않냐. ——게다가 이번엔 너 혼자 임무를 맡는 게 아니야."

뭐? 그런 말을 뱉을 뻔했을 때 문득 뒤에서 소리가 났다.

뒤를 돌아본다. 알현실 입구, 눈이 따가울 정도로 번쩍번쩍한 기둥. 그 그늘에서 이쪽을 살피는 누군가의 기척이 느껴졌다.

"사쿠나 메모아! 창피해할 거 없다!"

황제가 쩌렁쩌렁하게 외쳤다.

그 소리에 어깨를 움찔한 그 녀석은 잠시 머뭇머뭇하며 당황한 기색을 보였지만, 곧 결심했는지 느릿느릿 기둥 그늘에서 모습을 드러냈다.

그것은 흰 여자아이였다.

창옥종 하프일지도 모른다. 어깨 부근에서 단정하게 자른 머리카락은 눈처럼 은빛을 띠고 있다. 머뭇머뭇하는 모습에선 미덥지 못한 인상이 깊게 드러나고, 그렇기에 등에 짊어진 고딕풍 마법 지팡이가 엄청난 존재감을 주장하고 있다.

그녀가 내 앞에 섰다.

희다. 정말 희다. 꼭 만든 것 같은 얼굴이었지만 그 부드러워 보이는 뺨에 홍조가 도는 걸 보아 살아 있다. 당연한 거지만.

문득 눈이 마주쳤다. 푸른 눈동자가 주저하며 내 쪽을 바라본다.

그나저나 뭐라고 해야 하나. 이 아이, 정말——.

"예쁘다……."

그렇게 말한 건 내가 아니다. 흰 아이다. 꼭 내 마음속을 대변한 듯한 기분이지만 그녀의 '예쁘다'라는 발언은 틀림없이 날 향한 것이었다.

"아, 죄, 죄송해요……. 무심코."

"아니, 딱히 사과할 필요는 없는데……. 왜냐하면 난 1억 년에 한 번 태어나는 미소녀니까……."

그녀는 뺨을 붉히며 고개를 숙였다. 뭐지, 이 분위기는.

황제가 "으허험!" 하고 헛기침했다.

"이번 테러리스트는 무관의 정점인 칠홍천조차 살해했어. 그런 상대에게 코마리 널 혼자 보낼 정도로 짐은 모질지 않아. 그러니 둘이 협력해서 임무를 맡고 오도록."

협력? 이 아이와……?

의아함에 그녀를 바라본다. 눈을 피해 버렸다. 나보다 더 부끄러움이 많은 사람은 처음 보는 것 같다.

"……황제. 내가 할 말은 아니지만 아무리 그래도 이 아이는."

"걱정할 거 없다. 실력도 그렇지만 무엇보다 이 아이는 의지를 불태우고 있거든. 반드시 테러리스트에게 복수해 주겠다는 강한 의지를."

"복수……?"

"그래, 복수다. ──자, 사쿠나. 코마리에게 자기소개하거라."

머릿속이 의문부호로 가득 찼다. 그런 나를 두고 앞서가듯 백은의 흡혈귀는 머뭇머뭇 고개를 숙였다.

"사쿠나 메모아. 칠홍천입니다. ……칠홍천인데 저만 테러리스트에게 당해서…… 오명을 씻어야 해요."

칠홍처어어언?!──이라고 소리 지를 뻔했다. 왜냐하면 그녀

Illustrations copyright © riichu

의 행동에선 '제국 최강의 7인' 같은 느낌이 전혀 안 났기 때문이다. 아니, 부메랑이구나 이건.

나는 가만히 사쿠나의 얼굴을 바라봤다. 이런 아이도 칠홍천이 될 수 있구나——, 그보다 얼굴이 새빨간데. 괜찮은 거야, 너?

"저, 저기."

"응?"

"전 말재주가 별로 없어서……, 편지를 써왔어요."

군복 주머니에서 꺼낸 봉투를 넘겨받았다. 지난번 빌도 그렇고 오늘 아침의 침팬지도 그렇고 요즘은 편지로 자기 마음을 전하는 게 유행인가?

"차, 창피하니까 나중에 읽어보세요. 저는 이만 가볼게요……!"

"어, 이봐……. 사쿠나 씨?"

붙들 틈도 없었다. 그녀는 천적을 만난 토끼처럼 쌩하니 도망쳐 버렸다. 남겨진 나는 머뭇머뭇 넘겨받은 봉투를 바라봤다.

별 모양 스티커로 봉한 편지다. 하트가 아니라는 점이 차라리 다행이지만 조금 전 사쿠나의 태도 덕에 러브레터인가 싶은 생각이 든다. 중간부터 본 사람이 있다면 십중팔구 오해하겠지.

뭐라고 할까……. 파란의 예감이 드는걸, 이거.

☆

테라코마리 건데스블러드 님께

갑자기 이런 편지를 드려 죄송합니다. 하지만 말로는 잘 전할 자신이 없어서 이렇게 문장으로 적을 수밖에 없었어요.

제 이름은 사쿠나 메모아입니다. 편하게 '사쿠나'라고 불러주시면 기쁠 거예요. 저는 일주일쯤 전에 새로 칠홍천이 되었습니다. 이렇게 말하면 화내실 수도 있지만 저는 그렇게 강하지 않아요. 칠홍천이라는 자리는 분에 넘쳐요. 우연히 사고로 전대 칠홍천을 죽이는 바람에 이게 하극상처럼 돼서 그대로 지위를 넘겨받았습니다…….

하지만 그만두고 싶어도 그만둘 수가 없어요. 테라코마리 씨라면 잘 아시겠지만 칠홍천이 될 때 나눈 계약에 따르면 멋대로 그만두려 할 시 폭사하게 되어 있다나 봐요. 제국 군인으로서 말도 안 되는 일일 수도 있지만 저는 아픈 게 싫습니다. 죽고 싶지 않아요. 그러니까 노력하는 수밖에 없겠죠. 최강의 장군으로서…… 도저히 제가 감당할 수 없을 것 같지만 필사적으로 노력하는 수밖에 없어요.

하지만 저는 얼마 전에 테러리스트에게 살해당했습니다. 죽었을 당시의 일은 잘 기억이 안 나요. 범인 얼굴도 못 봤습니다. 하지만 너무 무서웠단 건 기억합니다. 죽는 건 너무 무서워요. 다시는 그런 일을 겪고 싶지 않습니다…….

그리고 저에게는 폭사할 운명이 다가오고 있습니다. 영예로운 칠홍천이 테러리스트에게 살해당하는 건 제국의 명예를 더럽히는 일이니까요. 오명을 씻어야 합니다. 아니면 계약에 따라 저는 폭사하고 파면되겠죠. 파면은 대환영이지만(이런 말을 하는 것도 좀 그럴 수 있지만) 죽는 것만은 절대 싫습니다. 그러니까 테러리스트를 잡아야 해요.

제 사정은 전부 말씀드렸습니다. 테라코마리 씨처럼 강하고 대단한 분께 드릴 말씀은 아닐 수도 있어요. 하지만 어째서인지 테라코마리 씨에게는 전해야겠다는 느낌이 들어서……. 게다가 함께 일할 사람에게 숨기는 건 잘못된 일인 것 같아서요. 그래서 이런 약한 소리를 했습니다.

부족하겠지만 아무쪼록 잘 부탁드립니다. 함께 테러리스트를 잡죠(라고 해도 제가 할 수 있는 일은 거의 없을 것 같지만……). 열심히 노력할게요.

마지막으로 공간이 남아서 자기소개를 하겠습니다.

이름은 사쿠나 메모아. 제도 출신. 외할머니가 백극 연방 출신인 쿼터입니다. 싸움은 잘 못하지만 싸울 때는 마법을 씁니다. 취미는 독서, 좋아하는 책은 '안드로노스 전기'. 좋아하는 음식은 오므라이스, 좋아하는 동물은 카피바라, 좋아하는 계절은 여름, 좋아하는 별자리는 돌고래자리. 어릴 적에는 가족끼리 천체 관측 가는 걸 좋아했어요. 잘 부탁드립니다.

사쿠나 메모아

※

"뭐야, 이건……!"

황제를 알현하고 1시간 후. 여전히 나를 그냥 두지 않는 변태 메이드에게 연행되어 도착한 곳은 믿기지 않지만 훈련장이다. 살육전을 벌이게 할 줄로만 알고 경계했지만 그녀 말로는 "지금부터 부하의 훈련을 감독해주세요"란다.

뭐, 내가 싸우는 게 아니라면 상관없나──. 그렇게 낙관적으로 생각하면서 나무 그늘에 있는 벤치에 앉아 수박 주스를 마시던 차에(눈앞에서는 부하들이 괴성을 지르면서 살육전을 벌이고 있다), 문득 사쿠나에게 받은 편지의 존재가 떠올라˙읽어본 것이다.

그리고 나는 경악했다.

그녀의 상황은 거의 나와 같았다.

"······저기, 빌. 사쿠나가 유명해?"

"충분히 유명할 겁니다. 어쨌든 그녀는 오랜만에 정당한 하극상으로 칠홍천에 임명된 흡혈귀니까요. 듣기로는 전대 칠홍천을 사람들 면전에서 폭살했다나요."

"거짓말이겠지. 편지엔 실수로 죽였다는 식으로 적혀 있던데."

"하극상이 고의인지 사고인지는 상관없습니다. ──하지만 일개 병졸이 제국 최강의 칠홍천을 쓰러뜨리는 건 로망이 있는 얘기예요. 민중이 끌리는 것도 무리는 아니겠죠."

"흐음. 그래······. 게다가 그렇게 생겼으니까. 인기를 끄는 것도 이해가 가."

"······코마리 님은 그런 아가씨가 취향이세요?"

"취향? 응, 뭐. 좋긴 하지."

"?!?!?!?!?!?!?!?!?!"

야만적인 녀석들보다는 훨씬 호감이 가고 말이지.

……? 이봐, 빌. 왜 그래? 꼭 소중히 아껴뒀던 쇼트케이크 위의 딸기를 옆에서 누가 채어간 것 같은 표정인데. 배탈이라도 났나?

뭐, 상관없나. 이 녀석이 갑자기 얼굴로 기예를 하는 건 하루 이틀 일이 아니니까.

어쨌든 사쿠나와는 잘 지내보고 싶다. 칠홍천을 마지못해 맡은 사람은 나뿐인 줄 알았는데, 설마 이렇게 가까운 곳에 같은 고민을 가진 사람이 있을 줄이야. 게다가 이 편지만 보면 취미도 맞을 것 같다. ……후후후. 왠지 오랜만에 신이 나는걸. 어쩌면 첫 친구가 생길지도 모른다.

그나저나 편지에는 언제 어디서 뭘 하겠다는 구체적인 내용이 전혀 적혀 있지 않다. 필사적인 자기소개 덕에 중요한 걸 깜빡한 듯하다. 그런 얼빠진 점도 친근감이 드는걸.

"좋아! 사쿠나를 찾아가 보자. 테러리스트 퇴치 따윈 사양이지만 사쿠나와는 얘기해 보고 싶은 것도 있고."

"안 됩니다. 훈련을 감독해 주세요."

"왜? 사쿠나와 회의하는 게 더 중요하잖아."

"대원들도 코마리 님이 보고 있기에 노력하는 거예요. 보세요, 멜라콘시 대위의 저 표정을. 꼭 물 만난 고기처럼 활기차게 아군을 폭파하고 있잖아요."

"저 녀석은 늘 저러잖아! 그보다 난 사쿠나를 만나고 싶어. 만나서 '안드로노스 전기' 얘기를 해보고 싶다고!"

"만나실 거면 업무 얘기를 해야죠. ——아니, 그게 아니라 어쨌든 안 돼요. 그 여자에게서는 위험한 냄새가 나거든요. 분명 밤마다 궁전을 배회하며 사람을 학살하고 있을 게 뻔해요."

"그건 테러리스트 얘기고! 그보다 그 테러리스트를 잡기 위해 사쿠나를 만나야 한단 말이야! 일하게 해줘—!"

"무, 무슨……! 코마리 님 입에서 그런 말이 나오다니 감격이네요……! 알겠습니다. 마침 하데스 모르키키 중장에게 재전 요청이 있었으니까 바로 일정을 조정하죠."

"그쪽 말고!!"

왜 그렇게 완고한 거야. 혹시 화났나? 오늘 아침에 만들어 준 샐러드의 피망을 남겨서 아직도 꽁해 있나?

"……미안해. 다음부터는 피망도 꼭 먹을게."

"코마리 님이 무슨 말씀을 하시는지 모르겠지만 피망을 먹어 주신다는 것만은 알겠네요."

"아니었어?! 취소! 역시 방금 한 말은 취소야!"

제길, 괜한 소리를 했네. 노력해서 먹어야지…….

뭐, 피망은 나중에 생각하기로 하고. 어쨌든 나는 사쿠나를 다시 한번 만나고 싶다. 구체적으로는 취미 이야기를 하고 싶다. 가능하다면 친구가 되고 싶다. 고민을 공유하고 싶다. 또 당장 눈앞에 있는 문제인 위험하기 짝이 없는 부하들에게서 벗어나고 싶다. 뜻하지 못하게 유탄을 맞아 죽을 것 같거든. 아까 도끼가 날아와서 근처에 있는 나무에 박혔으니까.

열의를 담아 빌의 얼굴을 빤히 바라보자, 곧 변태 메이드는 체념한 듯 "하아" 하고 한숨을 내쉬었다.

"알겠습니다. 이 이상 붙들 수는 없겠죠. ——하지만 메모아 님을 만나시면 꼭 테러리스트를 잡기 위한 회의를 하셔야 해요."

"으. 아, 알아. ……근데 잘 생각해 보면 내가 할 수 있는 일은 없잖아? 그도 그럴 게 상대는 사람을 여럿 죽인 흉악한 녀석이 거든?"

"그렇다면 부하를 잘 부리면 되죠. 코마리 님께는 500명의 흉악한 부하들이 있잖아요."

훈련장 쪽을 힐끗 살핀다. 녀석들은 충혈된 눈을 번뜩이면서 마구 날뛰고 있다. 주변은 피나 시체가 널려 있어 그야말로 시체의 산이다. 그중에는 피눈물을 흘리며 머리를 쥐어뜯는 녀석도 있다. 대체 무슨 일이 있었길래.

"자, 명령해 주세요."

"명령이라고 해도…… 이 녀석들 다 바빠 보이는데."

"괜찮아요, 말을 걸어 주세요."

말을 건 순간 즉시 살해당할 것 같기도 하지만——, 뭐 그때는 빌이 지켜주겠지. 지켜줄 거지? 너만 믿는다!

나는 벤치에서 서서히 일어나 심호흡을 한 다음 외쳤다.

"——제군, 잠시 멈춰보도록!"

우뚝.

녀석들의 움직임이 완전히 멎었다. 꼭 시간이 멈춘 듯한 광경이다. 너무 기이해서 나까지도 우뚝 멈춰 서버렸다.

갑자기 빌이 크게 헛기침을 했다.

"이쪽을 봐주세요. 지금부터 테라코마리 님의 지시가 있겠습니다."

'지시'라고 누군가 중얼거렸다. 그 중얼거림이 파문처럼 퍼져 간다. "각하의 지시다." "각하의 지시라고!" "이봐, 너희들 귓구멍 파고 들어!" "한마디도 놓치지 마!" "각하, 뭐든 명령해 주십시오!" "누굴 죽일까요?" "황제 폐하인가요?!" "침팬지인가요?!"

부하들은 사냥감을 찾은 피라냐 같은 기세로 나에게 다가왔다. 여전히 발상과 표현이 너무 흉흉해서 확 깬다──. 이봐, 얼굴이 절반쯤 날아간 녀석이 있는데 괜찮은 거야?! 아니, 아니. 그런 건 아무래도 됐고, 어떻게 명령해야──.

"각하! 혹시 예의 그 연쇄 살인 사건 얘기인가요?"

옆에서 카오스텔이 말을 걸어서 깜짝 놀랐다. 여기 있었어?

"으, 음. 실은 조금 전 황제의 칙명이 있었다. 아무래도 이 나에게 범인을 잡아 달라는 것 같더군."

오오! 흡혈귀들이 환호성을 질렀다. 이 상황에서 기뻐하는 정신을 이해할 수 없지만, 어쨌든 나는 그들의 기대에 응해야 하기에 말을 이었다.

"그래서 말인데. 제군들이 꼭 솔선해서 하수인을 탐색해 줬으면 한다. 바쁜 와중에 이런 부탁을 하려니 그렇지만, 가능하다면 테러리스트 녀석을 잡아 줬으면 해."

"무슨 말씀이십니까, 각하!" "각하 명령이라면 다른 일 따윈 다 내던져야죠!" "부탁하실 거 없습니다!" "들었지, 어서 테러리스트를 찾자고!"

우오오오오오오오오오──────, 포효가 메아리쳤다.

그만해. 이웃에게 폐가 되잖아. 칠흥부 창문으로 메이드들이 무슨 일인가 하고 이쪽을 내려다보고 있다. 창피하니까 자중해 주라――, 그런 내 마음의 소리가 전해질 리 없었다.

……뭐, 부하들도 의욕이 난 것 같으니 다 잘됐다. 이 녀석들은 이러니저러니 해도 강하니까. 나나 사쿠나가 나설 차례도 없겠지. 나설 차례가 있어도 곤란하고.

"송구하지만 각하, 하나 제안드릴 게 있습니다."

"뭐냐, 카오스텔."

안 좋은 예감만 든다.

그는 탈옥법을 떠올린 사형수 같은 얼굴로 말했다.

"테러리스트를 잡은 자에게는 보상을 주는 건 어떨까요? 눈앞에서 당근을 흔들면 사기도 100배로 올라갈 겁니다."

"이 이상 사기를 올릴 필요가 있을까?"

"빠르게 사건을 해결하기 위해서는 필수일 것 같습니다."

"으음…….."

바로 범인을 잡는다면 그보다 더 좋은 일은 없으니까. 거기다 활약에 걸맞은 보상을 주는 건 상사의 역할이기도 하다. 그렇게 생각하면 역시 카오스텔 말처럼 '당근'은 필수일 듯했다.

나는 빌 쪽을 본다. 그녀는 딱히 이렇다 할 말 없이 무표정하다. 직접 생각하라는 건가?

……그나저나 상이라. 솔직히 안 좋은 기억밖에 없다. 이 마른 고목 같은 녀석 때문에 나는 패션쇼를 하게 된 셈이고――. 아니, 잠깐. 처음부터 내가 포상의 내용을 정해 두면 아무 문제도

없잖아. '뭐든 원하는 걸 들어줄게'라고만 안 하면 된다. 좋아, 괜찮겠어.

"알았다. ──제군! 들도록!"

나는 장군 모드로 모두를 향해 소리쳤다.

"이번 일은 무척 까다롭다. 뭐니 뭐니 해도 정체를 알 수 없는 테러리스트를 찾아야 하니까. 그러므로 훌륭하게 테러리스트를 잡은 자에게는 그 공적을 기리며 포상하고자 한다."

누군가가 군침을 꿀꺽 삼켰다.

부하들은 하나같이 긴장한 표정으로 이어질 내 말을 기다리고 있다. 좋아, 좋아. 느낌이 좋군──. 그렇게 반응을 느끼면서 나는 결정적인 한마디를 던졌다.

"놀랍게도── 테러리스트를 잡은 녀석에게는 3일간의 특별 휴가를 주마!"

조용. 침묵이 찾아들었다.

··················.

······어라?

나는 또 열광할 줄 알았는데······, 어라?

"각하."

카오스텔이 당황한 듯 귀띔했다.

"송구하지만 그건 포상이 아닐 것 같습니다."

"어? 왜?" 하고 고개를 갸웃하자 이번에는 빌이 조언했다.

"녀석들의 취미는 살인이에요. 휴가를 준들 좋을 게 전혀 없는 데다 전장에서 날뛸 수 없게 되니 오히려 불만이겠죠. ──보세요, 그들의 표정이 점점 실망으로…….”

그, 그런 게 어디 있어?! 나였다면 희희낙락해서 춤까지 출 자신이 있는데! 가치관이 너무 다른 것도 문제네——. 아니, 그보다 얼른 수습하지 않으면 부하들의 분노가 폭발하겠어. 하극상이 발발할 거야. 살해당한다……!

“그, 그냥 휴가가 아니야! 그래……, 으음……, 그렇지! 휴가와 함께 동물원 표도 줘야지!”

나는 괴로워하면서 어떻게든 말을 쥐어짜 냈다.

얼마 전 동생 로로에게 받은 표 2장이다. 로로 녀석은 ‘남친이랑 같이 다녀올게’ 하고 우쭐한 얼굴로 자랑했지만 직전에 차인 모양이다. 무슨 말을 해줘야 하나 망설이는데 동생은 ‘코마 언니가 가! 어차피 함께 갈 사람도 없겠지만!’ 하고 눈물 섞인 도발과 함께 표를 떠넘겼다.

이런 걸 줘도 곤란하다. 밖에 나가는 건 귀찮은 데다 그 애 말처럼 함께 갈 상대도 없다. 그런 이유로 누군가에게 줄 생각이었다. 이건 딱 좋은 기회겠지.

부하 중 하나가 머뭇거리며 손을 들었다.

“저기. 혹시…… 각하와 함께 가는 건가요?”

“응? 뭐, 그걸 원한다면…….”

아니, 잠깐. 살인이 취미인 바보들에게 동물원 표를 건네줘 봤자 기뻐할 리 없잖아. 내가 뭐 하는 거지—— 싶었지만.

“데…… 데이트다…….”

“휴일 데이트다.” “밀회야.” “밀회다…….”

어라? 뭔가 분위기가 달라졌는데?

저기, 빌. 이 녀석들 왜 이러냐?

"……코마리 님, 아무리 그래도 너무 과하지 않나요?"

"무슨 소리야……?"

내가 자세히 물어보려고 한 그다음 순간.

많은 것이 폭발했다.

"우오오오오오오오오오오오오오오오오오!" "아아아아아아아아아아아앗!" "흐오오오오오오오오오오!" "데이트! 데이트! 데이트!" "이런 기회가 있었나." "이건 천명이야." "삐삐삐—. 우주의 신호를 수신. 테러리스트를 죽여라. 테러리스트를 죽여라." "기다려라, 테러리스트 놈아아아아아아아아아아아아!" "각하와 데이트하는 건 이 나야아아아아아아아아아아!" "이봐, 너 앞서가지 마!" "그건 내가 할 말이고, 바보는 빠져!" "테러리스트는 정부 요인을 노린다던데? 그럼 내가 먼저 정부 요인을 죽이면 되지!" "그래, '나무를 숨기려면 숲을 불태워라' 전법이로군!" "히야아아아아아아아아아아아아아아악!"

……………….

………….

"……아무리 봐도 이 녀석들이 테러리스트 아니냐?!"

"감당할 수가 없겠네요. 어떡할까요, 코마리 님."

"이 녀석들이 그렇게 동물을 좋아했나……?"

"코마리 님도 감당이 안 되네요."

"그래, 감당이 안 된다고! 어떡해야 하는데!"

괴물처럼 괴성을 지르면서 흩어지는 부하들을 배웅하면서 나는 머리가 새하얘지는 걸 자각했다.

어쩌지. 야수들을 풀어놔 버렸어…….

"——각하. 녀석들의 행동은 가능한 한 제가 감시하죠. 이대로 두면 폭동이 일어날지도 모르니까요."

개 머리를 가진 벨리우스 이누 케르베로가 나타났다. 그리고 나는 새삼 초조해졌다. 근처에 아직 부하가 있는데 우는소리를 하고 싶어진다. ……뭐, 이 정도라면 괜찮나(팽개치기). 벨리우스나 카오스텔이 수상해하는 기색은 없으니까.

"코마리 님. 이후의 일정 말인데요."

"사쿠나를 만날래."

"부하는 괜찮나요?"

"…………벨리우스. 카오스텔. 부탁해도 될까?"

""알겠습니다.""

바람처럼 달려가는 둘. 나는 그들의 모습이 사라진 것을 확인하고 "후우" 하고 한숨을 내쉰 뒤, 기지개를 켜 몸을 풀어주고 천천히 하늘을 올려다보며 흘러가는 구름을 바라본 다음 자신을 타이르듯 이렇게 속삭였다.

"응. 아마 어떻게든 될 거야."

☆

멀리서 누군가의 절규며 폭발음이 들려오지만 신경 써선 안 된다. 아마 나중에 내가 책임지게 되겠지만 그게 지금은 아니다. 지금은 즐거운 걸 생각하자. 오늘 저녁은 뭘까? 오랜만에 데미글라스 햄버그를 먹고 싶은데.

"──코마리 님, 도착했습니다."

빌의 속삭임에 현실로 돌아온다.

마력으로 움직이는 승강기의 문이 열렸다. 칠홍부 6층이다. 내가 매일 출근하는 이 건물은 7층 구조이고 1층에는 제1부대, 2층에는 제2부대 같은 식으로 각 소대가 배정되어 있다.

그리고 6층은 당연하지만 제6부대── 즉, 사쿠나의 집무실이 있는 층이다.

복도를 직진하자 그녀의 방문이 보였다. 팻말이 '재실'로 되어 있는 걸 보아 역시 방으로 돌아온 것이다.

그나저나…… 기, 긴장되네. 잘 생각해 보면 내가 자발적으로 누굴 만나자고 생각한 건 처음 있는 일일지도 몰라. 사쿠나의 언행이 그렇게 만드는 거겠지만── 어쨌든 안 좋은 인상을 주지 않게끔 해야지.

"……응?"

거기서 나는 문득 깨달았다.

문 너머에서 말소리가 들린다. 하나는 사쿠나의 목소리. 또하나는── 남자인가? 아, 방금 '테라코마리'라는 단어가 들린 것 같은데. 대체 무슨 얘기를 하는 거지. 엿듣는 게 좋지 않다는 건 알지만 신경 쓰여서 못 참겠다.

"누가 와 있나?"

"확인해볼까요?"

"어떻게?"

"이렇게."

벌컥! 하고 빌이 문을 열어젖혔다.

너무나도 쉽게 노출된 실내. 놀란 듯한 표정으로 이쪽을 돌아보는 사쿠나. 그리고 그녀 정면에 서 있는 건 신성교 제복(祭服)을 입은 아저씨다. 이 사람도 무슨 일인가 하는 표정으로 내 쪽을 보고 있다. 그야 그렇겠지, 꼭 강도처럼 등장했으니──, 뭐 하는 거야. 너?! 무례한 것도 어느 정도여야지. 최소한 노크를 해, 최악의 인상을 남겼잖아!!

"……테라코마리, 씨?"

사쿠나의 목소리는 당황한 듯하다. 나는 간신히 미소를 지으며 말했다.

"아, 안녕. 사쿠나. 갑자기 미안. 테러리스트 퇴치 때문에 얘기를 하려고 왔는데……."

힐끗 제복을 입은 아저씨를 본다. 분위기로 보아 뭔가 중요한 이야기 중이었던 것 같으니 방해한 걸지도 모른다. 하지만 그는 "아니요, 아니요!" 하고 호들갑스레 고개를 가로저었다.

"아니, 아니요! 문제 될 거 없습니다. 아무 문제 없습니다요, 건데스블러드 님! 중요한 이야기도 아니었거든요! 저는 슬슬 가보도록 하죠! ──그럼 메모아 님, 잘 부탁드리겠습니다!"

"……네."

그 말만 남기고 아저씨는 내 쪽으로── 즉, 문 쪽으로 걸어온다. 꼭 병대처럼 일거수일투족에 힘이 있다. 급하게 길을 터주자 그는 갑자기 멈춰서더니 나에게 미소 지었다. 왠지 조류 같은 미소였다.

"뵙게 돼서 영광입니다, 건데스블러드 님! 소문은 전부터 들었습니다. 말 그대로 다방면으로 크게 활약 중이시던데요! 당신의 힘이 있다면 육국 정복도 식은 죽 먹기겠죠!"

"그, 그래. 나한테 걸리면 세계 정복도 별거 아니지."

"하하핫, 자신만만하시군요! 그런데 신을 믿으시나요?"

"……뭐?"

이 사람이 방금 뭐랬지?

"신을 믿으시나요?"

"아니, 뭐, 남들만큼은……."

"오오! 오오오오오! 어찌 이런 신앙심이! 건데스블러드 님은 경건한 신의 종이시로군요! 그래, 그렇군. 당신이 이상할 정도로 크게 활약하는 건 신의 가호 덕이로군요. 이해했습니다. 당신도 잘 아시겠지만, 신은 모든 걸 알고 계시며 인간의 선행에는 상으로 악행에는 업보로 보답하시거든요. 이 신상필벌(信賞必罰) 이론은 천지의 갖은 현상에 비교해도 가장 신속하면서 정확하며——."

아저씨는 황홀한 표정으로 떠들기 시작했다. 조금 무섭다.

그리하여 나는 확신했다. 이 녀석도 근방에 우글우글한 기인이나 괴짜 유형임이 분명하다.

힐끗 사쿠나 쪽을 보니 그녀는 뺨을 붉히며 갈팡질팡하고 있었다. 이 변태 신부와 어떤 관계일까?

"──이런 실례를. 역설하기에는 시간이 부족한 듯하군요. 아아, 뭐 이런 잔혹한 일이! 어쨌든 건데스블러드 님이 신을 믿는 동지라는 걸 안 건 더할 나위 없는 행운입니다. 앞으로 기회가 된다면 천지창조와 신의 조화에 대해 의논해보고 싶군요!"

"그, 그래. 천지창조는 대단하지."

"네, 대단합니다!!"

강제로 손을 잡혀 위아래로 붕붕 흔들린다. 변태 신부는 기쁘다는 듯 싱긋 웃고는 "그럼 이번에야말로 실례하겠습니다! 아멘!"이라고 절규하더니 가 버렸다.

이건 그거로군. 얽혀선 안 될 타입의 사람이야.

그보다 왜 저 변태가 이 방에 있었지.

"……사쿠나, 저 사람하고 아는 사이야?"

자그마한 어깨가 움찔했다. 뭐지, 저 놀라는 기색은. 말해 두겠지만 나는 고독과 평화를 사랑하는 안전한 흡혈귀니까 다른 칠홍천처럼 고삐 풀린 살인귀가 결코 아니라고──. 그렇게 알려주고 싶지만 내 본심을 털어두기에는 아직 이를 듯했다.

사쿠나는 더듬더듬 말을 시작했다.

"……저 사람은…… 헬데우스 헤븐. 저를 칠홍천으로 추천해준 칠홍천이에요."

"저것도 칠홍천이야?"

괴짜가 좀 너무 많지 않나? 칠홍천이란 거.

"네. ……하지만 본업은 신부고 제도 외곽에서 교회와 고아원을 운영 중이에요. 실은 저도 그 고아원 출신이랍니다."

"그, 그렇구나."

잘은 모르겠지만 복잡한 사정이 있어 보인다. 너무 캐묻는 것도 그러니 이럴 때는 무난한 일 얘기부터 시작해 볼까? 일 따위는 하고 싶지 않지만.

그렇게 생각하는데 갑자기 대—앵, 대—앵 하는 큰 소리가 울려 퍼졌다. 제도 시계탑에서 나는 음성 마법, 즉 오후가 됐음을 알리는 종소리이다. 그리고 보니 배가 고프네.

"코마리 님, 점심은 어쩌시겠어요?"

"으음……."

그렇지. 모처럼의 기회니까. 여기서 '그럼 식사하고 올게'라면서 돌아가기도 뭣하고. ……그러니까 이건 지극히 자연스러운 흐름일 것이다.

"사쿠나. 너만 괜찮다면 가, 같이…… 점심을 먹지 않을래?"

말했다. 말해버렸다. 누군가에게 이런 말을 먼저 꺼낸 경험이 전무한 나에게는 공전절후한 쾌거라도 해도 과언이 아니다. ——그러나 나는 문득 깨달았다. 이렇게 직전에 불러도 괜찮을까? 보통은 사전에 연락해 두지 않을까?

불안감에 시달리던 나였지만, 사쿠나는 기어들어 가는 목소리로 이렇게 중얼거렸다.

"……네. 꼭이요. 테라코마리 씨가 괜찮으시다면."

☆

뮬나이트 궁전에 딸린 레스토랑 '옥야의 과실'. 궁전을 드나드는 귀족들이 우글거리는 고급 가게이자 평소의 나라면 절대 가까이하지 않을 만한 곳이지만 기왕 온 거 이용하기로 했다.

……실패한 걸지도 모른다.

입점과 동시에 가게 곳곳에서 "건데스블러드 각하다" "정말이네" "역시 영리하고 냉철해" "살육의 오라를 풍기는군" 같은 하나도 기쁘지 않은 칭찬이 날아들었고 이에 위축된 사쿠나가 몸을 움츠리며 내 뒤에 숨는 꼴이 났다.

"역시 다른 곳으로 할까?"라고 제안해 봤지만, 사쿠나는 고개를 붕붕 가로 저으며 거부했다. 잘 모르겠지만 나에게 민폐를 끼치기 싫다는 이유인가 보다. 전혀 민폐 될 거 없는데……. 뭐, 지금은 그녀의 의견을 존중하기로 하자.

그렇게 해서 자리에 앉는다. 내 맞은편에는 사쿠나가. 뒤에는 빌이 있다. ……뒤는 이상하잖아.

"뭐 하는 거야. 앉지 그래?"

"저에게 이런 고급스러운 가게는 안 어울립니다. 하물며 주인과 동석하는 건 메이드로서의 긍지가 용서하지 않아요."

"내 침대로 허락 없이 들어오는 녀석이 무슨 소리야?"

"히윽" 하는 과호흡 같은 소리가 들렸다. 문득 앞을 보니 사쿠나가 뺨을 새빨갛게 붉힌 채 입을 뻐끔거리고 있다. ……응? 왜 저러지?

"그렇죠. 저와 코마리 님은 수많은 사경을 함께 넘어온 유일무이한 파트너였죠."

"사경의 80%는 네가 자발적으로 만든 것 같은데."

"그건 기분 탓이에요. 어쨌든 그런 이유로 저와 코마리 님이 한 이불에 눕거나 나란히 앉는 건 평범한 일이었죠. 그만 깜빡했네요."

빌은 그 말처럼 내 옆자리에 앉았다. 그리고 어째서인지 음모에 성공한 듯한 미소를 사쿠나에게 지어 보였다. 의미를 모르겠다. 신경 쓰지 말자.

우선 요리를 주문한 나는 과감히 입을 열었다.

"자, 그럼 다시 한번 자기소개할게. 나는 테라코마리 건데스블러드. 15살이야. 앞으로 여러모로 신세를 지게 될 테니까 뭐, 으음…… 잘 부탁드립니다."

"저, 저야말로 잘 부탁드려요. 저는 사쿠나 메모아예요. ……저기, 편지는 읽으셨나요……?"

"응, 읽었어. 나도 독서를 좋아해. 사쿠나하고는 마음이 맞을 거 같네."

"네에에……." 그녀는 귀까지 빨개져서는 고개를 숙였다. 그럼에도 모깃소리만 한 말을 잇는다. "감사합니다. 기뻐…… 요. 하지만 그보다 그…… 제 취미 같은 것보다…… 제가 칠홍천이 된 경위에 대해 어떻게 생각하세요? 경멸하셨나요……?"

아아, 사고로 칠홍천이 됐다던 그거 말인가.

경멸 따위 할 리 없다. 완전히 나와 같은 경우니까.

"참고삼아 들어두고 싶은데, 어떤 식으로 하극상을 일으킨 거야?"

"폭살이에요."

폭살은 진짜였냐고.

"……저는 약해서 좀 더 강해져야 한다는 생각에…… 그래서 마법 연습 중이었는데, 그게 우연히 지나가던 칠홍천님께 맞았고 돌아가시는 바람에……."

"그, 그래. 그건 뭐라고 할까…… 운이 안 좋았네."

"네. ……보통, 이 정도 일로는 칠홍천이 될 수 없을 것 같은데, 아까 보신 헬데우스 씨가 너무 힘을 실어주셔서요. '반드시 사쿠나를 칠홍천으로 삼을 겁니다!' 같은 식으로 황제 폐하께 직접 호소했고, 어째서인지 그게 받아들여졌어요."

"그 변태 황제는 귀여운 여자라면 누구든 상관없거든."

"귀, 귀여워…… 요?"

사쿠나가 깜짝 놀란 듯이 눈을 깜빡였다. 어째서인지 옆에 있는 빌이 어류처럼 진지한 얼굴로 이쪽을 바라본다. 뭐야, 이 녀석들.

"어쨌든! 사쿠나의 사정은 대강 알겠어. ──하지만 무엇보다 힘든 건 부하에게 실력을 숨겨야 한다는 점이겠지. 만약 상사가 약하다는 걸 들키면 그 녀석들이 분명 하극상을 일으킬 테니까."

"? 그럴 일은 없을 것 같은데요."

"뭐?"

"부하들은 제가 그렇게 강하지 않다는 걸 알아요. 하지만 이런 저라도 제대로 칠홍천 노릇을 할 수 있도록 서포트해 주고요. 괜찮아, 걱정할 거 없어. 이렇게 격려해 줘요. 다들 좋은 사람들이라…… 그래서 물론 그만두고 싶은 마음은 있지만 그래도 힘내야겠다고 생각해요."

"…………."

그게 뭐야. 무지막지 부러운데…….

나도 그 녀석들에게 털어두면 받아들여 줄까?

아니, 안 되겠지. 분명 죽을걸.

"그, 그래. 환경은 축복받은 것 같아서 다행이야. 하지만 뭐, 어쨌든 부당하네. 직업 선택의 자유는 누구에게나 보장되어야 마땅한데."

"저 같은 애에 비해 테라코마리 씨는 대단하네요. 아니요, 비교하는 것도 실례겠지만……, 그렇게 강하고 칠홍천으로서 많이 활약하고……. 말 그대로 천직 같아요."

그렇지 않아——, 라고 할 뻔했지만 직전에 참았다. 주변 테이블의 귀족들이 귀를 기울이고 있다. 역시 이 레스토랑을 선택한 건 멍청한 짓이었던 듯하다.

어떻게 답해야 하나 고민하는데 빌이 재촉하듯 시선을 던졌다.

"코마리 님. 잡담은 그쯤 하시고 일 얘기를 하는 게 어떠실까요."

뭐야, 이 녀석. 기분이 별로 같다?

"죄, 죄송해요. 테러리스트 퇴치 얘기였죠."

사쿠나가 황급히 자세를 바로 했다. 이 변태 눈치는 볼 필요 따위 없는데.

뭐, 빌의 기분을 맞춰줄 겸 일 얘기나 하자. 하지만 솔직히 그렇게 이야기할 필요성은 못 느끼겠다. 왜냐하면 조금 전 부하들을 풀어났기 때문이다. 그 이상할 정도로 높은 기합을 생각하면 테러리스트가 잡히는 것도 시간문제겠지.

"그래. 일단 얘기를 해볼까. ——사쿠나는 한 번 테러리스트에게 당한 거지? 상대 얼굴은 기억 안 나?"

"죄송해요. 밤에 집에 가려고 칠홍부를 나선 것까지는 기억하는데…… 정신을 차리고 보니 밖에서 죽어 있었어요."

"그렇군요" 하고 빌이 고개를 끄덕였다.

"황제 폐하 말씀에 따르면 범인은 기억을 조작하는 열핵 해방을 소지하고 있다던데요. 메모아 님, 열핵해방을 아시나요?"

순간—— 정말 순간이었지만——, 사쿠나의 시선이 갈팡질팡한 듯했다.

"……네. 아니요, 소문 정도밖에 못 들어봤는데요."

"열핵해방은 마법과는 다른 절대적인 이능이에요. 만약 정말 테러리스트가 열핵해방을 가지고 있다면 주의해서 나쁠 거 없습니다."

"저기, 저는 정말 약한데 괜찮을까요?"

"그건 코마리 님이 서포트하실 테니까 괜찮아요."

빌이 날 향해 윙크했다.

사쿠나가 반짝반짝한 눈으로 이쪽을 봤다.

내 입이 반사적으로 움직였다.

"아무 걱정할 거 없어. 사쿠나는 내가 지킬 테니까!"

"정말 죄송해요. 저는 사과를 한 손으로 찌부러뜨릴 정도의 힘밖에 없어서……."

"…………."

이봐, 잠깐만.

사쿠나 넌 이쪽 사람 아니었어?

"……죄, 죄송해요. 수박 정도는 갈라야겠죠."

"와하하핫! 낙담할 거 없어. 지금이야 파인애플도 거뜬히 깨 뜨리는 나지만, 어릴 적에는 사과가 한계였으니까. 노력하면 수 박도 가능해."

"네. 노력할게요."

"하지만 음식을 함부로 다루면 안 된다?"

"네. 다 먹을게요."

"좋아."

……뭐야, 이 대화는.

"코마리 님, 이야기가 딴 데로 샜는데요"라고 빌이 타이르듯 말했다. 동감이다.

"어쨌든 이 정체 모를 테러리스트에 대해서는 만전을 기할 필 요가 있어요."

"흐음. ——좀 신경 쓰이는데 범인의 목적은 뭐지? 설마 살해 하는 것 자체가 목적은 아니겠지? 내 부하도 아니고."

"정보가 너무 적어서 단정할 수 없어요."

빌은 그 이상 아무 말도 하지 않았다.

분명 이 자리에서 이러쿵저러쿵 해봐야 무의미하겠지. 왜냐하 면 지금쯤 부하들이 열심히 노력 중이니 조만간 테러리스트가 잡힐 것이기 때문이다. 나와 사쿠나는 느긋하게 책이나 별자리 이야기나 하고 있으면 그만이다——. 아니, 역시 그건 좀 상사로서 실격인가. 부하들을 서포트해 보자. 과자를 사준다거나.

그렇게 대충 생각하는데 갑자기 빌이 "자, 그럼" 하고 입을 열었다.

"저희가 해야 할 행동은 하나예요. 테러리스트가 출몰하는 시간은 밤으로 한정되어 있고, 장소도 뮬나이트 궁전뿐. 즉——저녁에 궁전을 순찰하면 돼요."

"······뭐?"

나는 무심코 정색하고 말았다.

밤에 순찰을? ······뭐?

"그럼 낮엔 일 없는 거야? 오후까지 자도 돼?"

"무슨 말씀이세요. 낮은 낮이고 밤은 밤이죠. 아침 9시부터······ 그렇지, 저녁 8시 정도까지 일해주셔야 해요."

"뭐어어어어어어어어어어어어어어어?!"

나는 노발대발한 기세로 일어났다. 아침 9시부터 저녁 8시까지라고······? 그렇게 장시간을 일하면 머리가 터져 죽을걸!

"웃기지 마! 그렇게 일하기는 죽어도 싫거든!"

"코마리 님."

"뭐야!"

"주변 사람들이 주목하고 있어요."

"············."

아연한 표정의 사쿠나. 이쪽을 보고 소곤소곤 얘기를 주고받기 시작한 귀족들.

"각하는 칠홍천이면서." "실은 일하는 게 싫었나?" "저게 본심이라면 칠홍천 실격 아닌가?" "아니, 잠시만. 그냥 말이 헛나온 걸 수도 있어." "헛나온 게 저런 말일 정도면 글러 먹은 거 아닐까?" "듣고 보니."——.

흐음. 난감한걸.

나는 마음을 진정시킨 뒤 다시 빌 쪽을 돌아봤다.

"——웃기지 마! 그렇게 짧게 일하기는 죽어도 싫거든!"

귀족들이 술렁였다. 나는 속으로 눈물을 흘리며 말을 이었다.

"8시는 아이라도 일어나 있을 시간이야! 고작 그래서야 어떻게 교활한 테러리스트를 잡을 수 있겠어! 그렇지, 사건은 우리 눈이 닿지 않는 곳에서 벌어지잖아. 그렇다면 눈이 닿지 않는 곳까지 돌보는 게 칠홍천의 책무일 텐데!"

처어억! 검지를 빌에게 들이대며 포즈를 취했다. 취하고야 말았다.

누군가가 짝짝, 하고 손뼉을 쳤다. 덩달아 다른 누군가도 손뼉을 쳤고 곧 레스토랑이 떠나가라 엄청난 박수갈채가 터져 나왔다.

나는 깊게 절망했다.

그 깊은 절망에 추가 타를 날린 것은 당연히 변태 메이드와 이 상황이다.

"감격했어요……! 코마리 님이 그렇게까지 뮬나이트 제국을 생각해 주고 계셨다니. 알겠습니다. 그럼 오늘부터 매일 밤 10시까지 함께 순찰을 돌죠. 메모아 님도 괜찮으시죠?"

"괜찮아요. 저도 테라코마리 씨를 본받아 노력할게요."

그만해. 존경의 시선을 보내지 마. 나 같은 걸 본받았다간 은둔형 외톨이에 영 글러 먹은 흡혈귀가 될걸—— 이라고 해주고 싶지만, 여느 때처럼 불가능했다.

나는 깊은 한숨을 내쉰 뒤 의자에 앉았다.

밤 10시까지 노동하라고? 그런 걸 어떻게 받아들이겠냐. 사쿠나, 너도 싫지? 싫다면 한마디 해도 상관없다고. ……아아, 아무 불만 없어 보이네. 왜 이렇게 의욕이 넘치는데. 칠홍천 일은 그만두고 싶은 거 아니었어?

"……우선 이로써 미팅은 끝이네."

"네. 우선은 오늘 밤에 순찰하며 상황을 보죠."

왠지 기운이 쭉 빠진다. 힘든 건 이다음일 텐데——. 아니, 잘하면 부하들이 오늘 중으로 범인을 붙잡아 올 수도 있다. 그러면 내가 야간에 노동할 필요성도 사라지니까. 이번만은 그 녀석들의 폭주에 걸어보는 수밖에 없겠군. 살인만은 그만뒀으면 하지만.

"……그러고 보니 내가 주문한 오므라이스는 아직인가?"

"사람이 많으니까요. 시간이 걸리는 거겠죠."

"흐음——."

슬슬 공복이 한계에 가깝다. 어쨌든 오전에는 황제를 만나거나 부하들을 감독하는 식으로 일만 했으니까——, 그렇게 생각하면서 스푼과 포크를 쥐고 대기하던 참에 갑자기 밖에서 뭔가 폭발하는 소리가 들렸다.

그것도 단순한 폭발이 아니다——, 이 레스토랑을 뒤흔들 정

Illustrations copyright © riichu

도로 엄청난 폭발이다.

귀족들이 비명을 질렀다. 나도 비명을 지를 뻔했다.

"뭐, 뭐야?! 설마 테러리스트?!"

"가능성은 충분히 있어요. 자, 코마리 님, 가시죠!"

"자, 잠깐. 그런 위험한 곳에는 가고 싶지 않아아아아아아아 아아! 그보다 아직 오므라이스를 못 먹었어어어어어어어어어어!"

팔을 잡혀 강제 연행됐다.

……힘을 원한다.

이 녀석의 괴력에 저항할 수 있을 만한 힘을 원한다.

☆

궁전의 뜰로 달려간 우리를 맞이한 건 꿈인가 싶은 광경이었다.

시체. 시체의 산이다. 곳곳에 시체가 널려 있다.

게다가 낯익은 얼굴뿐이다. 즉 내 부하, 제7부대 녀석들이 무 참히 살해당해 있었다. 뭐가 뭔지 모르겠다. 혹시 사냥감을 두고 싸우다가 살육전이 발발했나? 그렇다면 납득이 가겠는데——. 아니, 아니야. 그게 아니라고.

"벨리우스! 카오스텔! 너희까지 어떻게 된 거야?!"

풀 위에는 제7부대의 간부인 벨리우스와 카오스텔마저 드러 누워 있었다. 이 녀석들이 당했다면 단순한 싸움이라고 보기는 어렵다.

"죄송합니다……, 각하…….""

벨리우스가 숨을 헐떡이며 입을 열었다. 아무래도 아직 죽지 않은 듯하다.

"이봐, 왜 그래. 무슨 일이 있었는데?"

"녀석이⋯⋯ '검은 섬광'이⋯⋯."

쿨럭, 피를 토해낸 벨리우스는 움직이지 않게 됐다. 핏기가 가시는 느낌이었다. 아무리 죽어도 되살아난다지만 남의 죽음을 목격하는 건 심장에 너무 해롭다.

"괘, 괜찮습니다. 아직 안 죽었어요. 저에게 맡겨주세요."

사쿠나가 한 걸음 앞으로 나섰다. 뭘 하려는 건가 하고 보는데 그녀는 전에도 가지고 있던 거대한 지팡이를 두 손으로 잡더니 그걸 벨리우스 쪽으로 들이대며 주문을 외웠다.

"《마핵, 마핵이여. 만물을 진정케 하고 움직이게 하라》──중급 회복 마법【공급 활성화】."

지팡이 끝에서 뿜어져 나온 희미한 빛이 개 머리가 달린 몸을 감싼다. 그 후로 잠깐 상황을 지켜봤더니 곧 벨리우스가 "콜록 콜록" 하고 기침했다. 되살아났다──기보다 회복한 것이다.

"이렇게 죽지 않은 상태라면 얼마든지 회복을 앞당길 수 있어요."

"대단한걸, 사쿠나!"

"그, 그렇지 않아요⋯⋯. 창옥종은 원래 이런 회복 마법이 특기라서⋯⋯."

"그래도 대단해. 나는 못하거든."

"그런가요⋯⋯. 에헤헤⋯⋯."

이런 대단한 마법을 쓸 수 있다는 말은 처음 듣는데.

조금 전 사과 얘기 때부터 어렴풋이 눈치는 챘지만 이 아이는 나 같은 것보다 훨씬 재능이 있는 것 같군. 당연하지만. 뭐, 그런 얘기는 나중에 하기로 하고──.

"벨리우스. 괜찮아?"

"……네, 어찌어찌." 그는 거기서 퍼뜩 뭔가를 떠올린 듯 공중을 올려다보았다. "각하, 죄송합니다! 프레테 마스카렐입니다. 저희는 녀석에게 졌습니다."

"프레테라고……?"

그때 귀를 찢는 듯한 폭발음이 울려 퍼졌다. 놀라서 고개를 들어보니 정면의 건물 위에서 누군가가 전투를 펼치고 있는 게 아닌가.

한쪽은 검을 든 여성. 농염한 흑발을 바람에 나부끼면서 춤을 추듯 여러 번 찌르기를 반복하고 있다. 영명한 칠홍천, '검은 섬광' 프레테 마스카렐이다.

그리고 다른 한쪽은 경박한 남자다. 프레테의 검을 매끄럽게 피하면서 기회를 보아 특기인 폭발 마법을 쏘아낸다. 제7부대의 간부 멜라콘시다. 이 녀석이 공격할 때마다 건축물 장식품이 망가져 가는데 누구 책임이 되려나.

"칫, 깜찍하긴──. 이거라도 받으세요!"

프레테의 검에 마력이 담겼다. 그녀가 검을 휘두르는 동시에 힘껏 쏘아진 것은 칠흑 같은 마력의 방류──. 아마 상급 암흑 마법이겠지. 그러나 멜라콘시는 무시무시한 각력으로 훌쩍 점프했고 목표를 잃은 암흑 마법은 그의 뒤에 서 있던 첨탑을 산산조각 내며 구름 너머로 사라졌다. 저건 프레테 책임이네.

직후 쿠웅! 하고 내 바로 옆에 멜라콘시가 착지했다.

어마어마한 점프력이야——, 아니, 아니. 그게 아니라!

"이, 이봐. 멜라콘시! 뭐 하는 거야!"

"예! 프레테 화나서 대폭주. 부들부들 화가 나서 쭈글쭈글. 검은 섬광을 얕보지 마라마라. 지옥으로 연행해 줄 테니까."

"평범하게 말해!"

"저 녀석이 덮쳐들어서 싸우고 있었습니다."

"평범하게 말하는 거야?!"

"——어마어마한 트집이네. 나는 내 직무를 다했을 뿐인데."

프레테가 사뿐히 땅에 착지했다. 그녀는 오늘 아침 만났을 때와 전혀 다를 바 없이 거만한 태도로 나를 노려본다. 살짝 겁이 났지만 역시 부하를 이렇게 많이 죽였는데 그냥 넘어갈 수는 없다. 나는 용기를 쥐어짜 내어 한 걸음 앞으로 나섰다.

"프, 프레테! 꽤 엄청난 일을 벌였는걸. 대체 어떻게 된 거지? 대답에 따라서는 화낼 거다! 일주일 정도 무시하고——."

그때, 프레테의 모습이 순식간에 사라졌다.

"흐에?"

이어서 검은 번개 같은 것이 시야에 비친다. 뭐가 뭔지 알 수가 없어서 우두커니 서 있는데 갑자기 새된 소리가 내 고막을 뒤흔들었다.

어마어마한 돌풍. 나는 눈을 크게 뜨고 그 광경을 바라보고 있었다.

눈앞에 사쿠나의 뒷모습이 있었다. 그녀는 거대한 지팡이를 들고 프레테의 검을 막고 있었다. 정말 뭐가 뭔지 모르겠다.

"……어머, 메모아 씨가 반응하는 건가요?"

"저, 저기……. 갑자기 덤벼드는 건, 좀 그렇지 않나요……."

"흥, 잠깐 손이 미끄러졌을 뿐이에요."

프레테는 코웃음을 치며 검을 거뒀다. 그제서야 조금 늦게 상황을 이해했다. 프레테 녀석은 갑자기 나에게 덤벼든 것이다. 당연히 반응할 수 있을 리 없는 나는 그대로 살해당할 운명이었지만, 사쿠나가 내 앞으로 나서 녀석의 공격을 막아줬다.

덕분에 산 것이다, 나는.

"괜찮으세요, 테라코마리 씨?"

"어, 아, 괘, 괜찮아……."

"……죄, 죄송해요! 테라코마리 씨라면 저 정도 공격은 쉽게 막을 수 있겠죠. 주제넘은 짓을 해서 정말 죄송해요……."

"아, 아니, 아니, 아니, 아니! 분명 저만한 공격은 새끼손가락으로 처리할 수 있다는 건 태양이 동쪽으로 뜨고 서쪽으로 진다는 것만큼 당연한 일이지만, 사쿠나에게 도움을 받은 건 사실이니까! 고마워!"

"에헤헤헤……, 칭찬받았다."

뭐야, 얘. 귀엽네. 게다가 듬직해. ……어? 천사인가?

그런데 옆에 있는 빌은 쿠나이를 들고 살벌한 분위기를 집어내는데 뭐 하는 거지?

"제가…… 코마리 님을 구하려고 했는데……."

얼굴이 좀 무섭거든. 뭐, 됐나—— 그렇게 적당히 생각하던 나였지만 좀 더 얼굴이 무서운 녀석이 전방에 있다는 걸 기억해 내고 황급히 마음을 다잡는다.

갑자기 덤벼든 묻지 마 살인마 같은 칠홍천—— 프레테 마스카렐은 매우 불쾌하다는 듯 혀를 차며 말했다.

"꽤 추종자를 잘 부려 먹는군요. 본인은 아무것도 안 하면서."

"아무것도 안 하면 뭐 어때! 기분이 그런 날도 있다고! ——그보다 너는 제7부대 사람들에게 무슨 짓을 한 거야? 살인은 범죄라고!"

"간단해요. 당신의 추잡한 부하들이 궁전의 풍기를 어지럽히길래 토벌했어요."

"풍기를 어지럽혀? 담배라도 피웠어?"

"그런 미적지근한 게 아니에요!" 프레테는 귀신 같은 눈으로 나를 힐끗 살폈다. "당신은 부하들을 대체 어떻게 교육하는 건가요? 기물 손괴에 살인 미수——, 이래서는 제7부대가 테러리스트 같잖아요!"

"잠시만, 무슨 소리야……?"

"여기서 죽은 당신의 부하들이! 뮬나이트 궁전에서 안하무인으로 날뛰고 있길래 제가 막았다고요!!"

"…………."

나는 벨리우스 쪽을 봤다.

그는 귀를 축 늘어뜨리며 말했다.

"죄송합니다. 녀석들의 폭주를 막지 못했어요."

……어라? 그럼 잘못은 우리한테 있단 건가?

죽여도 할 말이 없는 거냐고?

"──잠깐, 건데스블러드 씨 듣고 있어요? 당신의 감독 부족 때문에 궁전에 막대한 피해가 생겼다고요? 이 책임을 어떻게 질 건가요?"

"도, 돈을 낼 테니까……."

"돈으로 뭐든 해결할 수 있다고 생각하면 큰 착각이에요!"

"뭐든 할 테니까……."

"그런 말은 쉽게 입에 담으면 안 돼요!"

그럼 어쩌라고. 다 같이 봉사활동이라도 해? 아니면 근신 처분? 그럼 대환영이지만, 그런 걸로 프레테가 용서해 줄 것 같진 않고──.

그런 식으로 쩔쩔매고 있는데 검은 섬광은 히죽 웃으며 이렇게 말했다.

"저는 이번 사건으로 건데스블러드 씨가 칠홍천에 어울리지 않는다고 판단했어요. 실력이 불분명한 데다 자기 소대를 적절히 관리하지조차 못하잖아요. 이런 칠홍천은 여태껏 없었다고요."

옳으신 말씀입니다.

옳으신 말씀이니까 벨리우스, 그렇게 부모의 원수라도 보듯 프레테를 노려보지 말아줘. 그리고 멜라콘시, 마법을 영창하려 고 하지 마. 빌도 쿠나이를 거둬.

"건데스블러드 씨, 무슨 반론은?"

"딱히 없어."

"그런가요!"

프레테는 유쾌해서 못 참겠다는 표정으로 이렇게 마무리 지었다.

"그럼 저는 테라코마리 건데스블러드의 불신임 가결안을 제출하겠어요. 심의는 나중에 '칠홍천 회의'에서 하죠. ——아시겠지만 칠홍천 회의란 그 이름처럼 칠홍천 전원에게 출석이 의무화된 특별 회의예요. 물론 당신도 출석해야겠죠. 후후후——, 어떤 판결이 내려질지 벌써 기다려지네요."

☆

"——저기, 빌. 칠홍천 회의인지 뭔지에서 파면당하면 어떻게 돼?"

"계약 마법이 취소되는 건 아니니까 폭발해서 죽겠죠."

"역시 죽는 거냐고!!"

내 입에서 새어 나온 혼의 절규는 땅거미에 녹아들어 사라졌다.

밤. 뮬나이트 궁전.

낮에 말했던 야간 순찰 중이다. 저녁 6시에 통상 업무가 끝난 후, 일단 식당에서 식사를 마치고 사쿠나와 합류해 탐색을 개시했다. 그 후로 1시간 정도 어슬렁어슬렁하고 있지만 테러리스트가 출몰할 기색은 전혀 없었다.

그보다 지금 생각한 건데 범인은 정부 요인을 노리는 거니까 이렇게 목적 없이 어슬렁거려 봤자 의미 없지 않을까? ——뭐, 그런 건 지금은 아무래도 상관없지만.

현재 나의 마음을 좀먹고 있는 건 야근 때문에 느끼는 성가심이 아니다.

굳이 말할 것 없이 죽음을 향한 공포지. 부활한다지만 아픈 건 너무 싫다.

"아—, 정말. 테러리스트 퇴치도 있는데…… 잇달아서……!"

"하는 수 없죠. 언젠가는 이렇게 될 줄 알고 있었으니까요."

"알고 있었냐고."

"누구든 알걸요. 전쟁에서 코마리 님은 단 위에 자리한 인형 같은 존재. 의심을 품은 어리석은 자가 시비를 거는 건 쉽게 상상할 수 있는 일이잖아요."

듣고 보니 그러네. 요한도 나에게 결투를 신청했었고 말이지.

"……칠홍천 회의는 어떤 느낌이야?"

"알기 어려워요. 하지만 프레테 마스카렐의 말을 들어보면 칠홍천끼리 이야기를 주고받은 뒤 코마리 님의 생사를 정하는 게 아닐까요? 다수결일 가능성도 있겠네요."

"그런 걸로 정하게 둘 거 같아! 어떻게 생각해 봐도 죽잖아! 내 편을 들어줄 만한 사람 따윈——."

"괘, 괜찮아요!"

옆을 걷고 있던 사쿠나가 지팡이를 꼭 움켜쥐며 말했다.

"다수결이 되면 전 테라코마리 씨 편을 들게요. 왜냐하면 테라코마리 씨만큼 칠홍천에 어울리는 사람은 또 없으니까……."

"사, 사쿠나아……!"

나는 감동했다. 칠홍천에 어울리니 어쩌니 하는 시비는 둘째치고, 지금까지 진지하게 나를 옹호해 주는 흡혈귀가 또 있었나? 아니, 없지(단언). 너무 기뻐서 나는 무의식중에 하얀 머리를 툭툭 쓰다듬었다. 참고로 그녀는 나보다 키가 크다.

"역시 사쿠나는 착하네. 다음에 같이 사쿠나가 좋아하는 별자리를 보러 가자."

"네, 네. 감사합니다아……. 으음, 그, 머리를……."

"아. 미안, 무심코…… 싫었어?"

"싫지 않아요. 기뻐요……. 언니가 생긴 것 같아서."

"언니?"

"윽. 죄, 죄송해요! 저도 모르게……."

사쿠나는 '일 났다'라는 느낌으로 굳은 표정을 지었다.

대체 왜 그렇게 당황하는 거지?

"정말 죄송해요. 저 같은 게 친한 척하면 민폐겠죠……."

"별 상관 없어. 사쿠나가 동생이 된다면 대환영이지."

"그, 그런가요……? 에헤……, 코마리 언니."

"음……, 그 울림은 좀 좋은걸. 좀 더 불러줘."

"코마리 언니!"

"…………."

머리를 부드럽게 쓰다듬자 사쿠나는 눈을 가늘게 내리뜨며 기쁜 표정을 지었다. 그녀에게 꼬리가 나 있었다면 붕붕 저으며 날뛰지 않았을까 싶은 모습이다.

뭐야, 이거. 귀여운데. 아무 도움 안 되는 친동생이 꼭 좀 본 받았으면 싶다.

……어라? 그러고 보니 이 아이는 16살이었지. 그렇다는 건 나보다 연상이잖아.

연상의 동생이라니 괜찮은 거야? 뭐, 상관없나. 그냥 장난하는 거니까.

"코마리 님, 꽁냥꽁냥하실 때가 아니에요."

냉철한 목소리를 듣고 정신을 차린다.

냉철한 표정을 지은 빌이 이쪽을 보고 있었다.

"메모아 님이 옹호하신다고 해도 코마리 님이 살아날 가능성은 적어요. 왜냐하면 칠홍천은 그 밖에도 5명이나 더 있거든요. 아마 그 대다수가 코마리 님에게 반감을 품고 있겠죠."

"마, 맞다……! 어떡하면 좋지? 돈이라도 줄까?"

"매수는 옳지 않아요."

"정론 따위 진짜 싫어! 내 목숨이 걸렸다고!"

"그러니까 매수 같은 건 필요 없어요. 저한테 맡겨주신다면 만사가 잘 풀릴 거예요. ──코마리 님, 제 눈이 보이세요?"

"눈……? 이봐, 어떻게 된 거야? 충혈돼서 새빨간데……."

빌의 두 눈은 어둠 속에서 붉게 빛나고 있었다. 이미 충혈 수준이 아닌 것 같은데──, 걱정하는 나를 아랑곳하지 않고 그녀는 키득 웃으며 말했다.

"열핵해방【판도라 포이즌】 겨우 드셨나 봐요."

"무슨 소리야, 너."

"자세히 설명하지 않았죠——. 제 열핵해방은 미래를 보는 이능. 자기 피를 남에게 먹임으로써 그 누군가의 머지않은 미래를 지각할 수 있죠. 다만 이번에는 먹인 피의 신선도가 낮아서 희미하게만 보이지만요."

사쿠나가 깜짝 놀란 듯이 빌에게서 한 걸음 멀어졌다.

미래를 본다고 해도 딱 느낌이 오지는 않지만—— 뭔가 대단해 보였다.

빌은 새빨간 눈으로 허공을 둘러보며 중얼중얼 무슨 말을 중얼거리기 시작했다.

"칠홍천 회의——, 프레테 마스카렐——, 헬데우스 헤븐——, 오디론 메탈——, 그래, 그렇군." 그리고 내 쪽을 돌아보더니 이렇게 말한다. "알겠어요, 모든 걸."

"뭘 알았는데?"

"회의란 이름뿐인 신문회. 그게 3일 후에 열릴 칠홍천 회의의 실태예요. 프레테 마스카렐은 고압적이면서도 논리적인 말로 코마리 님에게 계속 따지고 들 거고, 최종적으로는 다수결로 코마리 님이 칠홍천에 어울리는지 어떤지 정할 생각인가 봐요."

"……그래서 어떻게 되는데?"

"회의장에서 코마리 님은 폭발하세요."

"농담이지?"

"정말이에요."

"농담이지?"

"정말이에요."

"농담이라고 해줘어어어어어어어어어어어!"

"농담이에요."

"농담이야?!"

"농담으로 만들게요. 미래는 사람의 행동에 따라 어떤 쪽으로든 바꿀 수 있거든요. 저에게 맡겨주신다면 코마리 님이 폭사할 일은 없어요. ──그래요, 절대요."

빌은 자신만만하게 그렇게 말했다.

그렇게 해서 나는 떠올렸다.

그래, 지금까지도 그랬잖아. 이 녀석에게 맡기면 이래저래 잘 풀린다. 안심하고 있기는 힘들겠지만 어쨌든 그녀를 믿어봐야 하지 않을까── 그렇게 희미한 희망이 생기는 걸 느끼는데 갑자기 빌이 정수리를 이쪽으로 들이밀었다. ……무슨 짓이지?

"코마리 님을 위해 성심성의껏 일할게요."

"그, 그래. 고마워."

"저도 착한 아이예요."

"…………."

표정이 진지했다. 우선 빌의 머리를 쓰담쓰담했다. 라벤더 같은 냄새가 났다.

그때 문득 사쿠나가 어리둥절한 눈으로 이쪽을 보고 있단 걸 알아차렸다.

"저기…… 테라코마리 씨는, 꽤 싸우는 걸 싫어하시나요?"

"뭐? 왜, 왜왜왜왜왜왜왜?"

"그게…… 평범한 칠홍천이었다면 좀 더 폭력적인 수단으로 해결하고 싶어 했을 거예요. 프레테 씨처럼 거역하는 상대가 있다면 그 자리에서 힘을 과시하며 입을 다물게 한다거나……."

이런. 예리한걸, 이 녀석.

"──무, 물론 그렇게 하는 게 가장 효과적이겠지만! 하지만 나는 무익한 싸움은 하지 않는 주의거든! 가능한 일이라면 대화로 해결하고 싶어."

"흐음……."

역시 그렇겠죠, 하고 사쿠나는 안심했다는 듯 웃었다.

의미를 잘 모르겠지만, 뭐, 신경 쓸 필요는 없겠지.

이리하며 지옥의 칠홍천 회의가 다가온다.

참고로 이날 테러리스트는 찾지 못했다.

"——비난하는 자에게 지면 안 된다. 마음을 굳게 먹어야 해."

언니는 누차 그렇게 말했다.

괴롭힘을 당한 건 아니다. 그러나 흡혈귀가 사는 나라에서 창옥종의 피를 잇는 사쿠나의 모습은 붕 떠 보였고, 그렇기에 마음에 없는 험담을 듣는 경우가 많았다.

그런 사쿠나를 언니는 온화한 미소로 받아들여 준다.

"왜 그래? 또 안 좋은 일이 있었니?"

사쿠나는 사정을 설명했다. 학원 수업 때 그룹을 짓게 됐는데 자기만 남았다는 것. 반 친구가 혼자 있는 사쿠나를 보고 키득키득 웃은 것.

"그래. 너무한 녀석들이네. 내가 죽여버려야지."

"하지 마. 정말 하지 마."

황급히 그녀의 팔을 붙들었다. 호전적인 것이 옥에 티었다.

사쿠나는 당황한 듯 언니의 얼굴을 올려다봤다.

"왜 이렇게 되는 걸까?"

"어쩔 수 없을지도 몰라. 국가라는 건 은둔형 체질이니까. 마핵이 있으니까 자연스레 그렇게 되는 거겠지만——. 자기 국가의 종족만 생각하니까 우리처럼 조금 별난 인간은 배제당하기 십상이지. 정말 너무해."

"난 어떡해야 해……?"

"으음, 사쿠나 넌 소극적이니까. 조금 용기를 내서 행동해 보는 게 좋겠어. 어쩌면 역습을 당할 수도 있지만, 아무것도 안 하는 것보다는 낫지. 무슨 일 생기면 언니가 어떻게든 할게. 너에게 심한 짓을 하는 녀석은 죽여버릴 거야."

"안 죽여도 돼……."

"죽여버리겠다 정도의 마음으로 있는 게 좋아. 마음이 강한 사람에게는 특별한 힘이 깃들거든. 그리고 사쿠나에게는 충분한 자질이 있어. ──나는 알아."

점점 용기가 솟구치는 걸 느꼈다. 하지만 언니의 말은 다소 구체성이 빠져 있다.

"……저기, 나는 어떡하면 돼. 알려줘."

"네가 다음에 울고 싶어질 때. 그게 신호야. 분명 힘들겠지만 결코 꺾여선 안 돼. 자신을 이런 불행에 빠뜨린 원인이 무엇인지 그걸 잘 생각해 보고 네 뜻대로 하면 돼. 그러면 사쿠나 넌 행복해질 수 있을 거야."

사쿠나와 언니는 그렇게 나이 차가 크지는 않다. 그럼에도 이 소녀는 묘하게 추상적이고 현학적인 표현을 좋아하곤 했다. 이 상식을 벗어난 분위기가 사쿠나는 좋았다.

그리고 무엇보다 언니는 아름다운 별자리의 모양을 하고 있으니까──.

"……잘 모르겠지만, 알겠어."

역시 그녀의 말은 종잡을 수가 없었지만 그래도 사쿠나는 존경스러운 언니에게 진심으로 감사를 표했다.

"정말 고마워. ……코마리 언니."

그게 몇 년 전 일이다.

다정했던 언니는 이제 없다.

※

야간 순찰은 성과 없이 끝났다.

코마링 각하나 메이드 빌헤이즈와 헤어진 사쿠나는 어둠에 감싸인 길을 가볍게 깡충거리며 걸었다.

마음이 들뜨면 몸에 힘이 넘친다.

아침 9시부터 저녁 10시까지 하는 노동은 힘들다면 힘들다. 그러나 사쿠나 메모아의 정신은 피로를 모른 채 고양되어 있었다. 심장이 두근두근 뛰고 있다. 동경하는 아이돌을 염원하던 대로 만난 소녀처럼 들떠 있었다.

──왜냐면, 왜냐면 왜냐면 테라코마리 건데스블러드 대장군님을 만났으니까.

게다가 머리를 쓰다듬어 줬어. 부드럽고. 정중하게. 쓰담쓰담! 이래도 흥분하지 않으면 뮬나이트의 흡혈귀로서 실격이지!

──사쿠나는 그렇게 생각한다.

"쿠후. 쿠후후후후후후후후후……."

자신도 모르는 사이 얼굴이 히죽거린다. 누가 보면 곤란하다는 건 알지만 뺨이 느슨해지는 걸 어찌할 수 없다. 군복을 입은 주정뱅이와 엇갈렸으나 전혀 신경 쓰이지 않는다.

사쿠나에게 테라코마리 건데스블러드는 동경의 대상이었다.

이유는 간단하다. 그녀는 사쿠나에게 없는 걸 많이 갖고 있기 때문이다.

우선 귀엽다. 예쁘다. 그리고 강하다. 카리스마도 있다. 오늘 만나보고 알았는데 의외로 친해지기도 쉽다. 자기처럼 못난 신입에게도 잘해준다. 최강의 흡혈귀인데 폭력을 쓰지 않고 얘기로 해결하고자 하는 평화로운 마음을 가졌다.

이렇게 대단한 사람과 일할 수 있다니 꿈만 같다.

칠홍천이 되어봤자 안 좋은 일만 있는 줄 알았는데 이건 뜻밖의 행운이다――. 그렇게 만감을 품으면서 사쿠나는 자택 문에 열쇠를 찔러넣었다.

자택이라고 해도 제국군의 여자 기숙사이다. 뮬나이트 궁전 중심에서 강을 사이에 두고 반대쪽에 있는 낡은 집이다. 칠홍천에게는 좀 더 좋은 숙소가 주어지지만 사쿠나는 이 좁고 낡은 원룸이 마음에 들어서 이사할 예정은 없다. 마음이 편하니까.

"다녀왔어――."

끼이, 문을 열어젖힌다. 당연하지만 캄캄했다. 사쿠나는 미량의 마력을 조종해 천장에 설치된 마등에 쏟아부었다. 주변이 확 밝아졌다.

눈앞에 코마리가 서 있었다.

단순한 코마리가 아니다.

사쿠나가 만든 코마리다. 중급 조형 마법【머드 크리에이션】으로 제작한 등신대 코마리 인형. 자세히 보면 만든 것이란 게 티 나지만 언뜻 보기에는 본인이 거기 있나 할 정도의 만듦새다. 그게 좁은 방 곳곳에 서 있었다. 총 15개다.

"다녀왔어, 코마리 언니."

만면의 미소를 지으며 코마링 인형에게 인사한다. 단 하나에게만 인사하면 다른 코마리 언니가 토라질지도 모른다. 그러니까 전원에게 인사하는 것이다. "다녀왔어, 코마리 언니." "다녀왔어, 코마리 언니." "다녀왔어, 코마리 언니."── 빠짐없이 15개 모두에게 '다녀왔다'라고 인사한 사쿠나는 만족스레 고개를 끄덕인 다음 군복을 벗지도 않고 그대로 침대로 쓰러졌다. 코마링 각하의 전신이 프린팅된 안는 베개를 끌어안으면서 오늘 일을 되새기고는 몸부림친다.

아아. 아아── 겨우 동경하는 테라코마리 씨와 이야기했어!

사쿠나의 마음을 감싼 것은 절대적인 환희. 그리고 이 환희는 한동안 이어지겠지. 그렇게 생각만 해도 마음속이 찡해 오면서 자연스럽게 웃음이 나는 것이다.

사쿠나는 문득 천장을 올려다봤다. 그곳에 처덕처덕 붙어 있는 것은 암시장에서 산 코마리의 도촬 사진이다. 잠에서 깬 순간 동경하는 사람의 얼굴이 시야를 가득 메우면 '오늘 하루도 힘내자'라는 기분이 든다.

"쿠후후. 후후후후."

천장에서 시선을 돌려도 반드시 코마리의 무언가가 눈에 들어

온다. 등신대 코마리 인형은 두말할 것도 없지만 말이다. 옷장 속에 든 각하 티셔츠와 코마링 각하의 활약이 실린 신문 스크랩, 직접 그린 코마링 각하의 초상화—— 어딜 보나 코마리. 코마리코마리. 코마리.

총 100개의 코마리 굿즈다.

숨길 게 뭐 있겠는가, 사쿠나는 코마링 각하가 너무 좋은 것이다.

당사자가 보면 찢어지는 비명을 지르며 실신할 듯한 광경이지만, 보여줄 생각은 조금도 없으니 문제없다. 만약 보면 깨끗하게 할복할 각오다.

"하아……, 코마리 언니."

일하는 건 싫다. 죽는 것도 죽이는 것도 별로다.

하지만…… 이 일을 하는 덕에 그 사람과 아는 사이가 되었다.

"내일도, 만날 수 있겠지……."

좀 더 얘기를 나누고 싶다. 좀 더 친해지고 싶다. 좀 더 그 사람에 대해 알고 싶다. 머리부터 발끝까지 다 알고 나서 준비가 되면 어두운 곳으로 불러내 심장을.

반짝였다.

머리맡에 둔 통신용 광석이 희미한 빛을 뿜어냈다.

사쿠나는 얼굴이 창백해졌다.

조금 전까지의 고양감은 단숨에 사라졌다.

또 그거다. 그 안 좋은 기억이 떠오른다. 하지만 응답하지 않을 순 없다. 안 하면 나중에 어떤 꼴을 당할지 모른다.

광석은 계속해서 빛난다. 마치 사쿠나를 몰아붙이듯이.

심호흡했다. 떨리는 손으로 마력을 쏟아부었다.

[──뭐 하는 거야, 사쿠나 메모아!!]

몸이 움츠러들었다.

폭력적인 험악한 말이 울려 퍼졌다.

[너는 바보냐, 멍청이냐, 얼간이냐고! 벌써 3일이나 지났는데 칠홍천을 하나도 못 죽였잖아. 꾸물거리다간 황제 녀석에게 들킬걸!]

"죄, 죄송해요. ……하지만 저 같은 게 이길 수 있을지……. 게다가 칠홍천들은 혼자 있는 경우가 거의 없어요."

[그럼 결투든 뭐든 하면 되잖아. 녀석들은 문관과는 달라, 공석에서 죽여도 문제 될 게 없는데. 그 정도 생각도 못 하냐?!]

"제, 제국 군법이 있어요……. 제11조 3항 '칠홍천 간의 사적인 결투는 어떤 경우에도 금지한다'래요."

남자의 말문이 막혔다. 그 덕에 사쿠나는 괜한 말대답을 했다는 걸 알아차렸다.

바로 폭풍우 같은 노성이 날아들었다.

[——그럼 거기서 어떻게든 하는 게 네 일이잖아!]

"죄송해요. 죄송해요, 죄송해요……."

[에잇, 짜증 나게. 연약한 소리 내지 마! ——이제 됐어, 알겠어. 네 아둔함은 추웅분히 알겠다고. 준비는 이쪽에서 해두마.]

"준, 비……?"

[말 그대로 준비지. 마침 프레테 마스카렐이 재미있는 모임을 기획 중인 것 같으니까, 거기 얹혀 가기로 하지. 말해 두겠는데 실패는 절대 용납 못 한다. 혹시 실패하면—— 우리 뒤집힌 달의 간판에 먹칠하는 경우가 생기면—— 그래, 벌이 필요하겠네. 너희 가족이 몇 명이었지?]

히죽 웃는 기색이 났다. 사쿠나는 어마어마한 한기를 느끼며 몸서리쳤다.

[가족은 몇 명이냐고 묻잖아!]

"세, 세 명이요! 아버지와 어머니, 언니가……."

[그럼 다 죽인다. 네가 실패할 때마다 우리의 신구(神具)로 전원을 죽여주겠어. 가족을 잃기 싫으면 칠홍천을 모두 해치우도록, 사쿠나 메모아.]

전화가 뚝 끊겼다.

한동안 꼼짝도 하지 못했다. 머리가 새하얘지면서 멍하니 그 자리에 굳어 있었고 벽걸이 시계의 바늘이 저녁 11시를 가리킬 무렵에야 감정이 재가동했다.

침대에 풀썩 드러눕는다.

죽이고 싶지 않다. 죽고 싶지도 않다. 하지만 죽이지 않으면 죽는다.

이렇게 부당한 일이 또 있을까.

"코마리, 언니……."

사쿠나는 그녀의 이름을 되뇌면서 안는 베개를 끌어안았다. 자기도 모르는 새 흘러넘친 눈물이 시트에 얼룩을 만든다. 자신도 그 사람처럼 강하고 아름답고 용맹하고 과감했더라면, 이 부당한 환경을 타파할 수 있었을까? 아니──.

──자신을 이런 불행에 빠뜨린 게 무엇인지, 그걸 잘 생각해 보고 자기 뜻대로 행동하면 돼.

그래, 그 사람이 그러지 않았는가.

아직 자신에게 할 수 있는 일이 있을 것이다.

"……51. 52. 오늘로 53. 이걸로 전부야."

서랍에서 반짝이는 돌을 꺼낸다.

하나도 대단할 게 없는【전이】의 마법이 봉인된 마법석이다.

이 행위에 무슨 의미가 있는지는 모르겠다. ──그러나 저항하지 않고 가만있을 수는 없었다. 이건 작은 반역이다. 얄미운 테러리스트에게 하는 가벼운 복수.

사쿠나는 심호흡한 뒤, 마력을 담아【전이】를 발동시켰다.

코마리투성이인 방에서 소녀의 모습이 훅 사라졌다.

그 후로 매일 밤 순찰을 돌고 있지만 테러리스트는 결국 찾지 못했다. 새 희생자가 나왔다는 이야기도 없는 걸 보아 우리의 야근이 효과를 발휘한 걸지도 모른다. 어쩌면 테러리스트가 살인에 질려버렸을 수도 있고. 이미 목적을 달성해서 범행을 그만뒀을 가능성도 부정할 수 없지만——, 솔직히 그런 건 아무래도 상관없다.

마침내 그날이 오고야 만 것이다.

굳이 설명할 필요도 없는 그것. 칠홍천 회의다.

"아아아아아아아아아아아아아아, 가기 싫어 가기 싫어 가기 싫어어어어어어어어!!"

나는 소리쳤다. 체면이고 뭐고 절규 중이다.

아침. 내 방. 침대 위. 오늘에야말로 꾀병을 부리려고 모포를 몸에 감고 있는데 갑자기 변태 메이드가 나타나서 "출근하실 시간이에요"라며 싱글싱글 말했다. 그야말로 사신의 선고였다.

"코마리 님, 제가 서포트할 테니까 괜찮아요. 어지간한 일이 없는 한은 안 죽어요."

"어지간한 일이 있으면 어쩔 건데!"

빌은 혀를 내두르는 느낌으로 어깨를 으쓱했다.

"대체 왜 그러세요. 지난번에는 '빌을 믿으니까 괜찮아!'라면서 저를 끌어안아 주셨으면서."

그런 짓을 한 기억은 없거니와 말한 기억도 없다.

"……그야 너는 나름대로 신뢰하고 있어. 하지만 잘 생각해 보면 이번 상대는 제국 최강의 7인이거든. 요한 때처럼은 안 돼!"

"그렇군요. 생각하는 사이 불안감이 커진 거네요——. 하지만 안심하세요. 코마리 님이 폭발할 가능성은 사라졌어요."

"그것도 열핵해방으로 본 거야?"

"아니요. 효과가 다 돼서 안 보이는데요."

"아, 그래."

나는 이번에야말로 고개를 돌렸다. 돌고래 안는 베개에 고개를 묻는다.

오늘은 이제 밖에 나가지 않는 게 좋을지도 모르겠군. 응. 나는 잘 거야. 꿈속에서 과자 나라에 갈 거라고. 이제 아무도 말 걸지 마.

"코마리 님, 가실 마음은 없으세요?"

"없어."

"또 소설을 낭독할 거예요."

"……딸기 우유 얘기지? 별 상관 없어."

"아니에요. 신작 쪽이죠."

"어, 어떻게?! 무리하게 읽지 않겠다며! 그보다 책상 서랍은 잠가놨을 텐데?! 어떻게 읽은 거야?!"

"'어지간한 일이 없는 한은 읽지 않겠다'라고만 했어요. 이번은 어지간한 상황이니까 책상 서랍을 부수고 협박 소재로 꺼내 왔죠."

"아아아아아아아아아아아아아아아아아아아아아아아아!!"

나는 머리를 싸매며 침대 위에서 몸부림쳤다.

아아, 그래. 젠장! 어차피 읽을 줄 알기는 했어! 빌이니까, 내가 쓴 소설을 너무너무 좋아하는 변태 메이드니까! 그쪽이 그렇게 나온다면 좋아. 알았어. 제대로 화내주지!

"흥! 그건 언젠가 세상에 공표할 예정이었어! 실컷 읽어보시지 그래!"

"그래요? 그럼 사쿠나 메모아 님, 부탁드립니다."

"네? 네, 네──. '오렌지 계절의 사랑'."

"잠시마아아아아아아아아아아아아아아아아아아아아안!"

나는 벌떡 일어났다. 벌떡 일어난 순간 눈에 들어온 것은 백은색 머리카락을 가진 소녀의 모습이었다.

사쿠나 메모아. 이 독특하고 덧없는 분위기, 틀림없다.

빌이 눈으로 말하고 있었다. '밖으로 안 나가겠다면 사쿠나에게 읽게 하겠다'라고.

"아, 테라코마리 씨. 좋은 아침이에요. 칠홍천 회의도 힘차게 가보자고요."

"으, 음! 힘내야지! 힘낼 텐데…… 으음, 사쿠나 넌 왜 여기에?"

"기왕이면 같이 갈까 해서요……."

사쿠나가 사는 곳은 기숙사지? 엄청 빙 돌아서 가는 거 아닌가? ──그렇게 생각했지만 그녀는 마법사다. 공간 전이 마법

정도는 숨 쉬듯 자연스럽게 소화할 수 있겠지.

"아, 안 되나요?"

"안 되지 않아, 안 되지 않아! 오히려 대환영이지!" 거기서 나는 그녀의 손 쪽으로 눈을 돌리고 말했다. "그런데 그 원고 말이야……."

"이거요? 으음, 이게 뭔가요?"

사쿠나가 빌에게 물었다. 빌은 우쭐한 얼굴로 답했다.

"장래 위대한 작가가 될 분의 작품이에요. 책을 좋아하신다고 하길래 메모아 님께도 읽게 해드릴까 싶어서. 아마 마음에 드실 거예요."

이 자식, 적당히 둘러대고 있어!

"그랬군요. 테라코마리 씨는 벌써 읽으셨나요?"

"흐에?! ……그, 그러게. 읽었지." 그야 직접 쓴 거니까.

"재미있었나요?"

"재미있었는지 없었는지를 따지면…… 너, 너무 재미있었지!"

"우와, 기대돼요. ……그런데 이건 누가 쓰신 건가요?"

뜨끔했다. 언젠가 세간에 발표할 예정이라는 건 틀림없다──. 그러나 현재 시점에서 사쿠나에게 소설을 쓴다는 걸 알리고 싶진 않았다. 왜냐하면 창피하니까.

그렇기에 나는 숨기기로 했다. 나중에 일이 성가셔질 것 같다는 예감이 들었지만 지금은 무시하자.

"그건 말이지……. 내 친척이 쓴 거야. 자신작이니까 봐달라고 해서……. 사쿠나도 읽고 나서 감상을 들려줘. 전해줄 테니까."

"네. 꼭 읽어볼게요."

사쿠나는 기쁘다는 듯 웃었다.

……어라? 이건 최고의 형태 아닌가? 작가명이 감춰진다면 소리 내어 읽든 숙독하든 난 아무 타격도 없다. 그러니까 이건 협박이 못 된다. 밖에 나갈 필요도 없다.

게다가, 게다가 말이야. 좀 사쿠나를 속이는 것 같지만, 내 원고를 누가 읽어준다니 대단하지 않나? 기탄없는 의견과 감상을 들을 수 있을지도 모르잖아. 우와, 두근두근하네.

"그건 코마리 님이 쓰신 거예요."

"왜 밝히고 그래, 너?!"

"네? ……정말 테라코마리 님이 쓰셨나요?"

"아, 아니야. 사쿠나! 이 변태 메이드는 하루에 거짓말을 대여섯 번은 해야 속이 풀리는 거짓말쟁이거든! 그건 내 친척이 쓴 책이야!"

"그런가요……. 조금 아쉽네요."

사쿠나는 정말 아쉬운 듯 손에 든 원고로 시선을 내렸다.

위험해, 위험해. 이 변태 메이드를 방치하면 좋을 게 없겠어.

그렇게 생각하는데 그 변태 메이드가 내 팔을 덥석 붙들더니 미소 지었다.

"자, 정말 들키고 싶지 않다면 밖으로 나갈까요?"

"소, 손대지 마. 변태야! 오늘은 영원히 잘 예정이야! 영면할 거라고!"

"그건 죽은 건데요."

"영면할 정도의 기세로 자겠다는 뜻이야! 어쨌든 난 밖에 안 나가!"

"장난하지 마시고요. 여기에는 메모아 님이 계세요."

"…………."

깜빡했다. 사쿠나는 곤란하다는 표정으로 이쪽을 보고 있다. 최악이었다.

소설 운운은 가벼운 잽에 불과했던가 보다. 이 녀석이 (어째서인지) 싫어하는 사쿠나를 내 방에 들인 건 그런 이유였던 것이다.

"테라코마리 씨. 일 때문에 피곤하고 수면이 부족하신 건 알지만……. 그래도 가야 한다고 봐요. 저도 응원하고 있어요. 같이 힘내보죠."

도망칠 곳은 없나 보다.

일단 나는 선배고 말이지. 후배 앞에서는 폼을 잡는 게 인간의 성질이라는 것이다.

그런 이유로 나는 침대 위에 우뚝 서서 이렇게 선언했다.

"좋아! 칠홍천들의 얼굴을 보러 가주실까! 뭐, 걱정할 거 없어. 결국 나만큼 '제국 최강의 7인'에 어울리는 흡혈귀는 또 없을 테니까!"

그 후 죽도록 후회했다.

☆

뮬나이트 궁전 '피바다실'. 과거 내가 부하들과 처음 대면한 곳이다. 군복을 입은 흡혈귀들이 쫘르륵 서 있는 광경만이 눈에 새겨져 있지만 오늘은 그저 넓기만 한 공간 중앙에 거대한 원탁이 덩그러니 놓여 있을 뿐이다.

그리고 그 원탁을 에워싸듯 그 녀석들이 앉아 있었다.

무섭다. 너무 무섭다. 이놈이고 저놈이고 건실해 보이는 녀석이 없다. 과장 없이 천 명 단위로 사람을 죽여온 위험한 녀석들, 그게 뮬나이트 제국 대장군 칠홍천인 것이다.

"어머어머, 건데스블러드 씨! 게다가 사쿠나 메모아 씨까지! 두 분이 사이좋게 일찍도 오셨네요. 다들 애타게 기다렸는데요?"

방으로 들어서자마자 호전적인 눈길을 보낸 것은 '검은 섬광' 프레테 마스카렐이다. 여전히 목이버섯처럼 매끈매끈한 머리카락이 인상적이었다. 이에 나는 죽을 각오로 그녀를 바라보며 말했다.

"흐, 흥! 아직 시간은 지나지 않았으니까 불평을 들을 이유가 없지. 너야말로 좀 더 여유를 갖고 행동하는 게 좋지 않을까?

"……윽, 말은 잘하는군요."

이런. 땀이 줄줄 흐르네. 왜 내가 이런 말을 하는 거지.

하지만 이건 작전이야. 작전이니까 하는 수 없다고……!

여기 오기 전에 빌이 한 말은 단 하나.

"가능한 한 있는 척해보죠. 그렇게 하면 상대도 기가 죽을 거예요."

"있는 척한다는 게 무슨 뜻이야?"

"기어오른다는 뜻이에요. 힘내서 있어 보이는 코마리가 되어

주세요."

결국 늘 하듯 하라는 거로군.

솔직히 그렇게 진부한 전법이 제국 최강의 장군들에게 통하리라고는 볼 수 없다.

그래도 없어 보이는 것보다 있어 보이는 게 낫겠지 싶어서 있어 보이게 굴기로 했다. ……하지만 바로 실패한 느낌이 드는걸. 봐, 프레테의 손이 허리의 검으로 향했잖아. 엄청 화나 있는데, 저거.

"코마리 님, 얼른 자리에 앉으시죠."

"으, 응."

뒤에 있는 빌에게 재촉당하며 나는 떨리는 발을 어떻게든 움직여 원탁 쪽으로 다가갔다. 그리고 깨달았다. 본래라면 제1부대 대장이 앉아야 할 의자(즉 내 옆)에 낯익은 변태 금발 롤머리 거유 미소녀 변태 황제 폐하가 유유히 앉아 있었다.

"……황제? 뭐 하는 거야."

"구경이지. 코마리의 처우가 어떻게 될지 궁금해서 말이야."

왜 그렇게 재미있겠다는 표정인데? 남의 생사가 걸린 회의거든? ──비난의 눈길을 보내자 그녀는 "아하하핫!" 하고 호쾌하게 소리 내어 웃었다.

"그렇게 탐난다는 표정을 지어도 안 돼. 그런 조르기는 사적일 때만 해다오."

"무슨 소리야?!"

"무슨 소리지요?!"

목소리가 겹쳤다.

프레테가 불쾌하다는 듯 눈꼬리를 추켜세우면서 이쪽을 노려보고 있었다.

"됐으니까 자리에 앉으세요! 자, 사쿠나 메모아 씨도!"

"네, 네!"

사쿠나가 어버버하면서 자리에 앉았다. 나도 내심 어버버하면서 그녀 옆에 앉는다.

이런. 어쩌지, 어쩌지, 어쩌지. 칠홍천들이 이쪽을 보고 있어. 시선만으로도 살해당할 것 같아. 하지만 여기서 쫄면 내가 지는 거야. '아, 이 녀석 겁쟁이구나' 같은 인상을 줘서 칠홍천 실격이라는 낙인이 찍힐지도 몰라. 그래서 나는 어디까지나 뻔뻔스러운 태도를 가장하며 '흐음, 이런 식인가?' 같은 느낌으로 원탁을 빙 둘러봤다.

옆자리는 황제 폐하. 시원스러운 얼굴로 찻잔에 입을 대고 있다. 본래는 제1부대 대장이 앉아야 할 의자일 텐데 이렇게 당당하게 점거해도 될까? 뭐, 처음 보는 광전사보다는 변태라도 속을 아는 사람이 옆에 있는 게 낫다.

옆. 제2부대 대장 헬데우스 헤븐. 칠홍천이면서 고아원을 경영하는 신부라는 파격적인 기인. 이 녀석만 군복이 아니라 종교틱한 의복을 입고 있다. 그는 이쪽을 보더니 고속으로 십자를 긋고는 두 손을 모았다. 하지 마. 나는 아직 하늘의 부르심을 받을 생각이 없다고.

그 옆. 제3부대 대장 프레테 마스카렐. 이 중에서 가장 나에게 적의를 가진 것으로 보이는 녀석이다. 참고로 마스카렐가는 역사상 건데스블러드가와 대립해 온 명문이라나 보다. 프레테가 나를 적시하는 건 그런 사정도 관계가 있을지 모른다.

그 옆. 제4부대 대장 델피네. 이국풍 가면을 쓴 여성……. 아니, 제복이 남성용이니까 남자려나? 팔짱을 끼고 등받이에 몸을 기댄 모습에선 미스터리어스한 위엄이 느껴진다. 뭐, 그래도 가면으로 정체를 감추고 있는 녀석은 대부분 별거 아니라고들 하니까.

그 옆. 제5부대 대장 오디론 메탈. 딱 보기에는 역전의 맹자 느낌의 아저씨다. 나이는 40 정도려나. 근육이 올록볼록한 체구, 주름이 심하게 진 미간, 훌륭한 수염, 그리고 무엇보다 상대를 쏘아 죽일 듯이 날카로운 시선──. 솔직히 말해 가장 무섭다.

그 옆. 제6부대 대장 사쿠나 메모아. 이 자리의 유일한 힐링이다. 내가 평정심을 유지할 수 있는 건 이 아이가 곁에 있기 때문이라고 해도 과언이 아니다. 시선이 마주치자 그녀는 긴장한 기색으로 두 손을 꼭 움켜쥐었다. 알아. 안다고, 그 심정.

그 옆. 제7부대 대장 테라코마리 건데스블러드. 즉 나다. 칠홍천들의 흉악한 시선을 한 몸에 받아내면서도 여유로운 태도를 잃지 않──도록 필사적으로 배에 힘을 주고 있다. 안 되겠어. 죽을 거 같아. 나는 뒤에 있는 빌 쪽을 봤다. 그녀도 여유로운 태도였다. 무슨 생각인지 모르겠지만 부탁한다……! 네가 마지막 생명줄이니까……!

"──자, 그럼 원정 중인 제1부대 대장 페트로즈 카라마리아

님을 제외하고 전원이 모였습니다. 회의를 여는 조건은 '칠홍천이 6명 이상 참석할 것'. 보시다시피 조건은 충족했으니 지금부터 칠홍천 회의를 개최하려고 합니다. 이의는 없으시죠?"

프레테의 말에 일동이 고개를 끄덕였다. 아무래도 그녀가 사회를 맡는 듯하다.

이렇게 칠홍천들을 둘러보니 의외로 컬러풀하다. 칠'홍(紅)'천이라는 이름을 가진 이상 다들 붉은 제복을 입나 하기 십상이지만, 부대별로 컬러가 다르다. 참고로 칠홍천은 '붉은 장군'이 아니라 '하늘을 붉게 물들이는 장군'이라는 뜻. 살벌하다.

——그렇게 아무래도 상관없는 생각을 하는 사이 프레테가 무겁게 입을 열었다.

"오늘의 의제는 단 하나. 즉 '과연 테라코마리 건데스블러드가 칠홍천 지위에 걸맞은가'입니다. 그녀는 올해 4월에 칠홍천으로 취임한 이후, 연전연승을 거듭했고 지난 라페리코 왕국전에서 마침내 10연승을 달성했습니다. 이건 신인 칠홍천 사상 사례를 찾아보기 힘들 만큼 눈부신 활약입니다."

"바로 그렇습니다!! 신께서 기도를 들어주신 결과이겠죠!!"

"무슨 소린지 모르겠으니까 헤븐 님은 조용히 계세요. ——어쨌든 테라코마리 건데스블러드의 활약은 놀라운 면이 있어요. 국내외를 불문하고 과평가를 받는 게 납득이 가는 실적입니다——. 그래요, 실적만 보면 말이죠!"

부릅! 프레테가 나를 노려본다.

"여러분은 그녀가 싸우는 모습을 보신 적이 있나요? 아니요,

없을 겁니다. 테라코마리 건데스블러드는 전쟁 때에도 본진의 의자에 앉아 지시를 내릴 뿐. 부하들을 내보낼 뿐이지 본인이 적장을 무찔렀다는 얘기는 한 번도 못 들어봤습니다."

"분명 들어본 적 없군!" 하고 땅이 울리는 듯한 소리를 낸 것은 제5부대 대장 오디론 메탈(무서운 아저씨)이다. "칠홍천이란 무의 상징이기도 하지! 잘 단련한 자기 몸으로 적을 무찌르는 것이야말로 숙명! 건데스블러드 님은 그걸 이해하고 계시는가?"

"무, 물론 이해하고──."

"네, 이해하고말고요!!"

나 대신 절규한 건 헬데우스 헤븐(이상한 아저씨)이다. 아니, 어째서?

"모르는 건 메탈 님입니다. 진정한 강자는 약자를 상대하지 않아요! 건데스블러드 님은 그걸 잘 알기에 스스로 싸우지 않는 것이겠죠!"

"그렇다면 좀 더 강자에게 싸움을 청해야지! 건데스블러드 님의 전적을 보게, 10전 중 4전의 상대가 야만 국가의 침팬지 아닌가! 약자는 상대하지 않는다는 주의를 가졌다면 납득하고도 남겠지만, 그럼 왜 약자하고만 싸우는 건가!"

"뭘 모르시는군요! 이러니 신을 믿지 않는 야만인이란!"

오디론의 이마에서 '빠직' 하고 불쾌한 소리가 났다. 아마 끊어졌겠지. 많은 것이.

그러나 헬데우스는 아랑곳하지 않고 말을 잇는다.

"건데스블러드 님은 위대한 신처럼 큰 도량을 가졌습니다. 누구도 거부하지 않죠——. 그게 신의 가르침을 따른다는 겁니다."

"무슨 소리인지! 알아들을 수 있게 말해!!"

"그럼 속인(俗人)이라도 이해할 수 있도록 설명드리죠. 건데스 블러드 님은 적국이 선전포고했을 때, 하해처럼 넓은 마음으로 가능한 한 받아들이는 겁니다. 즉 상대를 가리지 않는다는 거죠. 그래서 우연히! 어쩌다 보니! 운 나쁘게! 약자하고만 싸우게 된 겁니다!"

"아무리 그래도 너무 침팬지만 상대했잖아!!"

"짐승이니까 아무 생각 없이 여러 번 선전포고하는 거겠죠. 그런 심정은 당신이라면 이해할 수 있지 않나요? 침팬지에 필적하는 야만인인 메탈 님이라면 말입니다!"

타앙! 주먹이 테이블을 내리쳤다. 사쿠나가 "히익!" 하고 비명을 질렀다. 나는 그만 오줌을 지릴 뻔했다. 오디론이 소리쳤다.

"한 번 더 말해봐, 헬데우스!! 그 꾀죄죄한 제복을 벗겨내고 토막 내서 잘 구운 다음 돼지 밥으로 던져줄 테니까!"

"아아, 어찌 이리도 어리석은 자가! 역시 세계에는 신의 위광을 이해하지 못하는 인간이 아직 많군요——. 알겠습니다. 야만인을 교화하는 것도 전도자의 역할, 털보 바바리안에게도 구원의 손길을 내밀도록 하죠!"

"이 망할 신부가아아아아아아아아아아아아!!"

"——그만하세요, 둘 다!"

오디론이 검을 뽑고 헬데우스 역시 일어나 그대로 살육전이 발발하는 게 아닐까 하던 차에 프레테가 쏜 암흑 마법이 두 사람 사이를 힘차게 뚫고 지나갔다. 게다가 그 암흑 빔(?)은 태풍 같은 속도로 나의 뺨을 스친 뒤 뒤에 있는 벽에 격돌, 견고한 벽돌을 푹 패놓고 나서야 사라졌다.

프레테는 냉정한 목소리로 말했다.

"그런 행동은 이 자리에 어울리지 않아요. 애초에 칠홍천 간의 사투(私鬪)는 금지되어 있고요. 게다가 카렌 님──, 황제 폐하 어전이기도 하거든요?"

"……칫, 그랬지. 짜증 나게도 사투는 엄금이었어."

오디론이 혀를 차더니 검을 집어넣었다. 헬데우스 역시 웃는 얼굴로 고개를 끄덕이며 자리에 앉는다.

그리고 나는 어마어마한 사태에 입을 쩍 벌리고 있었다.

"코마리 님, 표정이 죽었어요."

빌이 뒤에서 내 얼굴을 주물주물했다.

그 덕에 겨우 뻔뻔스러운 미소를 찾는 데 성공했다.

"저기, 빌. 나 죽는 걸까?"

"안 죽습니다."

아니, 죽잖아. 아무리 봐도.

"본론으로 돌아가죠. ──이상과 같이 테라코마리 건데스블러드에게는 실력 날조 의혹이 있습니다. 건데스블러드 씨, 이에 대해 뭔가 반론은 있으신지?"

"으, 음. 나는 최강이다."

"그건 반론이 아니에요."

프레테가 차갑게 일축했다.

"그러고 보니 당신은 한 달 전에 뒤집힌 달의 자객 밀리센트 블루나이트를 살해했다고 하던데, 그건 어떻게 한 건가요?"

대답할 수 없었다. 그건 내가 알고 싶다.

"어라, 자기가 한 건데 대답할 수 없다고요? 아니면 잊은 건가?"

타앙! 사쿠나가 자리에서 일어났다.

"자, 잠시만요! 그런 건 굳이 물을 필요도 없어요! 테라코마리 씨가 실제로 강하다는 걸 증명하면…… 되는 거죠? 예를 들어 상급 마법을 여기서 선보인다거나."

사쿠나. 용기를 쥐어짜 내서 의견을 내준 건 정말 기쁘지만 나는 상급 마법은커녕 하급 마법도 못 쓰니까 그건 내 목을 조이는 짓이야……!

"어차피 못 쓸걸요. 그렇죠, 건데스블러드 씨?"

"윽, 다다, 당연히 쓸 수 있지!"

"그럼 해보세요."

"……아직 때가 아니야."

"봐요, 못하잖아요."

프레테가 실망했다는 듯 한숨을 짓는다. 옆에서 사쿠나의 시선이 느껴진다. "왜?" "어째서?" "정말 못 쓰시나요?"――그런 불안이 담긴 시선이다. 미안, 사쿠나…… 하고 속으로 사죄하는데 타앙! 하고 이번에는 헬데우스가 자리에서 일어난다.

"마스카렐 님! 신을 믿는 건데스블러드 님이 거짓말을 할 리 없을 텐데요!"

"거짓말이 아니라면 이 자리에서 화려한 마법을 쓰면 그만이에요. 게다가 헤븐 님, 당신은 뭔가 착각하고 있어요. 테라코마리 건데스블러드는 신성교도가 아니에요."

"뭐……? 그, 그럴 리가……."

"나중에 제도의 교회 명부를 확인해보세요. 그녀의 이름은 어디에도 없을 테니까. 게다가── 건데스블러드가는 예전부터 신에게 침을 뱉을 정도의 무신론자 일족으로 유명해요."

"뭐, 뭐라고……?!"

헬데우스가 이쪽을 봤다. 버림받은 강아지 같은 얼굴이었다. 웃기지 마. 멋대로 착각했던 건 댁이잖아.

"──자, 그럼 건데스블러드 씨. 테러리스트 건에 대해서 답변해 주세요."

나는 떨리는 입술을 간신히 움직였다.

"……이, 잊을 리가 있나. 그건 엄청난 싸움이었지……. 구체적으로 말하자면 다양한 마법이 슝슝 난무하는 게 대단했어……."

누군가가 실망한 듯 한숨을 내쉬었다. 오디론(무서운 아저씨)이다.

나는 온몸이 움찔 떨리는 걸 어찌할 수 없었다.

"어디가 구체적인데요?"라고 프레테가 어이없다는 듯 말한다. "저는 당신의 그런 점이 마음에 안 들어요. 뭘 물어봐도 적당히 둘러대고──. 게다가 '다양한 마법이 슝슝 난무했다'라고요? 조금 더 지적인 말은 못 쓰겠나요? 아무리 그래도 당신은 칠홍천이잖아요, 이건 꼭 애들이 하는 변명 아닌가요?"

"아니야. 실수했어. 자세히 설명하면──."

"실력도 없거니와 어휘력도 부족해! 좀 더 책을 읽는 게 낫겠어요. ——아아, 그렇지. 우리 언니가 쓴 '안드로노스 전기'라는 책이 있는데 이게 무척 지적이고 전략적이라서 아이 교육에도 딱 좋거든요. 괜찮다면 빌려드릴까요? 전권을 읽으면 당신 머리도 조금은 나아질걸요?"

"채, 책은 읽고 있는걸!"

"조용히 하세요. ——어쨌든 이상의 이유로 당신은 칠홍천에 어울리지 않아요. 물적 증거도 있어요——. 이걸 봐주세요. 그녀가 제립 학원에 다니던 때의 성적표예요. 마법, 기초 체육 모두 1. 이런 낙오자가 칠홍천이 될 수 있을 것 같으세요?"

"그런 걸…… 어디에서……!"

"마스카렐가의 힘을 이용하면 쉽게 조사할 수 있어요. ——어쨌든 당신은 답이 없는 열등생이었고요. 게다가 학원을 중퇴했죠? 요 3년 동안 어디서 뭘 한 거예요? 설마 집에만 있었던 건 아니죠? 건데스블러드가의 자녀씩이나 되는 사람이 집에만 틀어박혀 산 건가요?"

"아무래도 상관없잖아, 그런 건……."

"그래요. 정말 아무래도 상관없어요. 제가 신경 쓰이는 건 당신이 어떻게 칠홍천이 됐냐는 거예요. ——당신, 요컨대 낙하산이죠?"

"…………."

"건데스블러드 경은 대귀족인걸요. 실력도 실적도 없는 딸을 칠홍천으로 취임시키는 것 정도는 일도 아니에요. '부탁이야, 아빠! 날 칠홍천으로 만들어줘!'──같은 식으로 부탁하면 쉽게 준 1위 칠홍천 대장군 지위가 손에 들어온답니다. 뭐 이런 한심한 일이!"

"························."

"흥, 어차피 인기인이 되고 싶었던 거죠? 대접받고 싶었던 거 죠? 그렇게 천박한 굿즈를 대량으로 생산해 팔 정도니까요. 용 케도 그런 짓을 다 하네요──, 얼굴 가죽이 어지간히 두꺼운가 보지!"

"···."

눈에 눈물이 고였다. 꼭 재판을 받는 피고인이 된 기분이었다. 아무리 그래도 운다는 걸 들키면 즉시 사형 판결이 내려질 것 같 아서 무릎 위에서 주먹을 움켜쥐고 가만히 테이블 위를 바라보 며 프레테의 매도를 받아넘기려 했다. 하지만 받아넘길 수 없다. 녀석의 말은 칼처럼 예리하게 내 마음을 갈기갈기 찢어놓는다. ──그래. 저 녀석 말은 옳다. 올바르지 않은 부분도 대량으로 있지만, 반론할 수 없다면 그게 사실이 되어 버린다. 힘들다. 괴 롭다. 왜 내가 이런 일을 당해야 하지…….

"왜 고개를 숙이고 있는 거죠? 이제 곧 사임하게 된다지만 당 신은 현시점에서는 아직 칠홍천 대장군. 좀 더 패기를 가져요. 그러니까 학원에서──."

"그쯤 해둬라."

회의장에 울려 퍼지는 우레와 같은 목소리. 모두의 시선이 한 곳으로 쏠린다──. 옆에 앉은 금발 거유 미소녀가 턱을 괴면서 프레테를 바라보고 있다. 프레테는 눈에 띄게 당황했다.

"카, 카렌 님……? 그게 무슨."

"그녀는 아직 15살이야. 너무 모진 말로 몰아붙이는 건 어른스럽지 못해."

"하지만…… 15살이라도 건데스블러드 씨는 칠홍천이에요. 그러니까…… 으음……, 이 정도 말은 대단한 문제가……. 애, 애초에 저는 사실을 말하고 있어요! 사실을 말하는 게 뭐가 잘못이죠?!"

"그게 정말 사실인가? 제대로 확인은 했고? 성적표는 둘째치고 다른 점—— 예를 들어 코마리가 '인기인이 되고 싶어서 연줄로 칠홍천이 되었다'라는 이야기에 구체적인 증거는 있나?"

"그, 그건…… 상황 증거상……."

"네가 남의 마음을 읽을 수 있는 건 아니잖아. 칠홍천 회의를 소집해서 탄핵 재판을 할 거라면 좀 더 철저히 조사했어야지."

그렇게 황제는 프레테의 잘못을 지적하기 시작했다.

나를 옹호해 주는 것이라고 생각했다.

기뻐. 안심돼. 하지만—— 뭔가 한심해졌다.

나는 한 달 전의 사건을 통해 배웠을 것이다. 악의나 적의를 보이는 상대에게 저항하지 않으면 걷잡을 수 없을 만큼 큰 손해를 보게 된다는 걸. 실제로 나는 밀리센트가 멋대로 하게 둔 탓에 3년이나 방에 틀어박혀 있게 되었다.

황제가 내 편을 들어주는 건 솔직히 기쁘다.

하지만 누군가에게 보호만 받는 건 한심하다.

나는 좀 더 자발적으로 '저항'해야 한다.

"카렌 님…… 분명 카렌 님 말씀도 일리가 있어요. 하지만 테라코마리 건데스블러드가 칠홍천으로서 적합한 실력을 보여주지 않고 있다는 것만은 확실해요! 그렇기에 그녀에게 대단한 전투 능력이 없다는 건 명확하고요! 학원 성적을 봐도 확연합니다! 그런 낙오자가 칠홍천에 취임할 수 있는 이유라면, 연줄이나 뇌물 말고 또 뭐가 있겠어요!"

"그 억측을 삼가라고 했을 텐데. 애초에 코마리의 칠홍천 취임을 최종적으로 결정한 건 짐, 그러니까 네 말은──."

"황제. 이제 됐어."

나는 용기를 최대한 쥐어짜 내 그렇게 중얼거렸다.

황제가 놀란 듯 이쪽을 본다.

손수건으로 눈물을 닦은 뒤, 뒤에 있는 빌을 돌아본다.

"빌. 나는 폭발하지 않는 거지?"

그녀도 놀란 듯한 표정을 짓고 있었다. 그러나 바로 평소처럼 뻔뻔스러운 미소를 지으며 답한다.

"저를 믿어주세요."

그렇다면 아무 불안도 없다. 아니, 솔직히 너무 불안해서 죽을 것 같지만, 지금은 빌을 믿어보는 수밖에 없지 않을까. 그러지 않으면 아무것도 시작되지 않는다.

나는 심호흡한 뒤 프레테 쪽을 똑바로 노려봤다.

프레테는 '뭐야, 이 녀석' 하는 얼굴로 나를 바라봤다.

황제가 "호오" 하고 재미있다는 듯 입꼬리를 들어 올렸다.

주변의 칠홍천들이 나를 주목한다.

그리고 나는, 거만하게 팔짱을 끼고 거만하게 두 다리를 테이블 위에 올린 채 거만하게 조소하면서 이렇게 말한 것이었다.

"마음씩 떠들어봐, 프레테 마스카렐. 송사리가 무슨 말을 하든 강자의 귀에는 안 들어오지만 말이야."

프레테가 얼어붙은 것처럼 움직임을 멈췄다.

황제가 "훗" 하고 웃음을 터뜨렸다.

다른 칠홍천들은 어리둥절한 표정으로 날 바라보고 있다.

그리하여 나는── 나는, ……살짝 쾌감을 느끼는 동시에 세상이 끝난 듯한 절망을 맛보고 있었다.

말해버렸다……. 말해버렸다. 말해버렸다아아아아아아아아아!

과거 최대급의 있는 척! 완전한 자발적 도발! 얻어맞아도 할 말이 없다! 프레테의 얼굴이 누군가를 저주하다가 중간에 남에게 들켜서 빡친 주술사처럼 변했어!

"……후, 후후, 우후후후후후후후후후후후후후후……. 건데스블러드 씨, ……그게, 무슨 농담이죠……?"

"농담? 그거야말로 농담이겠지. 너는 자기 실력을 이해하지 못하고 있나? 암흑 마법을 좀 잘 쓴다고 해서 기어오르면 곤란하지!"

빠직! 불쾌한 소리가 났다. 프레테의 주먹이 목제 테이블에 구멍을 낸 소리다.

"이 저를…… 이 영명한 칠홍천 '검은 섬광' 프레테 마스카렐을 앞에 두고 이 무슨 무례한 언동! 철회하세요!"

"그럼 네가 먼저 철회해! 아까 나를 두고 근거 없는 비방을 잔뜩 했겠다! 네가 사과하기 전에는 절대 용서 못 해!"

"누가 사과한다고! 나는 숨겨진 진실을 밝혔을 뿐인데! 숨기는 쪽이 잘못이죠——. 뭐, 숨기는 것도 하는 수 없는 일이지만요! 그렇게 썩어빠진 경력을 가졌으니!"

"써, 썩, 썩어빠진 경력……." 안 돼. 겁먹지 마. 울지 마. 힘내라, 허세 코마리……! "그, 그렇게 썩지 않았거든! 오히려 썩은 건 너지!"

"뭐라고요오오오오오?! 무슨 소린지 모르겠네요! 그거야말로 근거 없는 비방이에요!"

"시끄러워, 시끄러워. 근거 없는 비방으로 날 마구 쥐어팬 건 너잖아! 그래, 너는 근성이 썩었어! '검은 섬광'은 무슨, 영명한 칠홍천은 무슨, 용케도 그런 괴상한 이명을 두 개씩이나 대네! 창피하지도 않냐? 이 자의식 과잉녀!"

"이…… 계집이……! 당신이야말로…… 당신이야말로 '1억 년에 한 번 태어나는 미소녀'니 뭐니, 말도 안 되는 웃기는 이명을 대고 있잖아요! 이에 대해서는 어떻게 생각하는데요, 네?!"

"사실을 말하는 게 뭐 잘못이라고! 아빠가 매일 그렇게 말하니까 틀림없어! 멋대로 자칭하는 너하고는 다르다고!"

"자식 자랑을 진지하게 받아들이는 사람이 어딨나요! 그래, 저와 당신은 하늘과 땅만큼 달라요! 왜냐하면 저는 칠홍천으로서 나무랄 데 없는 실력과 실적을 겸비했다고 자부하거든요! 자신 있어요! 주변 사람의 평가도 있고요! 당신처럼 모자라기 짝이 없는 가짜 칠홍천하고는 달라욧!"

"뭐가 다른데! 나는 너 따윈 전혀 몰랐고 네가 장군으로서 적국과 싸우는 모습 따윈 한 번도 본 적 없거든! 너무 시시껄렁해서 전혀 몰랐네, 미안! 하지만 나랑 너 둘 다 서로를 전혀 몰랐으니까 똑같잖아! 좀 더 잘 얘기해 봤더라면 상대가 정말 대단하단 걸 알았을지도 모르잖아! 이런 뭔지도 모를 재판 비슷한 걸로 적당히 결정하는 건 역시 이상해! 뇌가 썩었다고, 너는!!"

"누구 뇌가…… 썩었다고요오오오오오오오오오오오오오오오!!"

철컥, 프레테가 검을 뽑았다.

아, 이런. 죽을 수도 있겠다.

"그렇게까지 호언장담한다면 이 자리에서 겨뤄보죠! 그러면 전부 알 수 있겠죠! 당신이 칠홍천에 걸맞은지! 걸맞지 않은지! 모든 걸!"

"바, 바바, 바바바바바바, 바라는 바야! 덤벼라, 프레테 마스카렐! 내 완전 대단한 마법으로 눈 깜짝할 새 오므라이스 재료로 삼아서 먹어주지! 그렇게 말하고 싶지만 우선 네가 나와 싸우기에 적합한지 어떤지 테스트할 겸 메이드인 빌헤이즈가 상대해 주겠다나 보군! 부탁한다, 빌!"

"싫은데요."

"그렇다니까 검을 맞대는 건 다음 기회에……."

"웃기지 마아아아아아아아아아아아아아아아아아아아아!!"

"그만둬라, 프레테."

칼끝에서 암흑의 소용돌이가 발생해 곧 있으면 나에게 발사되려던 차에 황제가 제지했다. 프레테도 역시 황제를 거스를 수는 없었는지 딱할 정도로 눈물을 글썽이며 사랑하는 카렌을 바라본다.

"카렌 님! 카렌 님도 제정신이 아니세요! 왜 이런 계집을 그렇게까지 편드시나요!"

"뻔하잖냐. 코마리가 귀엽기 때문이지."

"그, 그런…… 그런 사적인 이유로! 그럼 저도 충분히 귀, 귀귀, 귀엽, 잖아요?! 카렌 님도 제가 어릴 적에 그렇게 말씀하셨고요! 그러니까 제 의견에도 조금은 귀를 기울여주시면……."

"뮬나이트 제국 국민은 모두 짐의 귀여운 아이들이다. 딱히 네가 특별한 게 아니야."

"뭐……."

"그리고 하나 정정하겠다만 짐은 코마리를 편드는 게 아니야. 네 지나친 언동을 나무라는 것뿐이지──, 프레테, 여기가 어디지? 칠홍천 회의장이다."

프레테는 놀란 듯 눈을 크게 떴다.

그녀는 두리번거리며 주변을 둘러본 후에 얼버무리듯 기침을 하더니 "……죄송합니다" 하고 고개를 숙인다. 그러나 그 사죄는 누가 봐도 황제나 다른 칠홍천에게 하는 것이었고, 나에게는 전혀 미안해하지 않는다는 걸 태도를 통해 금방 알았다.

"이 자리에서 싸움을 시작하는 건 야만적인 짓이었어요. 애초에 싸울 필요조차 없는걸요──. 왜냐하면 건데스블러드 씨는 지금 여기서 파면될 테니까요."

"파, 파면이라고? 너 혼자 정할 일이 아니잖아!"

"알아요! 알기 때문에 칠홍천 회의를 소집한 거고요! ——그럼 지금부터 칠홍천의 다수결로 건데스블러드 씨의 진퇴를 결정하려고 합니다. 아아, 물론 건데스블러드 씨에게 표결권은 없는 거 아시죠? 재판 대상이니까요."

"으……."

역시 그렇게 되나. 이래서는 빌이 말하던 전개랑 똑같잖아——, 그렇게 생각하며 뒤에 있는 변태 메이드에게 작은 소리로 호소했다.

"이봐, 어쩔 거야. 쟤가 다수결로 정하자고 하잖아."

"【판도라 포이즌】에 따르면 코마리 님은 3 대 2로 파면당하세요."

"남 일처럼 말하지 마! 어떡할 건데! 이대로 두면 나는——."

"거기! 뭘 소곤소곤하는 거예요?!"

나는 황급히 그녀 쪽을 돌아봤다.

"아무것도 아니야! 자! 어서 다수결이든 뭐든 하면 되잖아!"

"흥, 말 안 해도 그렇게 할 거예요. ——그럼 바로 결정을 내리고 싶은데요. 아니, 결정이라기보다 단순한 확인이지만요. 조금 전 저와 테라코마리 건데스블러드의 대화를 들어놓고도 아직 그녀가 칠홍천 대장군에 적합하다고 생각하는 어리석은 분은 안 계시겠죠?"

"여, 여기 있어요!" 힘차게 손을 든 사람은 사쿠나다. 고맙다, 사쿠나. 네 다정함이 마음에 스며들어——. 그렇게 감격하면서도 머뭇머뭇 원탁을 둘러봤다.

누구. 또 누구 없나?

또 나를 편들어 줄 칠홍천은——.

"——저도 그녀는 칠홍천에 적합하다고 생각합니다!!"

헬데우스 헤븐. 의외로 변태 신부가 내 편을 들어주었다.

"……헤븐 님? 말해 두겠지만 그녀는 신성교도가 아닌데요?"

"마스카렐 님은 종교로 사람을 판단합니까? 그건 다소 야만적이군요."

"당신에게 그런 말 듣기 싫어요."

"흠. 건데스블러드 님은 신성교도가 아닌 것 같지만, 그 본연의 자세는 신의 가르침에 충실합니다. 그녀는 조금 전에 말했죠——. '좀 더 잘 얘기해 봤더라면 상대가 정말 대단하단 걸 알았을지도 모른다'라고. 이건 검이 아니라 말로 모든 것을 해결하고자 하는 신성교의 사고방식과 비슷해요. 그런 숭고한 사상을 가진 분을 외면할 수는 없지요."

"이건 칠홍천의 적합성을 논하는 다수결이에요. 신이니 가르침이니 하는 건 상관없다고요."

"네, 상관없네요! 하지만 아무래도 좋잖습니까! 제 마음에 드니까요!"

"네, 그러세요. 알겠습니다. 좋겠네요." 프레테는 귀찮다는 듯 그렇게 말하더니 이번에는 사쿠나 쪽을 돌아봤다. "——그럼 사쿠나 메모아 씨는 왜죠?"

"그, 그건…… 테라코마리 씨가 칠홍천에 적합하다고 생각하기 때문이에요."

"그 이유를 묻는 건데요?"

"힉. 죄, 죄송해요……. 저기, 이유는 말이죠. 테라코마리 씨가…… 너무 착하고 친근하고 이런 저에게도 평범하게 대해주셔서……."

"하, 시시하네요! 헤븐 님이나 메모아 씨나 사적인 정이잖아요! 아무래도 건데스블러드 씨는 기인에게 사랑받는 특수체질인가 보군요."

모멸하는 듯한 눈으로 나를 노려본 후, 프레테는 싱긋 웃으며 이렇게 말했다.

"하지만 이로써 건데스블러드 씨의 운명은 정해졌어요. 당신을 지지하는 사람은 둘뿐. 고작 둘밖에 없어요. 무슨 뜻인지 알겠나요?"

심술부리는 듯한 말투가 내 마음을 좀먹는다.

둘뿐. 내 칠홍천 유임에 찬성해 주는 건—— 둘뿐이다.

어쩌지. 어쩌지, 어쩌지, 어쩌지……. 어쩌지, 이거……! 지금까지 여러 번 간신히 회피해 온 '죽음'이 이번에야말로 눈앞까지 닥쳐와 있어……! 아니, 이미 정해졌나? 결정된 거냐고? 이봐, 빌. 어떻게 된 거야! 죽는다잖아……!

"우후후……. 건데스블러드 씨, 각오하세요. 이로써 당신은 더는 칠홍천이 아니에요."

"윽, 으, 으으으으으으으윽……!"

"어머, 왜 그래요? 칠홍천을 그만두는 게 그렇게나 싫나요? ——아하하핫! 고소해라! 당신 같은 계집은 평범하게 마을에서 일하는 게 더 어울려요!"

그런 건 나도 알거든. 칠홍천에서 파면당하는 것 자체는 불평은커녕 대환영이라고. 난 케이크 가게 같은 걸 하고 싶단 말이다. 뭐, 그건 둘째치고—— 내가 싫은 건 말이지…… 당연히 폭발해서 죽는 거라고오오오!

"그렇게 절 노려봐도 아무 소용없어요! 이건 결정된 사항이니까——. 자, 카렌 님. 칠홍천의 의견이 한데 모였어요! 테라코마리 건데스블러드는 칠홍천 실격입니다! 부디 승인해 주세요!"

"그래. 정해졌다면 하는 수 없지."

나는 놀라서 황제 쪽을 봤다. 이 사람이라면 내 편을 들어주지 않을까 했는데. 아무래도 기대가 어긋났나 보다.

"이번 회의의 상황을 보고 짐도 생각했다만, 확실히 코마리는 전쟁에서 칠홍천다운 활약을 보여주지 않았어. 이건 중대한 문제겠지. 좋아, 알겠다. 짐은 칠홍천 회의의 결정에 따라 테라코마리 건데스블러드를 칠홍천 지위에서————."

아아, 역시 안 되는구나. 나는 이제 죽은 거야. 기왕이면 시적인 말이라도 생각해 볼까——. '여름 하늘에 활짝 꽃피네 코마리일까?'. 아하하하하, 잘 지었지? 폭사하는 나를 불꽃에 빗대어 봤는데——. 그렇게 비교적 제대로 현실 도피 중이던 그때였다.

"——이의 있음!"

내 뒤에서 갑자기 큰 소리가 들렸다.

누군가 했는데 빌이었다. 그녀는 웬일로 진지한 표정을 짓고 있었다.

"이의가 있습니다, 황제 폐하. 다수결은 아직 끝나지 않았어요."

"갑자기 무슨 소리죠?! 메이드 주제에!"

"앉아라, 프레테. ——빌헤이즈, 그게 무슨 뜻이냐?"

"코마리 님의 칠홍천 유임에 찬성해 주신 분은 둘. 그건 알겠습니다. 하지만 반대하는 인원수가 아직 불명확해요."

"그런 건 뻔히 알 텐데요! 셋이에요, 셋!"

"흐음——, 하긴 거수한 게 아니니 명확하게 셋으로 정해진 건 아니지."

"카렌 님?! 미천한 메이드의 말 따위를 진지하게 받아들이시면 안 돼요!"

"의견에 귀천은 없다. 게다가 닳는 것도 아니잖냐. 시험 삼아 한 번 더 의견을 모아보면 되지 않을까? 뭐, 코마리가 칠홍천 실격이라는 걸 재확인하는 작업일 뿐이야."

"카렌 님이…… 그렇게까지 말씀하신다면야."

프레테가 살짝 불만스러워하면서도 결국은 고개를 끄덕였다.

"그럼 폐하의 의향에 따라 한 번 더 다수결 하겠습니다. 테라코마리 건데스블러드의 칠홍천 유임에 찬성하시는 분은 손을 들어주세요."

손이 획획 올라간다. 조금 전과 마찬가지로 사쿠나와 헬데우스다.

"흥, 결과는 달라진 게 없네요——. 그럼 반대로 테라코마리 건데스블러드가 칠홍천에 적합하지 않다고 생각하는 분은 손을 들어주세요."

말이 끝나기가 무섭게 프레테가 오른손을 하늘로 쑥 들어 올렸다.

그렇게 세게 어필하지 않아도 알아. 중요한 건 저 녀석 말고도 내 존재를 유쾌하게 보지 않는 녀석이 둘이나 있다는 거지──, 응? 어라?

"보세요, 폐하. 2 대 2잖아요."

빌이 자랑스레 말했다.

분명 2 대 2였다. 프레테 말고 손을 든 건 오디론 메탈 하나뿐이다. 저 무서운 아저씨가 나에게 반감을 품고 있다는 건 놀랄 일도 아니지만──, 일단 이 자리에 있는 칠홍천은 나를 빼고 다섯 명이다. 2 대 2로 의견이 절반으로 갈렸단 건 손을 들지 않는 녀석이 하나 있다는 뜻이다.

전원의 시선이 한곳으로 모였다.

아까부터 한마디도 하지 않고 의자에 앉아 있는 가면을 쓴 흡혈귀. 유니크한 차림을 한 주제에 완전히 공기로 변해 있던 정체를 알 수 없는 칠홍천이다.

"……델, 손을 들어요. 당신도 건데스블러드 씨가 짜증 나잖아요?"

그 말투는 좀 그렇지 않냐?

"델! 설마 당신 앉아서 졸고 있었던 건 아니겠죠?!"

그러나 델피네는 꼼짝도 하지 않았다.

"저기, 델. 적당히 좀……."

"잠깐, 마스카렐 님."

오디론이 자리에서 일어났다.

그대로 바로 옆에 앉은 델피네에게 걸어간 그는 "실례!" 하고
양해를 구한 뒤, 그(그녀?)의 손목을 잡았다. 10초 정도 침묵이
흐른 후 오디론은 갑자기 소리쳤다.

"죽었어! 이 녀석!"

""""뭐?""""

여러 목소리가 겹쳤다.

죽었어……, 어? 죽었다고?

"맥을 잴 것까지도 없이 죽었다고! 몸이 바위처럼 딱딱하고
차가워졌어!"

"——뭐라고요ㅇㅇㅇㅇㅇㅇㅇㅇㅇㅇㅇㅇㅇㅇㅇㅇㅇ?!"

프레테가 절규했다. 나도 절규하고 싶은 기분이었다. 옆에서
사쿠나가 "히이이익!" 하고 소리치며 파랗게 질렸다. 오디론은
불쾌하다는 듯 입술을 삐쭉이며 자기 자리로 돌아간다. 황제 폐
하는 어째서인지 히죽히죽 웃고 있다. 갑자기 덜컹! 하고 의자
를 뒤엎으며 일어난 헬데우스가 비브라토 못지않은 목소리로
"악마다아아아~!"라고 소리쳤다.

"아아, 어찌 이런 일이! 이건 악마의 짓입니다! 델피네 님은
회의가 시작될 때까지는 살아 계셨…… 던 것 같은데……. 이런
짓을 할 수 있는 건 악마뿐입니다!"

"악마 같은 게 존재할 리 없잖아요! 애초에 진짜 죽은 게 맞
나요?!"

"나를 의심하는 건가, 마스카렐 님! 직접 확인해보면 되지!"

"저, 정말 죽은 거라면 만지고 싶지 않아요! 기분 나빠! 사쿠나 메모아 씨, 당신이 확인해봐요!"

"네에에?! 왜 제가……."

"이 멍청한 것들! 죽은 건 분명해, 마력 반응이든 뭐든 확인해보면 되잖냐! 중요한 건 누가 죽었냐는 거지!"

"악마예요! 당연히 악마일 겁니다!"

"시끄러워요! 당연히 테러리스트가 한 짓이겠죠!"

"그, 그건 아닐 것 같은데요……."

"당신이 뭘 안다고요?! 어쨌든 델이 언제 어디서 누구에게 죽었는지 알아볼 필요가 있겠어요! 이 방에 먼저 들어온 사람은——."

칠홍천들은 시끄럽게 논쟁을 시작했다.

범인은 테러리스트다, 악마다, 적국의 암살자다——. 그런 단순한 말다툼을 시작으로 범행 시각 추정이며 피해자의 어제 행동 등 화제가 세세해져 갔고, 어째서인지 점점 욕설이 오가면서 서로의 알리바이며 쓸 수 있는 마법 등을 파헤치기 시작했다. 억측과 억측이 서로의 적의를 키웠고 최종적으로는 '범인은 이 안에 있어요!'라고 단언하는 녀석까지 등장했다.

이게 뭐야. 무슨 일인지 모르겠다.

"……어쩌지, 빌. 어째서인지 미스터리 소설처럼 됐는데."

"정말 우습네요. 범인이 저인 줄도 모르고 말이죠."

"응? 뭐라고?"

"죄송해요. 영예로운 칠홍천님들께 '우습다'라는 말은 무례했군요."

"그게 아니라! 좀 더 중요한 말을 했잖아, 분명!"

"제가 델피네 님을 살해했다는 얘기요?"

"그래, 그래. 그거⋯⋯ 뭐어어어어어어어어어어어어어?!"

나는 허를 찔려서 절규했다. 하지만 변태 메이드는 "쉿" 하고 검지를 입술에 댔다.

"조용히 하세요. 제가 죽였단 걸 들키면 큰일 나요."

"당연하지! 왜 죽인 건데, 어떻게 죽인 건데, 대체 뭐냐고!"

"이유는 간단해요. 델피네 님은 코마리 님의 칠홍천 유임을 반대하는 파였어요. 그래서 미리 죽여둠으로써 다수결을 3 대 2 에서 2 대 2로 수정한 거죠."

"방식이 너무 막 나가잖아?! 애초에 어떻게 죽인 건데, 상대는 칠홍천이거든!"

"독살이에요."

빌은 윙크했다. 그야말로 악마다.

"살해 방법은 둘째치고 죽인 후에 대해 자세히 설명드리죠――. 델피네 님을 살해한 저는 사체를 이 '피바다실'에 설치해 뒀어요. 칠홍천 회의는 두 명 이상 빠지면 열리지 않으니까 델피네 님을 출석시키는 건 필수 사항이었죠."

"시체라도 출석한 게 되는 거야?"

"안 된다는 말은 어디에도 없던데요."

"아니, 그래도. 회의가 열리지 않는다면 그걸로 된 거 아냐? 내가 죽는 일도 없을 테고⋯⋯."

"프레테 마스카렐이라면 연기해서라도 개최할 거예요. 그렇게 되면 원정 중인 제1부대 대장 페트로즈 카라마리아가 돌아오죠. 그 여자는 오디론 메탈보다 더한 단순 무식이라서 코마리 님을 파면으로 몰아붙일 게 분명해요. ——즉, 칠홍천 중에 코마리 님께 반항적인 사람을 한 사람만 살처분해 코마리 님이 죽지 않게 끔 조정하는 동시에 페트로즈 카라마리아가 돌아오기 전에 칠홍천 회의가 개최되게끔 손을 쓸 필요가 있었어요. 그리고 그건 훌륭히 달성됐죠."

빌은 우쭐한 얼굴로 거침없이 말했다. 거듭되는 충격적인 사건에 머리가 꽉 찬 나로서는 그녀의 말 대부분을 이해하지 못했지만, 아무래도 간당간당하게 산 듯하다는 것만은 이해할 수 있었다. 역시 변태 메이드다. 단순한 변태가 아니다.

"자, 그럼 코마리 님. 위기는 벗어났지만 아직 부족해요. 최후의 일격이 필요하다고요."

"이 이상 뭘 해야 하는데. 모르겠어."

"코마리 님은 최강이에요. 하지만 이런 유사 재판 따위에 적당히 판단당해서는 강함을 증명하기 전에 살해당할 거예요. 그러니까 힘을 과시할 자리가 필요해요."

"너는 무슨 소리를 하는 거야?"

"코마리 님 얘기요. ——자, 이 마법석을 발동시켜 주세요."

작은 돌멩이를 건네받았다. 뭐, 잘은 모르겠지만 써보자——. 그런 가벼운 마음으로 마법석을 발동시킨 순간, 콰앙! 하고 고막을 찢는 듯한 폭발음이 울려 퍼졌다.

죽는 줄 알았다. 하지만 죽지 않았다. 소리만 난 것이다. 하급

음향 마법【폭음】——, 흔해 빠진 폭음이 피바다실에 울려 퍼졌다. 이런다고 뭐가 달라지나 했지만, 그래, 그렇군. 조금 전까지 말싸움을 벌이던 칠홍천들의 시선이 진귀한 짐승이라도 발견한 것처럼 내 쪽으로 향하는 게 아닌가.

"······건데스블러드 씨? 대체 무슨 장난질이죠?" 프레테가 묻는다.

"······빌? 대체 무슨 장난질이죠?" 내가 묻는다.

"···········글쎄요?" 변태 메이드는 얼버무렸다.

나는 황급히 프레테를 돌아봤다. ······에잇, 빌어먹을!

"이, 이건 그거야! 너희가 너무 시시한 얘기를 주고받길래 주의를 주려고 한 거지!"

"시시해? 시시하다고요?! 칠홍천이 살해당했는데요?!"

"아니, 뭐, 그야 그렇지만······. 지금은 칠홍천 회의잖아! 봐, 2 대 2라고!"

"잠시만요, 건데스블러드 님! 지금은 마스카렐 님 말대로 델피네 님을 죽인 악마를 찾는 게 선결입니다! 테러리스트가 가까운 곳에 숨어 있을지도 몰라요!"

헬데우스가 울부짖었다. 맞는 말이다.

하지만 오디론이 "그건 아니지!"라고 소리쳤다.

"그 테러리스트는 분명 맨손으로 사냥감을 죽였을 텐데. 사쿠나 메모아 님, 틀림없겠지?"

"네, 네! 저도······ 아마, 맨손으로 배를 꿰뚫렸어요······."

사쿠나는 어째서인지 묘하게 당황하고 있었다. 오디론은 만족스레 고개를 끄덕였다.

"봐. 델피네 님에게 외상은 없어. 즉 독살 같은 거란 뜻이지. 이건 테러리스트 짓이 아니야──."

"그럼 누구 짓이라는 거죠?"

"그건 건데스블러드 님, 당신이 잘 알고 있지 않나?"

무서운 아저씨가 대담한 미소를 지었다.

나는 무서워서 죽을 뻔했다.

이봐, 빌. 난 정말 어떡해야 하는데. '모르겠다'라고 하면 되냐? 아니면 의미심장한 말로 대범함을 어필하면 돼? 역시 이제 틀린 거 아닌가?

내가 쩔쩔매는데 갑자기 프레테가 입가를 누르며 창백해졌다.

"서, 설마── 델을 죽인 게 당신인가요?!"

"……뭐?"

왜 그렇게 되는데.

"동기는 충분해요……! 실제로 델이 손을 들지 않음으로써 건데스블러드 씨는 파면을 면했으니까!"

"잠시만! 발상이 너무 비약했잖아!"

타아앙! 누군가 테이블을 내리쳤다. 오디론 메탈이다.

"죽일 이유가 있는 건 당신 밖에 없어! 아마 델피네 님은 당신의 칠홍천 유임을 반대했겠지──. 그래서 죽인 거고! 게다가 이 녀석은 평소부터 가면을 쓴 데다 과묵하고 조용하니까! 죽이고 나서 살아 있는 걸로 가장시켜 칠홍천 회의를 개최하기에는 최적인 상대란 뜻이지!"

네, 멍추리시네요. 완전히 들켰잖아, 빌. 저 아저씨는 단순 무식한 바보가 아니야.

"맞아요! 당신이 델을 죽인 게 분명해요! 식사에 독이라도 섞으면 아무리 약한 당신이라도 암살은 가능하겠죠!"

"그, 그럼 증거를 대봐. 증거를! 증거가 없으면 트집이거든! 그렇지, 빌?!"

"죄송합니다, 코마리 님. 독살할 때 쓴 독이 든 병을 델피네 님 방에 두고 왔어요."

"증거가 넘치잖아?!"

"'코마리'라고 적힌 라벨이 붙어 있어요."

"너 무조건 일부러 두고 온 거지?!"

"그러니까 둘이서만 속닥거리지 말라고 했을 텐데요!" 프레테가 테이블을 치며 일어났다. 아무래도 상관없지만 아까부터 테이블이 너무 딱하다. 그녀는 날카로운 눈으로 황제를 돌아봤다.

"카렌 님! 역시 건데스블러드 씨는 칠홍천에 걸맞지 않아요! 이런 폭거를 일으키다니 전대미문이에요!"

"범인이 코마리라는 건 억측에 불과한 것 같다만——, 흐음. 만약 코마리가 델피네를 죽였다고 치자, 그럼 넌 어쩔 생각이지?"

"이렇게 해야죠!"

프레테는 손에 끼고 있던 장갑을 벗더니 혼신의 힘으로 내 쪽을 향해 던졌다.

"우욱."

얼굴에 직격했다. 아파.

천 장갑이 이만한 위력이라면, 만약 돌멩이라도 던졌다간 내 코뼈가 완전히 부러졌겠지——. 그렇게 태평하게 생각한 건 아주 잠깐이었다.

　테이블 위로 주르륵 떨어져 내린 장갑을 내려다본 나는 절망에 떨었다.

　완전히 익숙한 시추에이션이었다.

　"애초에 칠홍천 회의 같은 미적지근한 걸 연 게 잘못이었어요! 당신 같은 무례라는 무례를 모두 똘똘 뭉쳐놓은 듯한 흡혈귀에게는 처음부터 이렇게 해야 했는데!"

　최악이다. 나는 거품을 물며 자리에서 일어났다.

　"이, 이봐. 프레테! 칠홍천 간의 사투는 금지되어 있거든! 아까 너 자신이 그렇게 말했잖아!"

　"이건 사투가 아니에요. 정식 '전쟁' 신청이죠. ——카렌 님, 같은 국가의 장군끼리 전쟁하는 건 법적으로 인정되죠?"

　"문제 될 거 없지."

　"문제없는 거야?!"

　이런. 도망칠 길이 막혔다. 도와줘, 빌.

　"바라던 바입니다, 마스카렐 님! 자, 코마리 님. 저런 착각쟁이 약소 귀족 같은 건 혼쭐을 내주자고요!"

　나는 깨달았다. 이 변태 메이드는 더는 아군이 아니라는 걸.

　프레테는 우아한 미소를 나에게 지어 보였다.

　"당신이 지면 칠홍천을 그만두세요. 내가 지면——, 그렇지. 당신 말을 뭐든 하나 들어드리죠."

"…………."

"어머? 건데스블러드 씨, 설마 거절하진 않겠죠? 침팬지의 권유를 몇 번씩 받아들인 건데스블러드 씨인걸요. 설마 이 영명한 칠홍천 '검은 섬광' 프레테 마스카렐의 선전포고를 외면할 리는 없겠죠?"

나는 원탁을 둘러봤다.

빌은 무표정한 얼굴로 고개를 끄덕이고 있다. 황제는 모른 척 홍차를 마시고 있다. 사쿠나는 기대가 담긴 표정으로 이쪽을 보고 있다. 헬데우스도 신에게 기도하는 듯한 표정으로 이쪽을 보고 있다. 델피네는 죽어 있다.

……그래, 그래. 도망칠 길은 완전히 막힌 듯하다.

"다, 다다, 당연하지! 나는 최강이야! 어떤 녀석이 상대라도 상관없다고! 이 전쟁, 받아들————."

"잠깐, 마스카렐 님!"

갑자기 홀에 울려 퍼지는 큼직한 목소리. 오디론 메탈이다.

일동은 무슨 일인가 하고 수염 난 거한을 돌아봤다.

"굳이 칠홍천 회의를 소집해 놓고 결론이 그건가?! 일대일 결투냐고?! 너무 미적지근하잖아, 프레테 마스카렐! 우리는 귀중한 근무 시간을 깎으면서 여기 왔는데! 이래서는 너무 따분하지 않은가!!"

"무슨 말을 하고 싶은 거죠? 메탈 님."

"맞습니다, 메탈 님. 건데스블러드 님과 마스카렐 님이 전쟁하면 이 일은 해결되지 않습니까! 생각 없이 나서다니, 부끄러운 줄 아세요. 이 야만인!"

"닥쳐!!" 오디론은 귀신 같은 형상으로 소리쳤다. "생각이라면 있어. 마침 칠홍천이 거의 다 모였으니 좋은 기회 아닌가! 테라코마리 건데스블러드 및 신인 사쿠나 메모아의 실력을 시험할 겸, 나는 '칠홍천 투쟁' 개최를 제안하지!"

"뭐라고요……?"

프레테가 아름다운 눈썹을 찌푸렸다.

칠홍천 투쟁. 들어본 적도 없는 단어였다.

"그런 거라면 찬성입니다!!" 헬데우스가 거수하며 절규했다. 찬성이냐고. "야만인이 무슨 말을 하나 했는데, 꽤 제대로 된 말도 할 수 있나 보군요. 결투 따위보다 아름답고 훌륭합니다! 사쿠나 메모아 님의 실력 시험까지 고려했다는 점이 더욱 근사하군요! 훌륭할 정도로 훌륭해요!"

"시끄러워, 망할 신부! ──이봐, 엘베시아스. 상관없겠지?"

오디론에게 이름을 불린 황제는 "흐음" 하고 아래턱에 손을 댔다.

"칠홍천 투쟁이라──, 재미있겠는걸."

"카, 카렌 님……? 역시 그렇게까지 일을 키울 필요는……."

"일이 커지니까 재미있는 거지, 프레테. 하극상에 의해 칠홍천 멤버가 획획 바뀌는 요즘, 어전 회의에서는 '칠홍천이란 무엇인가' 하는 질문이 빈번히 제기되고 있거든. 이쯤에서 너희의 존재 의의를 모두에게 증명할 필요도 있겠지. ──크크크, 좋아. 실로 좋군. 말 한번 잘했다, 오디론 메탈!"

황제는 대소하며 일어났다.

아연실색한 칠홍천들은 아랑곳도 하지 않았다. 금발 거유 변태 황제는 꼭 배우처럼 과장된 말투로 이렇게 선언한 것이었다.

"좋아! 칠홍천 투쟁 개최를 허가하지! 알다시피 칠홍천 투쟁이란 칠홍천에 의한 엔터테인먼트다! 세세한 룰 설정은 프레테, 너에게 맡기지."

"네, 넵!"

황제는 보기 드물게 영악한 미소를 지었다.

"그렇지. 이곳은 약육강식의 뮬나이트 제국. 결국 약한 녀석부터 차례로 밀려 떨어지기 마련──. 그러니 이 칠홍천 투쟁에서 최하위를 차지한 자에게는 칠홍천 자리에서 내려오게 하마. 뭐, 걱정할 거 없다. 아무도 실력을 속일 수는 없을 테니까, 진짜 약자가 파면당하게 되겠지. 그러면 이번 칠홍천 회의에서 이루지 못한 목적── 즉, '칠홍천에 적합하지 않은 자를 폭사시킨다'라는 목적도 달성할 수 있어. ──코마리, 이의는 없겠지?"

거기서 왜 나한테 확인을 받는지 이해할 수 없었다.

그래도 뭐. 질문을 받은 이상 답을 해야겠지.

그렇기에 나는 뭐가 뭔지 알 수 없었지만, 애초에 이야기의 흐름을 전혀 따라가지 못했지만 우선 순순히 고개를 끄덕였다.

"응. 없어."

칠홍천 투쟁.

자세한 건 불명이지만, 황제 왈 '엔터테인먼트'라나 보다.

아마 다 같이 모여 퀴즈 대회를 열거나 실뜨기 대회 같은 걸

하는 거 아닐까. 그렇다면 죽지도 않을 테고, 일대일로 살육전
을 벌이는 것보다는 훨씬 평화적이며 문화적이다.

　　──이때는 아직 그렇게 사태를 얕보고 있었다.

'칠홍천 투쟁' 개최 알림.

황제 폐하의 칙령으로 제8회 칠홍천 투쟁을 개최한다.

● 개최 정보

· 일시······ 7월 1일 오전 9시~정오

· 장소······ 핵 영역 메트리오주 고(古)전장

· 참가자······ 페트로즈 카라마리아 칠홍천 대장군

　　　　　　헬데우스 헤븐 칠홍천 대장군

　　　　　　프레테 마스카렐 칠홍천 대장군

　　　　　　델피네 칠홍천 대장군

　　　　　　오디론 메탈 칠홍천 대장군

　　　　　　사쿠나 메모아 칠홍천 대장군

　　　　　　테라코마리 건데스블러드 칠홍천 대장군

● 규칙

· 각 장군이 인솔할 군사는 100명까지로 한다.

· 본 대회는 기본적으로 필드 내 '고성' 정상에 설치된 '홍옥'
의 쟁탈전이다.

· 전쟁 종료 시, '홍옥'을 소지한 자가 우승자가 된다.

· 또 이번에는 우승자 이외의 순위를 정할 필요가 있기에 포인트제를 도입한다.

· 포인트 획득 조건은 이하와 같다.

       아군이 적군 병사를 하나 살해한다—— 1P

       아군이 칠홍천을 살해한다—— 50P

● 비고

· 최하위 장군은 칠홍천에서 물러난다.

· 우승자에게는 황제 폐하의 포상이 하사된다.

· 이의가 있다면 프레테 마스카렐에게로.

· 이의는 인정하지 않겠습니다.

※

  뮬나이트 궁전 칠홍부 게시판에 갑자기 내걸린 그 '소식'이 제국군 관계자들 사이에 엄청난 파장을 남긴 것은 말할 것까지도 없는 사실. 칠홍천 투쟁은 한 세대 전의 대영웅 유린 건데스블러드가 대대적으로 개최한 이래, 실로 7년 만에 열리는 것이다. 게다가 이번 투쟁은 단순한 엔터테인먼트가 아니다——. 최하위를 차지한 자는 사임을 면치 못하는 진정한 투쟁이다. 제국군 정규 부대의 흡혈귀들이 술렁이는 것도 당연한 이야기이며, 또한 제국의 주민들처럼 군인이 아닌 자들도 우승자를 예상하며 흥이 올랐다(참고로 비공식 조사에서는 페트로즈 카라마리아와 테라코마리 건데스블러드 투 톱이었다). 타국의 군인이나 정치

가들 역시 뮬나이트의 전력을 측정하기 위해 사태의 흐름을 흥미진진하게 지켜보고 있었다.

제국뿐만 아니라 육국마저 끌어들인 일대 이벤트라는 것이다.

"——칠홍천이라. 상대로서 부족함이 없겠군."

칠홍천 회의 다음 날. 지난 라페리코 전에서 완벽한 개죽음을 당한 요한 헬더스는 전쟁으로부터 일주일 정도가 지난 오늘 겨우 머리 부분이 재생해 되살아났다. 그런 이유로 의기양양하게 출근했다가 칠홍천 투쟁 개최 소식을 들은 것이다.

"내 불꽃으로 모든 걸 불살라 주지! 그러면 테라코마리 녀석도——."

"흥, 수인 왕국의 원숭이한테 뒤지는 녀석이 칠홍천을 상대할 수 있을 것 같진 않다만."

시니컬하게 웃은 것은 개 머리를 가진 수인 벨리우스 이누 케르베로다. 방금 칠홍부에서 딱 마주쳤다. 여느 때처럼 거침없이 비꼬는 망할 녀석이지만, 지금의 요한은 송사리의 헛소리에 귀를 기울일 틈이 없었다.

"그래. 뭐, 네가 무슨 말을 하든 네 자유지. 내가 할 일은 변하지 않아——. 적장을 죽인다, 그것뿐이야."

"너 뭐 이상한 거라도 먹었냐?"

벨리우스가 기묘한 것이라도 보듯이 바라본다.

실제로 요한은 조금 변했다. 정확히 말하자면 한층 성장했다. 얼마 전 밀리센트 블루나이트에게 고배를 마심으로써 자신의 어리석음과 무력함을 깨달은 것이다. 이대로는 아무것도 달라지지 않는다. 그 건방진 테라코마리의 도움을 받은 채로 끝낼 순 없다──. 그렇게 통감한 요한의 정신은 다소 둥글어져 있었다.

──그래, 테라코마리다. 그 계집은 요한의 자존심을 엉망으로 짓밟았다. '구해줄 테니까'는 무슨. 마법도 못 쓰는 주제에. 무기를 들지도 못하는 주제에. 그러면서 쓸데없이 용기를 쥐어짜 내다니. 운 좋게 살해당하지 않았기에 망정이지, 다음에 또 그랬다간 틀림없이 살해당할 거다. 너무 위태로워서 못 봐주겠다. 그래서 요한은 강해져야만 했다. 테라코마리가 안심하고 칠홍천으로 있을 수 있도록, 그녀에게 덤벼드는 적을 다 불살라 버려야 한다──. 그런 식으로 요한은 결의를 새로 다졌다. 침팬지에게 패배한 것은 잊기로 했다.

"야, 벨리우스. 테라코마리는 칠홍천 투쟁을 두고 뭐라고 했지?"

"글쎄다. 오늘은 아직 못 봤는데."

"각하라면 분명 이렇게 말씀하시겠죠──. '이놈이고 저놈이고 내가 숨통을 끊어주마!'"

갑자기 마른 남자가 나타났다. 카오스텔 콘트다. 얼마 전 프레테 마스카렐에게 어이없이 살해당한 듯하지만 그냥 피가 부족해서 죽은 거라 소생이 빨랐던 모양이다.

여느 때처럼 범죄 계획을 세우는 예비 범죄자 같은 얼굴로 그는 말한다.

"역대 최강의 칠홍천이신 각하께 걸리면 다른 장군 따윈 한 방에 끝장이겠죠. 칠홍천 투쟁 하면 뭐니 뭐니 해도 '칠홍천 전원의 서바이벌 전투'. 그러나 실제로는 테라코마리 건데스블러드 각하의 살육 쇼가 될 거예요."

"뮬나이트의 장군들은 나름대로 우수해. 아무리 각하라고 해도 일방적인 학살은 힘들지 않을까?"

"무슨 소리입니까. 벨리우스도 봤잖아요——, 각하의 막대한 힘을! 테러리스트를 순식간에 처리하는 용맹한 모습을! 그게 가능한 칠홍천이 또 있겠어요?"

"음, 그게 대단했다는 점에는 동의해. 말로 잘 표현하긴 힘들지만…… 온몸의 털이 곤두서는 느낌이었지. 확실히 다른 칠홍천이 그걸 똑같이 할 순 없을 거야……."

두 사람의 대화를 듣고 요한은 생각한다. 이 녀석들, 뭔 소리지?

눈살을 찌푸리는 요한을 발견했는지 카오스텔이 조소하듯 말했다.

"이런 실례를. 요한은 각하의 활약을 못 봤죠. 죽어 있느라."

"뭐? 너희 환각이라도 본 거 아니냐? 테라코마리는 약——."

그때 웬일로 요한의 뇌가 좋게 작용했다.

이 녀석들은 자기 상사가 글러 먹은 흡혈귀라는 걸 알면 즉석에서 하극상을 일으킬 만한 바보들이다. 왜 테라코마리의 실력을 착각하는지는 모르겠지만, 그녀의 신상을 생각하면 잘된 일이기에 말을 맞추기로 했다. 그렇기에 요한은 한 달 전까지라면 죽어도 하지 않았을 말을 입에 담았다.

"핫, 알지. 당연히 알고말고! 테라코마리는 최강이야!"

결국 테라코마리를 진정으로 이해하는 건 나뿐이로군——. 그렇게 자아도취 하면서 요한은 동료들을 바라본다. 정말 불쌍한 녀석들이다.

"……왜 동정하는 눈으로 보는 거죠?"

"그냥? 무지는 잘못이 아니야. 오히려 테라코마리에게 도움이 되지."

"전부터 생각한 건데 각하를 이름으로 부르지 마시죠? 역겨워서 그만 죽여버릴 것 같아요."

"할 수 있으면 해봐. 지금까지의 내가 아니라고."

"그만해, 둘 다. 칠홍천 투쟁 전에 분열해서 어쩌려고."

벨리우스가 나무라자 카오스텔은 "압니다"라고 재미없다는 듯 말했다.

"어쨌든 각하가 최강이라는 건 사실. 제1부터 제6까지의 부대 따위는 적수가 못돼요."

"그래도 얕보면 큰코를 다칠 수도 있어."

"네, 그건 잘 알기에 정보 수집을 게을리할 생각은 없습니다. 현시점에서 가장 위협적인 건 제1부대겠죠. 역시 '최강의 칠홍천'이라고 칭송받는 페트로즈 카라마리아는 얕봐선 안 될 것 같군요."

"흐음……. 거기 말고는 없나?"

"위협이 되는지는 제쳐두고 프레테 마스카렐에게는 꼭 인사를 드리고 싶네요. 빚은 배로 갚아야 하니까요――."

둘은 다른 칠홍천을 두고 시답잖은 논의를 벌이기 시작했다. 별 흥미가 없었던 요한은 문득 시선을 훈련장 쪽으로 돌린다. 그러자 소리를 내지르면서 모의전을 벌이는 부대가 눈에 들어

왔다. 코마리 대 녀석이 아니다. 저건——.

"저건 제6부대로군요. 얼마 전에 칠홍천이 바뀐 곳입니다."

"바뀌어? 그런 얘기는 못 들었는데."

"당신은 세상 물정을 너무 몰라요. ——신임 칠홍천의 이름은 사쿠나 메모아. 16살의 소녀입니다. 눈처럼 흰 피부와 박복해 보이는 외모가 매우 가련한 분이라 솔직히 잠깐 맨발을 핥고 싶어졌지만 잘 생각해 보니 생각할 것도 없이 각하가 1억 배는 더 귀여우니 잠깐 마음이 흔들린 거겠죠, 분명."

"네 소감은 아무래도 상관없고, 녀석들의 힘은 지금 어느 정도지? 이렇게 보면…… 좀 별난 녀석들 같은데."

제6부대의 훈련 풍경에는 무시무시한 기백이 있었다.

대원들이 각자 "사쿠나 님!" 하고 소리치며 전투를 펼치고 있다. 기합의 일종일까? 귀를 기울여 봐도 '사쿠나 님' 이외의 말은 들리지 않는다.

"사쿠나 님을 위해————!"

"사쿠나 님께 영광 있으라————!"

"그딴 식이어서는 사쿠나 님을 뵐 면목이 없다고——!"

사쿠나 님인지 뭔지는 대체 얼마나 사랑을 받는 걸까. 우리 부대도 상당한 편이지만 저렇게까지 별나지는 않을 거라고 요한은 생각한다.

"그러고 보니 각하는 사쿠나 메모아와 함께 테러리스트를 탐색하고 있다던데."

"아아, 정부 고관 연속 살인사건 말이죠. 잡혔다는 얘기는 못

들었는데요——. 그보다 사건 그 자체가 풍화되고 있어요. 각하의 아버님께서 살해당한 후로는 희생자가 나오지 않은 데다 칠홍천 회의니 투쟁이니 화려한 이벤트가 연속해서 벌어지고 있으니까요. 아무래도 묻히는 건 별수 없는 일이겠죠."

"그래도 못 잡으면 사쿠나 메모아도 망신 아닌가? 칠홍천 중에서 유일하게 테러리스트에게 살해당했잖아."

"그야 그렇지만…… 나중에 각하께 여쭈어볼까요."

그런 식으로 이야기가 일단락됐을 때, 갑자기 뒤에서 누가 접근하는 기색이 느껴졌다.

"저, 저기. 너희는 제7부대 녀석들이지?"

셋이 나란히 뒤를 돌아본다. 거기 서 있던 것은 낯선 흡혈귀였다. 군복을 입은 걸 보면 뮬나이트 제국군 소속 군인이겠지.

"네, 그런데요." 카오스텔이 답한다. 남자는 잠시 망설이더니 입을 열었다.

"나는 제6부대 소속인데…… 저걸 보고 어떻게 생각하냐?"

"제6부대 연습 말인가요? 기합이 들어가서 괜찮아 보이는데요."

"그런 게 아니라!"

갑작스러운 고함에 카오스텔은 어안이 벙벙했다. 남자의 행동에는 형용할 수 없는 불안감과 피로 같은 것이 배어 있다.

"이상하잖아, 저 녀석들. 갑자기 사람이 달라진 것처럼 사쿠나 님, 사쿠나 님 하는 게."

"무슨 말을 하는지 이해하기 어렵군요. 그만큼 사쿠나 메모아에게 인망이 있단 거 아닌가요?"

"그럴 리 없어. 왜냐하면 그 사쿠나 메모아라는 계집은 제6부대의 말단 중의 말단, 단순한 졸병에 불과했거든. 그런데 칠홍천이 되자마자 저렇게 인기를 끌고 있다고."

"그럴 수도 있죠. 저희도 바빠서 이만——."

그러나 남자는 카오스텔의 어깨를 잡고 붙들었다.

"됐으니까 들어봐. ——나는 사쿠나 메모아가 장군으로 취임한 날, 마침 죽어 있었어. 그래서 걔가 칠홍천이 된 순간을 몰라. 거기서 무슨 일이 벌어졌는지 모른다고. 딱 하나 알 수 있는 건 내가 되살아나서 부대에 복귀했을 때, 제6부대 녀석들은 하나같이 사쿠나 메모아의 광신자가 되어 버렸다는 거야."

요한은 어이가 없었다. 그런 이야기를 어떻게 믿겠는가.

"……이봐, 이상한 건 너 아니야? 장난하지 말고 수행이나 해, 수행이나. 동료는 저렇게 필사적으로 노력하고 있잖아."

"너무 필사적이라 불쾌하다고. 이해해줘……, 이해해 달란 말이야. 제6부대에서 나 말고 제정신인 놈은 아무도 없어. 왜냐하면—— 저 녀석들은 낮이나 밤이나 사쿠나 님, 사쿠나 님거리면서 살육전을 벌인다고. 아무리 생각해도 이상하잖아."

카오스텔이 팔짱을 꼈다. 벨리우스도 의아하다는 듯 제6부대 쪽을 본다.

"……정신 조작 마법일까?"

"그건 말도 안 돼. 마법에는 '효과의 기한'이 반드시 존재해. 저 녀석들 전원에게 같은 마법을 걸고, 사쿠나 메모아가 취임한 후로—— 그래, 2주 정도 지났나. 2주나 효과를 지속시키는 건 역사상의 대마법사라도 불가능한 일이야."

남자는 머리를 싸매며 그 자리에 주저앉아 버렸다.

"내가 잘못된 게 아니야. 실제로 이상하단 걸 알아차린 녀석은 여럿 있어. 저 녀석들에게도 가족은 있으니까. ……저기, 난 사쿠나 메모아가 무서워서 못 견디겠어. 그 녀석은 단순한 칠홍천이 아니야. 좀 더 위험한 무언가지. ……나는 어떡해야 하지?"

남자의 질문에 답하는 이는 없었다.

제6부대. ──사쿠나 메모아.

뭔가 파란이 생길 듯한 예감에 요한은 벌레를 씹은 듯이 얼굴을 찡그렸다.

남의 기억을 조감하면 밤하늘에 뜬 별을 올려다보는 기분이
든다.

기억의 총체를 구성하는 부품의 최소 단위는 콩알과도 비슷한
점이다. 이 점이 바로 인간의 뇌에 새겨진 지식과 에피소드 그
자체이며, 마치 우주에 편재하는 별들처럼 무량무수한 데다 각
자가 전기신호 같은 것으로 복잡하게 뒤얽혀 미지의 별자리 같
은 양상을 보인다.

그렇기에 기억을 보는 것은 천체 사이에서 노는 것이나 다름
없다.

과거 사쿠나는 가족과 천체 관측을 하러 가는 걸 좋아했다. 하
지만 지금은 어떤가. 싫지는 않지만, 남의 기억을 훔쳐보는 행
위를 반복하는 사이에 별에 피비린내 나는 인상을 느끼게 된 게
사실이다.

"──그래도 또 옛날처럼 가족끼리 별을 보러 가면 다른 풍경
이 보일지도 몰라."

아빠는 걱정스레 말했다.

저녁 무렵, 사쿠나가 칠홍천의 직무를 마치고 기숙사로 돌아
오자 곧 아버지가 찾아왔다. 아버지는 자주 아무 연락도 없이 와

서는 '밥을 지어주러 왔다'라며 정말 밥만 지어주고 갔다. 옛날과 전혀 달라진 게 없다. 아버지는 어머니보다 요리를 잘한다.

"천체 관측이라. 언제 갈 수 있을까."

사쿠나는 직접 만든 코마리 인형을 끌어안으면서 앞치마 차림으로 좁은 부엌에 선 아버지의 뒷모습을 바라본다.

"그건 사쿠나 노력에 달리지 않았을까? 도와주고 싶은 마음은 굴뚝같지만 아빠는 왜, 그런 건 잘 모르니까."

"응. 힘내야지……."

통통, 하는 식칼 소리가 기분 좋게 들린다. 아버지는 "괜찮아"라고 웃으며 말했다.

"사쿠나 넌 충분히 잘하고 있어. 칠홍천으로서 대원들을 잘 통솔하는 것 같고, 테러리스트를 잡기 위해 저녁 늦게까지 순찰하고 있다며."

"하지만 오늘은 순찰이 없었어. 테러리스트는 한동안 안 나타날 거라고 빌헤이즈 씨가……."

"그래. 그럼 오늘은 푹 쉬면 되겠구나."

실은 쉬고 있을 수 없다.

사쿠나에게는 표면적인 일 외에 이면적인 일이 있다.

그건 바로—— 테러리스트 집단 '뒤집힌 달' 멤버로서의 일이다.

잠시 기다리자 아버지가 요리를 가져왔다. 카레라이스다. 그래, 아버지가 만든 카레는 맛있다. 어릴 적에는 무척 좋아했던 기억이 난다.

둘이서 "잘 먹겠습니다"라고 인사한 뒤 스푼을 든다. 살짝 떠서 입으로 가져간다. 역시 맛있었다. 기억 속의 맛과 아무 차이가 없다.

그리고 사쿠나는 아버지와 담소했다. 그건 정말 시시한 담소였다——. 좋아하는 책 얘기, 음악 얘기, 별자리 얘기. 그리고 가족 얘기. 언니 얘기.

뒤집힌 달의 지령으로 마음을 졸이는 일상 속에서 가족과 보내는 느긋한 시간은 무엇과도 바꾸기 힘들었다. 이런 시간이 영원히 이어지기를 바랐다. 가능하다면 아버지뿐만 아니라 어머니나 언니도 함께이길——.

"잘 먹었습니다."

그러나 즐거우면 즐거울수록 시간은 빠르게 흘러간다. 카레를 다 먹은 아버지는 천천히 자리에서 일어나더니 "그럼 조만간 또 오마"라는 말을 남기고 가버렸다. 힘든 현실로 되돌아왔다. 허무한 감정이 사쿠나의 마음을 채워간다.

"아빠……."

사쿠나는 사라진 아버지의 기척을 곱씹는다.

저 사람의 기억의 총체, 즉 정신구조는 별자리로 따지면 '참수리자리'와 비슷했다. 사쿠나의 가족은 모두 아름다운 별자리 모양의 기억을 가지고 있었다.

"나 힘낼게. ……가족을 지키기 위해서."

천장에 처덕처덕 붙여 놓은 테라코마리 건데스블러드의 사진을 바라보면서 사쿠나는 억지로 입꼬리를 들어 올렸다. 그리고 문득 떠올린다.

테라코마리 씨에게 빌린 소설을 읽어야지.

☆

최악이었다.

요약하자면 칠홍천 투쟁이라는 건 칠홍천 간의 살육전이었다. 이걸 엔터테인먼트라고 호언장담하는 황제의 감성은 잘못됐다는 생각밖에 안 든다. 뭐, 그 사람은 감성뿐만 아니라 존재감조차 어긋난 느낌이지만.

칠홍천 회의 다음 날. 평범하게 출근한 나를 기다리던 것은 "칠홍천 투쟁' 개회 소식'이라는 웃기는 벽보였다. 그렇게 오디론 메탈이나 프레테 마스카렐의 꿍꿍이를 알게 된 내가 절망한 건 두말할 것도 없는 일이다. 이미 일할 의욕조차 잃은 나는 집무실의 폭신한 의자에 앉아 멍하니 천장만 올려다보는 껍데기가 되었고, 그걸 좋은 기회라고 생각한 변태 메이드의 성희롱(다양한 곳을 마구 주무른다)에도 적절히 대처하지 못한 채 정시를 알리는 종소리와 동시에 망설임 없이 집으로 갔다. 평소 같으면 사쿠나와 함께 궁전을 시찰하겠지만 빌이 '한동안 시찰은 하지 말죠. 효과를 볼 수 없으니까요'라고 해줘서 야근할 필요성이 사라진 것이다. 그녀 나름대로 신경을 써준 걸지도 모른다.

그리고 돌아온 나는 침대에 벌렁 드러누워 천장을 바라보고 있었다.

이제 틀렸어. 죽겠다. 확실하게 죽겠어. 지금까지 몇 번을 죽었다고 생각했는지 모르겠지만 이번 '죽었다'는 레벨이 다르다. 고래와 물고기 정도로 다르다.

나는 어찌할 수 없는 절망의 파도에 부딪혔다. 여기서 한 발짝도 움직일 마음이 들지 않는다.

"코마리 님, 일어나세요. 저녁 준비 다 됐어요."

"나는 감정을 잃었어. 이제 틀렸다고."

"오늘 메뉴는 데미글라스 햄버그예요."

"…………."

한동안 생각에 빠져 있던 나는 느릿느릿 일어났다. 배가 고프면 잠도 안 온다고 하니까, 모처럼 빌이 만들어 준 거라면 먹어서 나쁠 거 없지.

내 방 테이블 앞에 앉아 기다리는데 빌이 저녁을 가져다줬다.

데미글라스 햄버그. 좋은 냄새다. 식전 인사를 마치고 나서 포크로 찍어 입으로 가져갔더니 행복의 맛이 확 퍼졌다. 왠지 마음까지 설렌다. 역시 빌이 만드는 요리는 세계 제일이다.

"어떠세요, 코마리 님?"

"응, 맛있어―."

"칠홍천 투쟁도 열심히 하실 수 있겠어요?"

"응, 힘낼…………, 아니, 그럴 리가 없잖아?!"

행복한 기분이 날아갔다. 현실로 불러들이는 말은 하지 마.

"어쩔 거야! 이번에야말로 확실히 죽을걸!"

"죽을 때는 저도 함께 갈 테니까 안심하세요."

"싫어, 안심 못 해!"

"코마리 님이 죽을 것 같으면 제가 방패가 돼서 죽을게요."

"그렇게까지 안 해도 돼!"

어떡해야 하지. 꾀병을 부릴까? 아니, 당연히 안 통하겠지. 어차피 빌이 끌고 나갈 것이다. 그렇다면 뇌물을 써서 다른 칠홍천을 잘 구슬리면 어떨까? 이것도 안 되겠지. 어차피 빌이 막을 거야──. 아니 이 변태 메이드, 날 방해하기만 하잖아. 망할!

"으으으……. 역시 나한테 칠홍천은 버거워……. 달리 되고 싶은 녀석이 많을 테니까 그런 사람에게 양도할까?"

"그러면 코마리 님이 폭발하실걸요. 애초에 그런 짓은 안 해도 돼요──. 코마리 님, 제가 지금까지 코마리 님께 뭘 해왔는지 기억하세요?"

"성희롱이잖아?"

"아니에요. 그건 애정 표현이에요. ──그런 뜻이 아니라, 제가 지금까지 코마리 님을 한 번이라도 죽게 한 적이 있나요?"

그렇게 말하면 할 얘기가 없다. 확실히 나는 이 녀석 덕에 여러 번 목숨을 건졌다. 어제의 칠홍천 회의도 이 녀석 덕에 죽지 않고 끝났고. 하지만── 이번에도 살 거라는 보증은 아무 데도 없다.

"……하아. 왜 이렇게 고생하는 건지. 칠홍천 따윈 하고 싶지 않은데."

"그럼 여쭙겠는데 코마리 님은 어떤 일을 하고 싶으세요?"

"일할 생각 따위 없어."

"영구 취직은 어떠세요?"

영구 취직……? 아아, 신부가 되는 거 말이지?

그건 괜찮을지도 모른다. 하지만 상대가 없어서 안 된다.

"저는 솔로예요."

"뭐?"

"그러니까 영구 취직이라면 저와……."

"무슨 소리야. 빌 너는 여자잖아. 나하고는 결혼 못 해."

"…………."

어째서인지 그녀는 미묘한 표정을 지었다. 여전히 무슨 생각을 하는지 모르겠다. 나는 햄버그 조각을 입에 물고 꿀꺽 삼킨 다음 말했다.

"……뭐, 장래의 꿈이라면 있지만. 나는 소설가가 되고 싶어."

"알고 있어요. 아무리 작품이 재미없더라도 칠홍천으로서 명성을 높이면 폭발적으로 팔리겠죠."

"아니, 그런 거 싫어. 나는 펜네임을 쓸 거라고. ……본명으로 하기는 조금 창피하거든."

"어떤 펜네임인가요?"

"아직 안 정했어. 지금은 일시적으로 본명을 쓰고 있는데……."

"그렇군요. 신작 '오렌지 계절의 사랑'도요?"

"응. 원고용지 첫 장 뒷면에 이름을 써뒀어."

"그럼 사쿠나 메모아 님께 들켰겠네요."

"응?"

"원고를 드렸잖아요."

"…………."

응? 아니, 잠시만.

그건—— 그건.

"그, 그건……."

"그건?"

"그건 안 돼!!"

나는 두 손으로 머리를 짚으면서 일어났다. 최악이었다. 이 내가…… 이 희대의 현자인 내가 그런 실수를 하다니! 익명으로 남기려 해놓고 이름을 써두다니 바보 아니야! 스스로 밝히는 거나 다름없잖아! 내가 혼을 담아 집필한…… 그 최고 걸작을…… 사쿠나가 읽고…… 게다가 내가 작가란 걸 들키는……. 우와아아아아아아아아아아아아아아아아아!!

"바, 바로 사쿠나네 갈래!"

"가서 어쩌시게요. 어차피 이미 들켰어요."

"아직 들켰다고 확정된 건 아니잖아! 그러니까 갈 거야! 만약 작가가 나란 걸 들키면 선배로서의 위엄은 끝이라고!"

"위엄 같은 게 있었나요——. 아, 코마리 님! 혼자 밤길을 다니면 위험해요——."

나는 실내복 차림으로 집에서 뛰쳐나갔다. 메이드 목소리 따윈 무시다, 무시.

지금은 한시라도 빨리 사쿠나에게 원고를 되찾아 와야 한다. 그리고 '테라코마리 건데스블러드'라고 적힌 부분을 죽죽 그어 버리고 나서 다시 사쿠나에게 돌려줘야 한다.

집에 틀어박혀 있을 때가 아니야……!

☆

스태미너는 1분도 이어지지 않았다.

운동 부족인 내가 전력 질주했으니 당연한 일이다.

"……제, 제길……. 무슨 일이 있어도…… 무슨 일이 있어도 읽게 해선…… 안 돼……."

다리가 아프다. 가슴이 갑갑하다. 하지만── 이것만은 절대 양보할 수 없다.

옆에서 보면 전장에서 겨우 살아 돌아온 병사 같을지도 모른다. 숨을 헐떡이고 있지만 나는 걸음을 멈추지 않았다.

왜냐하면. 그 소설에는…… 그, 조금 아이에게는 보일 수 없을 만한 묘사가 있으니까. 따, 딱히 내가 그런 신을 좋아하는 게 아니라, 이야기의 전개상 하는 수 없이 넣은 거지만. 그러나…… 쓴 이유가 무엇이든, 그런 걸 내가 썼다는 걸 알면 사쿠나가 질려버릴 것이다. 그것만은 싫다. 기껏 고민을 함께하는 동료가 생겼는데……!

죽을 각오로 계속 달리자 곧 기숙사가 보였다. 뮬나이트 궁전 부지에 흐르는 무슨 무슨 강(이름은 잊었음)에 걸려 있는 다리다. 저걸 건너면 사쿠나의 집── 제국군 여자 기숙사가 코앞이다.

"조, 좋아. 기다려라. 사쿠나──, 왁?"

다리의 단차에 걸렸다.

그대로 앞으로 넘어져 다리 난간에 얼굴을 부딪칠 것 같길래 황급히 몸을 비튼다. 그러나 완벽하지 못했다. 피로감에 몸이 잘 움직이지 않았고 정신을 차리고 보니 제방에서 미끄러지는 형태로 굴러떨어져 첨벙! 힘껏 미지근한 강에 빠지고야 말았다.

그렇게 해서 나는 끝없는 공포에 사로잡혔다.

발이 닿지 않는다. 이 강이 이렇게 깊었나……?

"누, 누가 좀…… 도와."

팔다리를 버둥버둥해서 어떻게든 물가로 가려고 하지만 헛수고였다. 물이 튀기만 하지 몸이 뜻대로 움직이지 않는다. 계속 빠져들 뿐이다. 입으로 들어온 물이 폐에 침투했다.

안 돼. 괴로워. 이제 틀렸어. 설마 이런 데서 죽게 될 줄이야. 칠홍천 투쟁이 중요한 게 아니다. 조금은 수영 연습을 해둘 걸 그랬어──, 그렇게 인생을 포기하기 시작할 무렵.

"괜찮으십니까!"

누군가의 목소리가 들렸다. 힘껏 팔을 붙드는 느낌이 났다. 영문도 모른 채 눈을 끔뻑이는 사이, 내 몸은 공중을 부양하듯 육지 쪽으로 끌어 올려졌다.

땅에 부드럽게 엉덩이가 착지한다. 아마 중력을 제어하는 마법이겠지.

살았다는 느낌도 들지 않았다. 나는 콜록콜록 여러 번 기침하면서도 어떻게든 자신이 목숨을 건졌다는 걸 이해했다. 그나저나 대체 누가 도와준 거지. 목소리는 빌의 것이 아니었던 것 같은데──, 그렇게 생각하며 시선을 들었다.

"간발의 차였네요! 그나저나 건데스블러드 님이 헤엄을 못 친다니 의외로군요!"

제복을 입은 남자가 서 있었다.

신을 신봉하는 기인 헬데우스 헤븐이다.

"어, 어떻게 여기……?"

"하하핫. 좀 볼일이 있어서 말입니다."

이 앞에는 여자 기숙사밖에 없다. 왠지 범죄의 냄새가 났지만, 그는 생명의 은인이니까 괜히 파고드는 짓은 하지 말자. ──그래, 생명의 은인이야. 이 사람 덕에 산 거다.

나는 황급히 헬데우스에게 고개를 꾸벅였다.

"고맙, 습니다. 덕분에 살았어요."

"아니, 무슨! 금세기를 주름잡는 건데스블러드 대장군에게 감사를 받을 줄이야, 이 헬데우스 헤븐도 아주 가지는 않았군요! ──그런데 몸은 좀 괜찮으신지요? 괜찮다면 자택까지 바래다 드리죠."

"괘, 괜찮아. 걱정할 거 없어. 미안하지만 나는 좀 급해서──. 나중에 답례는 듬뿍 할 테니까 기대하고 있어."

"답례 같은 건 괜찮습니다. 힘든 사람을 돕는 건 신의 종으로서 당연한 일입니다. 그건 둘째치고 옷을 갈아입는 게 좋겠군요. 여름이라지만 감기에 걸리겠어요."

"괜찮아. 그러니까 슬슬──."

"흐음. 건데스블러드 님은 뭐 때문에 그렇게 서두르시는 겁니까?"

뜨끔했다. 떳떳하지 못할 일은 하나도 없는데.

나는 가능한 한 마음을 가라앉히고 나서 말했다.

"사쿠나야. 잠깐 사쿠나를 만나러 가던 길이었어."

헬데우스의 눈이 가늘어졌다. ──응? 왠지 분위기가 달라졌네?

"호오, 메모아 님에게요. 무슨 일이신가요?"

"놀기로 했거든. 같이 트위스터 게임을 하자고 해서."

"호오호오, 꼭 저도 함께하고 싶군요."

그만둬. 이미지상으로 범죄야.

"농담입니다! 그런 눈으로 보지 마십시오. ──그나저나 메모아 님은 좋은 친구를 두신 것 같군요. 정말 훌륭합니다. 그 아이는 옛날부터 혼자 있는 일이 잦아서 저도 걱정했거든요."

"그래……?"

나는 문득 떠올렸다.

그러고 보니 사쿠나는 헬데우스가 경영하는 고아원에 있었댔나. 그녀에게 이 변태 신부는 아버지를 대신하는 존재일지도 모른다. 변태라고 하는 건 실례겠네. 뭐, 그건 둘째치고 슬슬 진짜 사쿠나에게 가보고 싶다. 서두르지 않으면 늦을 테니까.

"어쨌든 고마워, 헬데우스. 제대로 된 답례 하나 못 하는 건 미안하지만, 오늘은 좀 바빠서……."

"알겠습니다. 메모아 님과── 사쿠나와 친하게 지내주세요."

"그, 그래. 그것도 알겠어."

한 번 더 고개를 꾸벅인 나는 비명을 지르는 근육에 채찍을 휘두르며 다시 달리기 시작했다. 왠지 의외지만 제대로 된 사람이었지, 헬데우스는. 뭐, 그건 그렇다 치고 서두르자. 서둘러야 해. 서두르지 않으면——.

그렇게 초조해 있던 탓이겠지.

뒤에서 중얼거린 신부의 말은 내 귀에 들어오지 않았다.

"——안녕히 가시길, 건데스블러드 님. 당신은 신의 나라에서 행복해질 수 있겠죠."

☆

기숙사에 도착했다. 그러나 호실을 모른다. 아주 잠깐 절망했지만 우체통 쪽에 입주자 이름이 적혀 있어서 일단 안심했다. 나는 조급한 마음을 억누르며 사쿠나 방 앞으로 가서 살짝 주저한 다음 초인종을 눌렀다.

"네헤?!"

안에서 비명이 들렸다. 이어서 우당탕탕 하고 누군가가 날뛰는 소리, 물건이 떨어지는 소리, 아마 테이블인지 뭔지에 발이라도 찧었는지 "윽!" 하는 잠긴 소리 등이 들렸다. 한동안 더 기다리는데 얇은 문을 사이에 두고 맞은편에서 "히야아아아아악!!" 하는 절규가 들렸다. 아마 구멍으로 밖을 내다본 거겠지.

"사쿠나, 갑자기 찾아와서 미안. ……바쁘던 참이야?"

"아니요! 전혀 그렇지 않아요!"

문이 열렸다. 다만 어째서인지 체인이 걸려 있다. 경계하는 건가?

사쿠나는 평소처럼 군복 차림이었다. 좁은 틈새로도 알 수 있었다. 사복을 볼 수 있을 줄 알았는데 유감이다.

"으음, 테라코마리 씨……? 무슨, 일이신가요?"

"일이라고 할 만한 건 없는데. 그게, 전에 소설을——."

"윽, 어떻게 된 거죠?! 흠뻑 젖었잖아요!"

"응, 아아. 이거 말이지. 이건 강에 떨어져서."

"강?! ……어, 얼른 갈아입죠. 감기에 걸리면 큰일이에요."

"아니, 그런 것보다 소설을——."

타앙! 하고 문이 닫혔다. 방 안에서는 또 우당탕탕 대소란이 벌어졌다. 따분함에 멀거니 서 있는데 바로 사쿠나가 돌아와서는 문을 살짝 열었다.

"저기. 저기. 갈아입을 옷…… 이긴 한데 그, 조금 이상한 옷이라서요." 거기까지 말한 사쿠나는 황급히 고개를 가로저었다. "아니요! 이상하다고 하면 엄청난 실례지만요!"

"이상해? 카피바라 그림이라도 그려져 있어?"

"그건 아니지만…… 죄송해요. 이것밖에 없어서요."

틈새로 넘겨받은 건 아무런 특징도 없는 티셔츠다.

펼쳐본다.

내 얼굴(반쯤 웃는)이 나타났다.

너무 특징이 많았다.

"……이걸 어디서?"

"가게에서 팔더라고요! 저, 저도 모르게, 아는 사람이라, 사버렸어요……."

이 웃긴 티셔츠가 시장에 유통되고 있다는 이야기는 사실이었나 보다. 정말이지 유감스러운 일이다. 이런 걸 입을 리가——.

"푸에취."

재채기했다. 사쿠나가 매우 한심한 표정을 지으며 "괜찮으세요?!"라고 소리쳤다.

나는 "괜찮아, 괜찮아" 하고 무리하게 미소를 지어 보였다.

"그보다 소설을——."

"괘, 괜찮지 않아요! 샤워하죠! 욕실을 쓰셔도 돼요——. 아아, 하지만 방이 좀 어질러져 있어서 가능하다면 거실 쪽은 보지 마세요……. 가능하다면이 아니라 절대 보지 마셨으면 좋겠, 는데, ……어, 어쨌든 안내할게요. 자요, 들어오세요."

사쿠나는 잘 이해가 안 되는 말과 함께 나를 방에 들여주었다. 솔직히 샤워 같은 걸 따질 정신이 아니었다. 얼른 소설을. 소설을 어떻게든 해야 해……! 그러나 사쿠나는 내가 샤워하고 각하 티셔츠를 입기 전까지는 오기로라도 말을 들어주지 않을 듯하다. 그런 분위기가 났다.

하는 수 없지. 지금은 우선 사쿠나 말을 따르기로 하자.

"이쪽이에요. 들어오세요. 속옷 같은 것도 둘게요."

"……속옷? 사쿠나 네 거?"

"아니요, 그건 아니고……. 인형에게 입히는 게 있어서 사이즈는 딱 맞을 것 같은데————. 아니요, 아무것도 아니에요. 아무것도 아니에요. 잊어주세요!"

"그, 그래. 잘은 모르겠지만 우선 샤워 좀 할게."

"편히 씻으세요!"

그렇게 말한 사쿠나는 떠나갔다. 탈의실에 남은 나는 우선 옷을 벗는다. 벗고 나서 문득 생각한다. ……각하 티셔츠를 결국 입게 됐구나. 역시 싫은데.

지금이라도 다른 옷이 없는지 사쿠나에게 물어보자.

설마 옷이 이것밖에 없지는 않을 테니까.

나는 벗은 옷을 다시 입고 나서 탈의실을 나왔다.

어두컴컴한 복도를 지나 아마 거실로 이어질 문을 천천히 연다.

"사쿠나. 미안하지만 다른 옷은 없어? 역시 내 얼굴이 그려진 옷은──."

처음에 나는 웬 가게에 들어온 건 줄 알았다.

그 정도로 수많은 '물건'이 놓인 방이었다.

바로 이상한 광경이라는 걸 깨달았다.

그곳에 있는 것은 수많은 나였다.

나를 본뜬 등신대 인형. 나를 본뜬 솜 인형. 내 모습이 프린트된 안는 베개. 나의 사진. 나의 포스터. 내 얼굴이 그려진 티셔츠. 내 그림── 어딜 보나 테라코마리 건데스블러드밖에 없다. 꼭 나를 테마로 한 박물관 같은 방이었다.

엄청난 풍경에 말문이 막혔다.

이게 뭐야. 꿈이라도 꾸는 건가……?

"……테라코마리, 씨…………."

백은의 소녀는 그런 기이한 풍경 한가운데 당장에라도 울 듯한 표정으로 서 있었다. 꼭 절대 들켜서는 안 될 창피한 비밀을 들킨 듯한 표정이었다. 아니, 그 자체인 표정이다.

"아, 아니에요. 이건 아니에요……."

뭐가 '아닌지', 그녀가 구체적으로 설명하는 일은 없었다. 설명할 수 없는 거겠지.

나는 멍하니 서 있는 수밖에 없었다.

더는 소설이 문제가 아니었다.

이 소녀는 나 같은 것보다 훨씬 위험한 폭탄을 끌어안고 있었던 듯하다. 실명으로 쓴 소설에 키스 신이 세 번 나오는 것 가지고 쩔쩔맸던 내가 바보 같았다.

"테, 테라코마리 씨……."

그녀가 매달리는 듯한 눈으로 이쪽을 바라본다.

어떡해야 할지 알 수가 없었다. 알 수 없었기에 우선 나는 이렇게 말했다.

"샤워하고 올게."

☆

20분 후.

샤워를 마친 나는 나밖에 없는 방 중앙에서 사쿠나를 마주하고 있었다. 참고로 각하 티셔츠 이외의 것을 요구할 여유가 없었기에 내 배에는 내 얼굴이 그려져 있다. 수치스럽기 짝이 없다. 그보다 이 방 자체가 창피하다. 대체 사쿠나는 무슨 생각으로 이렇게 엄청난 방을 만든 걸까.

"……사쿠나."

"네헷."

이름만 불렀는데 바퀴벌레를 목격한 것처럼 움찔움찔한다. 나는 가능한 한 부드러운 음색을 내고자 하면서 말했다.

"대단한데, 이 방. 내가 많아."

"으으으으으……, 죄송해요. 죄송해요. 죄송해요……."

"사과할 거 없어 안 울어도 돼! 봐, 나는 딱히 화난 게 아니거든!"

"죄송해요……. 저, 저는…… 테라코마리 씨를 좋아해요……!"

"…………."

뭐 이런 고백이. 내가 말하기도 뭣하지만 보면 다 안다.

사쿠나는 더듬더듬 말하기 시작했다.

"테라코마리 씨는 강하고 아름답고 멋있고……. 그래서 저도 저렇게 되면 좋겠다 싶어서, 그래서 이것저것 테라코마리 씨에 대해 알아보는 사이에 굿즈 같은 걸 모으거나 만들게 됐고 방이 이렇게 된 거예요……."

"굿즈를 만들었어?"

"네. 15개 있는 테라코마리 씨의 등신대 인형은 최고의 걸작이라고 생각해요. 매일 꼬박꼬박 인사하고 말을 걸고, 진짜 테라코마리 씨처럼 대하고 있어요……."

나는 주변을 빙 둘러봤다. 벽 쪽에 직립해 있는 수많은 내가 무표정하게 나를 바라보고 있다. 사쿠나에게서 넘쳐나는 어둠을 느낀 듯했다.

"그, 그래. 뭐, 취미는 사람별로 다르니까. 응. 나도 남에게 말하고 싶지 않은 비밀이 하나둘쯤은 있어."

"소설을 쓰는 거요?"

들켰잖아!!

"……그렇긴 한데. 알고 있었어?"

"네. 전에 빌헤이즈 씨가 알려주셨어요."

게다가 변태 메이드 짓이었나. 절대 용서 못 해——. 그렇게 말해주고 싶지만, 사쿠나에게 들킨들 큰 문제는 없을 듯했다. 이 방의 꼴을 본 시점에서 키스 신이 나오는 소설 따위는 애교 수준이라는 걸 이해했으니까.

"죄송해요. 질려버리셨죠……. 이런 걸 모아놓다니."

사쿠나는 기어 들어가는 목소리로 그렇게 말했다. 어떤 의미로 '이런 거'라는 호칭은 무례하다는 느낌도 들지만, 굿즈를 모았다고 뭔가 해가 되는 건 아니기에 나는 사쿠나를 나무랄 마음이 조금도 없었다. 그녀와의 관계를 망쳐놓고 싶지 않았다.

"나는 전혀 신경 안 써. 대놓고 하는 게 아니라면 사쿠나 뜻대로 하도록 해."

"정말요……? 그럼 좀 더 굿즈를 만들어도 되나요?"

"뭐, 적당히 해줘."

사쿠나는 활짝 피는 꽃처럼 웃었다. 귀엽다.

"테라코마리 씨는 착하시네요. 평범한 사람이라면 절교할 거예요."

"하하핫. 나는 최강의 칠홍천이니까. 이 정도로 놀라지는 않아.

오히려 기쁠 정도인걸. 사쿠나가 이렇게 나를 생각해 줄 줄은 몰랐거든."

"그, 그런가요……. 에헤헤헤헤헤."

"하하하하하."

"………………"

……무슨 말을 해야 하지. 수많은 내가 날 바라보는 탓에 머리가 돌아가지 않는다. 이 정도 일로는 놀라지 않는다고 허세를 부렸지만 솔직히 이건 일상 회화에 영향을 미칠 정도로 충격적인 광경이다. 꿈에 나올 것 같다.

그보다 방금 생각한 건데 이제 사쿠나에게 볼일은 없는 거지? 소설 건은 아무래도 상관없어졌고. 그렇다는 건 완전히 사적인 얘기라는 건데……. 그래, 전부터 사쿠나와 취미 이야기를 해보고 싶다고 생각하던 참이다. 취미 이야기를 해볼까.

"테라코마리 씨. 칠홍천 투쟁은 어때요?"

그렇게 생각한 순간 사쿠나 쪽에서 먼저 얘기를 꺼냈다. 그것도 예의 그 화제다.

"저…… 불안해요. 다들 정말 강한 분들뿐이라 저처럼 약해 빠진 흡혈귀는 어울리지 않을까 해서……. 금방 살해당하지 않을까요……."

금방 살해당할 사람은 아무리 봐도 나다.

"그렇지 않아. 사쿠나는 대단한 마법을 쓸 수 있잖아."

"대단하지 않아요. 설령 마법을 쓸 수 있더라도…… 설령《열핵해방》을 쓸 수 있더라도…… 상대를 죽이지 못하면 의미가 없죠."

"뭐? 죽여⋯⋯."

사쿠나는 묘하게 생각에 잠긴 표정을 짓고 있었다. 잘못 들은 건가? 방금 '죽인다'라고 한 것 같은데──, 아니, 뭐, 칠홍천 투쟁의 목적이 살인이라는 건 이해하지만 설마 저 심약한 사쿠나가 그런 살벌한 말을 할 줄이야.

그녀가 "죄, 죄송해요"라고 당황한 듯 고개를 수그렸다.

"실수했어요. '상대에게 살해당하면 의미가 없다'예요. ⋯⋯저는 정말 글러 먹은 흡혈귀니까 아무리 대단한 마법을 쓰더라도 쓰기 전에 살해당할 게 뻔해요. 살해당하는 건 무서워요⋯⋯."

"그래⋯⋯. 누구든 살해당하는 건 무서울걸."

"게다가 저는 테라코마리 씨와 싸우고 싶지 않아요."

울 듯한 눈동자가 나를 향한다.

칠홍천 투쟁은 말 그대로 칠홍천 간의 투쟁이다. 평범하게 보면 나와 사쿠나는 살육전을 벌이게 되겠지. 하지만── 나에게는 생각이 있었다.

"동맹을 맺으면 돼."

어, 하고 사쿠나가 말했다.

"동맹을 맺으면 안 된다는 룰은 없을 텐데. 나와 사쿠나가 협력하면 적어도 적이 하나 줄고 아군이 하나 느는 거야. 좋은 아이디어 같지 않아?"

"괜찮을까요? 테라코마리 씨의 발목을 잡게 될 거예요⋯⋯."

"상관없어. 오히려 내가 발목을 잡지 않을까 불안할 정도인데."

"하, 하지만……." 사쿠나는 머뭇머뭇 말했다. "왜 그렇게 잘 해주시나요? 저는 테라코마리 씨의, 스토커…… 같은 건데."

스토커 같은 건 솔직히 아무래도 좋다. 비슷한 건 내 주변에 많으니까.

이유는── 사쿠나와 협력하면 내가 살아남을 가능성이 커지니까. 그런 타산적인 부분도 물론 있지만, 무엇보다 그녀를 그냥 둘 수 없었기 때문이다. 이 덧없는 표정을 보고 있으면 어떻게든 도와주고 싶어진다. ……아니, 이건 완전히 오만한 생각이지. 내가 사쿠나보다 100배는 더 모자란데. 그러니까── 이건 그래, 그거다.

"치, 친구이기 때문이지."

나는 그런 말을 하고 있었다.

"친구끼리 서로 협력하는 건 평범한 일이잖아. 그래서 하는 말이야."

"친구……."

"……으. 미안. 나랑 친구는 싫지……."

"싫지 않아요! 친구가 돼서 영광이에요! 잘 부탁드립니다!"

"그, 그래……! 나야말로 잘 부탁할게."

마주 보고 꾸벅 인사했다. 그리고 나는 안도했다. 얼떨결에 '친구'라고 해버렸는데 혹시 사쿠나가 '뭐? 나랑 네가 친구? 바보 아냐?' 같은 표정을 지었다면 목을 맬 뻔했다.

그나저나 친구라…… 후후후. 첫 친구다. 이렇게 기쁜 일이 또 있을까……!

"알겠어요. 그럼 제7부대와 제6부대는 협력 관계인 걸로 알면 될까요?"

"음. 모두에게 전해둘게."

"아, 맞다." 사쿠나는 생각났다는 듯 손뼉을 쳤다. "헬데우스 씨에게도 협력을 구하죠. 그 사람이라면…… 아마 이해해줄 거예요."

"헬데우스……? 괜찮을까?"

"조금 별난 사람이지만 신뢰할 수 있어요."

분명 강에 떨어진 날 구해줬으니까. 게다가 칠홍천 회의에서도 왠지 모르게 나를 감싸주었다. 첫인상은 신밖에 모르는 신 오타쿠 느낌이었지만, 사쿠나가 그를 대하는 태도와 더불어 생각해 보면 의외로 제대로 된 사람일지도 모른다.

"그럼 헬데우스에게도 협력을 구할까. ——그러고 보니 사쿠나 넌 그 사람의 고아원에 있었댔나?"

"네. 가족을 몰살당한 저를 거둬주셨어요."

"…………."

갑자기 너무 무겁다. 어떻게 반응해야 할지 모르겠다.

"아, 아니요. 그래도 가족은 있어요."

"마핵으로 되살아났단 거야? 그럼 왜 고아원에……?"

"후후."

사쿠나는 미스터리어스하게 웃었다. 이 아이가 이런 표정도 짓는구나——. 나는 살짝 오한을 느끼며 몸서리쳤다. 그녀의 눈동자에는 범상치 않은 요기가 깃들어 있는 듯했다. 그러나 그건 정말 잠깐이었고, 바로 평소처럼 심약한 분위기의 사쿠나로 돌아와 버렸다.

"저게 가족이에요."

사쿠나는 책장 위의 사진을 가리켰다.

거기 나와 있는 건 행복해 보이는 4인 가족이었다.

어린 시절의 사쿠나. 사쿠나 머리에 손을 얹고 웃는 소녀——아마 언니겠지. 그리고 자매 양옆에 각각 어머니와 아버지가 다정한 눈을 하고 서 있었다.

"제 언니 이름은 코마리였어요."

"그래? 왠지 친근감이 샘솟네."

"네. 무척이나 아름다운 '돌고래자리'의 기억을 가진 사람이었죠——."

"……응? 무슨 뜻이야?"

"저는 직관적으로 알거든요. 사람의 정신 형태를."

사쿠나가 갑자기 내 손을 움켜쥐었다. 차가운 손이었다.

"추워? 차가운데."

"아니요. 창옥종은 체온이 없는 종족이에요. 그 특징은 얼어붙은 철벽의 몸——, 백극 연방은 극한의 땅이니까 그런 몸이 아니고서야 살아갈 수 없다나 봐요."

"그, 그래."

"분명 제 피는 차가울 거예요. 마셔 보실래요?"

"사양해 둘게."

그게 나을 거예요, 하고 사쿠나는 웃었다.

"잠깐 별을 보러 가지 않으실래요? ——마지막에 보는 건 아름다운 게 나으니까요. 게다가 여기서 하면 방이 더러워질 거예요."

"사쿠나? 잠깐만."

강제로 팔을 잡아끈다. 영문도 모른 채 이끌려 간 곳은 밖이었다. 퍼덕퍼덕 날아오르는 박쥐 때문에 놀라서 무심코 비명을 지를 뻔했다. 사쿠나는 그런 나를 무시하고 척척 걸어갔고 곧 조용한 뒤뜰에 도착하자 갑자기 걸음을 멈췄다.

그곳은 아무 특징도 없는 정원이었다. 부엉이 소리가 들린다. 가만히 보면 정원 곳곳에 수국이 피어 있다. 낮에 오면 분명 아름다운 풍경을 볼 수 있겠지.

"테라코마리 씨, 위를 보세요."

시키는 대로 하늘을 본다. 거기 펼쳐져 있는 것은 눈부신 별들의 광경이다. 특별한 느낌은 들지 않는 평범한 밤하늘. 그렇기에 이렇게 주시하면 지금까지 발견하지 못했던 자연의 아름다움을 깨닫게 된다.

"저게 '돌고래자리'. 등에 신을 태우고 바다를 건넜다는 돌고래의 모습이에요. 그리고 저쪽이 '참수리자리'. 그 옆이 '새싹자리'고 그 옆이——."

사쿠나는 손가락으로 별을 지목하면서 열심히 설명해 주었지만 뭐가 뭔지 나로서는 잘 알 수 없었다. 하지만 별이 반짝반짝해서 예쁘다는 건 알았다. ……나에게는 정취를 이해할 감성이 부족한 걸지도 모른다.

"이렇게 별을 보고 있으면 마음이 편하죠."

"그러게. 별자리는 예쁘구나." 뭐가 별자리인지 모르겠지만.

"테라코마리 씨의 기억도 별자리처럼 단정해요."

나는 이상하다 싶어서 사쿠나의 옆모습을 살폈다. 그녀는 열심히 하늘을 올려다보고 있다.

"——테라코마리 씨, 테러리스트가 뭐 때문에 사람을 죽였을 거 같으세요?"

"흐에?" 갑작스러운 화제 변경에 살짝 당황했다. "그야…… 그거겠지. 살인이 취미였던 거 아니야? 내 주변에도 살인귀는 많고 말이지."

"아마 아닐 거예요. 남을 죽여야 했기 때문이에요."

"그건 그렇겠지만……."

"……테라코마리 씨, 두 가지만 질문해도 될까요?"

"으, 응."

"감사합니다. ——혹시, 혹시 말인데요. 테러리스트에게 가족이 인질로 잡혀 있고…… 그래서 '가족이 죽는 게 싫다면 다른 누군가를 죽여라'라고 하면 테라코마리 씨는 어쩌실 건가요? 순순히 따르실 건가요? 아니면…… 가족을 버리고 도망치실 건가요?"

뭐야, 그 질문은. 심리 테스트의 일종인가?

그러나 사쿠나의 표정은 지나치리만큼 진지하다. 장난으로 답하는 건 좀 아닐 듯했다. 그래서 나는 속으로 떠올린 의견을 순순히 답하기로 했다.

"테러리스트를 쓰러뜨릴 거야."

"어……."

"잘못은 가족을 인질로 삼은 테러리스트에게 있잖아. 그 녀석이 없으면 해결되는 거 아니야?"

남을 죽이기는 싫다. 가족이 죽는 것도 싫다. 그럼 그 원흉을 제거하면 된다.

……뭐, 말로 하는 건 쉬워도 실제로 실행할 수 있을지 없을지는 별개의 문제지만. 나의 경우는 도망칠 가능성이 크다. 하지만 가족을 버릴 수도 없으니까…… 으으음. 고민되네.

그런 식으로 단호하게 답하고 나서 고민하는 우유부단한 짓을 하고 있는데 사쿠나가 감탄했다는 듯 숨을 내쉬더니 이렇게 말했다.

"역시나. 저였다면, 그렇게는……."

뭐지. 뭔가 단순한 심리 테스트가 아닌 것 같은데. 설마 실화라거나──아무리 그래도 아니겠지.

갑자기 사쿠나가 이쪽을 돌아봤다.

어째서인지 눈에 눈물을 글썽이고 있다.

"그대로 하늘을 올려다보세요. 바로 끝날 테니까요."

"잠시만. 아까부터 상태가 이상한데……. 으음, 혹시 우는 거야? 어디 아픈 곳이라도 있어? 저기──."

사쿠나가 천천히 팔을 뻗는다.

몸이 움직이지 않는다. 그녀에게서 눈을 뗄 수도 없다. 이대로 가만히 있으면 뭔가 터무니없는 일이 벌어질 듯한 예감이 들었다──. 하지만 나는 사쿠나의 눈을 바라볼 뿐, 뱀 앞에 선 개구리처럼 꼼짝하지 못했다.

그렇게 해서 나는 자신이 마법에 걸렸다는 사실을 알아차렸다.

초급 구속 마법【마비의 속박】.

혹시 사쿠나는 화가 난 걸까. 그래. 그게 분명하다. 내가 멋대로 비밀의 방을 엿본 사실에 화가 난 게 분명하다. 복수심에 불타오르는 그녀는 이대로 나를 간질간질 지옥 형에 처할 생각인 것이다. 사쿠나의 손끝이 내 배 쪽에 닿았다.

"자, 잠깐. 사쿠나! 난 간지럼에 약하거든. 겨드랑이만 좀 간질여도 호흡 곤란으로 죽을 자신이 있어! 비밀을 알게 된 건 사과할게, 그러니까——."

"——코마리 님, 슬슬 가시죠."

순간 팟! 하고 사쿠나가 뜨거운 물에 닿은 것처럼 물러났다.

나는 놀라서 뒤를 돌아본다.

어둠 속에서 불쑥 변태 메이드가 모습을 드러냈다. 언제부터 있었던 거야, 살짝 흐러거든.

"내일도 일하셔야 해요. 너무 늦게까지 깨어 있으면 못 일어나신다고요."

"일이라고?! 내일은 토요일일 텐데!"

"무슨 말씀이세요. 칠홍천 투쟁을 대비해 부하들을 특훈시켜야죠. 자, 가시죠. 아직 저녁도 다 안 드셨으면서."

"아."

생각했더니 배가 '꼬르륵' 소리를 냈다. 빌의 햄버그가 먹고 싶다. 이미 식어버렸겠지.

"그럼 메모아 님. 오늘 밤은 이만 실례하겠습니다."

"네, 네."

빌은 사쿠나에게 우아하게 인사했다. 그에 비해 사쿠나는——어째서인지 겁을 먹은 듯, 당황한 듯하면서도 안도한 듯한 기묘한 표정을 짓고 있었다.

나는 뭔가 찜찜함을 느꼈다. 하지만 그 정체까지는 파악하지 못했다.

"그럼 사쿠나. 우린 이만 가볼게. 칠홍천 투쟁 건은 잘 부탁해."

"네. 안녕히 주무세요, 테라코마리 씨."

"응, 잘 자."

그 말만 남기고 나는 빌과 함께 여자 기숙사를 뒤로했다. 문득 뒤를 돌아보니 사쿠나는 멍하니 밤하늘을 올려다보고 있었다. 조금 걱정돼서 돌아가려고 했지만 빌이 팔을 휙 잡아당기며 말렸다.

"뭐야. 조금 아팠거든."

"죄송합니다. 하지만 사쿠나 메모아는 조금 위험해 보여서요."

위험? 무슨 뜻인지 모르겠네. 그리고 팔을 놔. 그대로 손을 잡으려고 하지 말라고. 자연스레 손가락을 얽으려고 하지 마. 안 돼, 악력 차이 때문에 못 뿌리치겠어……!

"뭐가 위험한데. 나한테는 네가 훨씬 더 위험해 보이는데."

"살기를 느꼈어요. 아주 약간이지만……."

"그야 그렇겠지. 사쿠나는 나를 간지럽힐 생각이었어. ——그보다 왜 손을 잡는 건데. 난 애가 아니거든."

"길을 잃으면 큰일이니까 코마리 님의 매끈매끈한 손을 만끽

할게요."

"하지 마, 창피하잖아!"

"그런 이상한 티셔츠를 입고 있는 게 더 창피할 것 같은데요."

"…………."

동감이었다. 빌은 "어쨌든" 하고 진지한 어조로 말을 이었다.

"사쿠나 메모아의 동향에는 주의할 필요가 있겠어요. 코마리 님은 가능한 한 가까이하지 않는 게 좋겠네요. 단둘이 별을 보다 니 말도 안 됩니다. 그런 시추에이션은 결코 용납할 수 없어요. 그러니까 다음엔 저하고도 단둘이 별을 봐주시죠. 꼭."

빌이 내 손을 꼭 움켜쥐었다. 하지 마. 그 이상 세게 잡으면 뼈 가 으스러진다고. 내 빈약함을 얕보지 마.

그렇게 전전긍긍하면서도 나는 빌과 손을 잡고 집으로 가는 길을 걸었다.

하지만 마음에 응어리 같은 게 남았다는 점은 부정할 수 없다.

사쿠나의 그 얼굴. 눈물을 머금은 울적한 표정.

그녀는 대체 무슨 생각을 하는 걸까.

남의 마음을 엿보는 마법을 쓸 수 없는 나로서는 전혀 알 수 없었다.

☆

자백하자면 사쿠나 메모아의 열핵해방은 죽인 인간의 기억을 엿볼 수 있는 정신 간섭계 이능이다. 테러리스트 집단 '뒤집힌 달'은 사쿠나의 이 능력을 이용해 마핵이 어디 있는지 알아내려 하고 있다.

마핵── 그것은 사람들에게 무한한 마력과 생명력을 주는 특급 신구이다. 그러나 모두가 그 존재와 효과를 아는 것치고는 실제 마핵을 봤다는 사람의 이야기는 들리지 않는다. 그도 그럴 것이, 마핵이란 제1급 국가 기밀이다. 그 소재지와 형상 등등의 정보는 각국 정부가 엄중히 은닉하고 있다(참고로 마핵에 피를 바치는 의식에 의해 무한한 회복의 혜택을 얻는다는 것이 현대의 상식이지만, 이건 실물을 눈앞에 두고 의식을 치르는 게 아니라 나라에 흩어져 있는 '마천(魔泉)'에 피를 흘림으로써 본체로 자동 전송하는 것이기에 전송지의 정보──, 즉 마핵의 정체는 의식을 거행하는 전문 관리조차 모른다).

──어쨌든 그런 사정이 있어 사쿠나는 밤이면 밤마다 궁전을 배회하며 정부 고관을 살해하고 다닌 것이다.

그러나 성과는 전무했다.

제국 재상인 아르만 건데스블러드조차 마핵의 위치는 알지 못했다. 아마 황제를 죽일 수 있다면 한 방에 알게 되겠지만, 현재 사쿠나의 실력으로는 그 뇌제를 처리할 수 없다. 그렇기에 뒤집힌 달에서 내린 지령은 이러하다──. '우선 칠홍천을 죽여 정보를 수집해라'.

지금까지 사쿠나의 표적은 죽이기 쉬운 문관으로 한정되어 있었다. 하지만 무력을 중시하는 이 제국에서는 무관이야말로 중요한 정보를 쥐고 있지 않을까──. 뒤집힌 달은 그렇게 판단한 듯하다.

"다행이야……. 다행인가……."

사쿠나는 별을 올려다보면서 불쑥 중얼거렸다.

테라코마리 건데스블러드를 죽이는 건 차마 견딜 수가 없었다. 사쿠나를 친구라고 해준 마음씨 착한 소녀를, 어떻게 감정 없이 죽일 수 있겠는가.

그래서 빌헤이즈가 와서 그녀를 죽일 타이밍을 잃은 순간, 사쿠나는 안심하고야 말았다. 적어도 오늘은 죽이지 않아도 된다고.

——아니, 애초에 고작 자기 실력으로 그 칠홍천을 죽일 수 있을 것 같진 않지만.

대체 그녀는 얼마나 강한 걸까. 프레테 마스카렐처럼 의심하는 건 아니지만, 분명 그녀의 전투 능력에는 불명인 점이 많다. 얼마 전 애써 아르만 건데스블러드를 죽였으니까 그런 정보도 수집해 두어야 했나. 이제 와서 말해도 늦었지만.

사쿠나는 무심코 한숨을 내쉬고야 말았다.

난 뭐 하는 거지. 표면적으로는 칠홍천으로서 변변치 못하게 일하고 이면에서는 테러리스트로서 가장 싫어하는 살인을 저지른다. 이런 인생에 무슨 의미가 있을까——. 그렇게 고뇌하면서 방으로 돌아온다.

갑자기 바람이 불었다. 사쿠나는 무심코 한쪽 눈을 감았다.

문득 보니 연 기억이 없는데 창문이 열려 있었다. 커튼이 살랑살랑 흔들리며 방 안에 불길한 그림자를 드리우고 있다.

어째서? ——기묘한 위화감을 느끼며 코마리투성이인 거실로 발을 들였을 때, 테이블 위에 방치해 둔 통신용 광석이 빛을 발했다.

마음이 찢어질 듯했다. 하지만 응답하지 않을 순 없다.

마력을 흘려보내자, 평소처럼 언짢아하는 목소리가 울려 퍼졌다.

[──의미가 없잖냐. 사쿠나 메모아.]

사쿠나는 어깨를 움츠렸다.

[아무 의미가 없다. 사냥감을 죽일 좋은 기회를 두 눈 멀뚱히 뜨고 놓치다니 어떻게 된 거냐? 일을 게을리하는 자에게 존재 가치는 없어.]

"뭐……."

사쿠나는 녹슨 기계 같은 동작으로 주변을 둘러봤다.

보고 있었다. 보고 있었던 거다.

테라코마리 씨와의 자초지종을……!

"죄, 죄송해요! 하려고 했는데 빌헤이즈 씨가 와서……."

[그럼 메이드까지 죽이면 되잖냐. 뭐 때문에 열핵해방이 있는데?]

"어, 얼굴을 보여도, 알 수 없게 하려고."

[그럼 왜 안 죽인 거지? 할 수 있는 건 할 수 있을 때 한다, 그 게 뒤집힌 달의 신조일 텐데.]

그런 신조는 처음 듣는다.

남자는 당혹스러워하는 사쿠나의 모습에도 아랑곳하지 않고 말을 잇는다.

[마핵을 찾기 전엔 실행 부대도 움직일 수 없어. 한 사람의 실태가 조직을 어지럽힌다는 뜻이다. 그런 건 절대 용납 못 해.]

"…………."

[……흐음, 뭐 됐다. 칠홍천 투쟁에서 전원을 죽이면 아무 문제 없으니까. 절대 실수해서는 안 돼──. 나는 이 순간을 위해 7년이나 간첩으로 제국군에 잠입해 있었거든. 우선적으로 노릴 상대는 알고 있겠지?]

"페, 페트로."

[페트로즈 카라마리아다. 녀석은 칠홍천으로서의 경력이 가장 길어. 이어서 프레테 마스카렐. 그 녀석은 현재의 황제가 임명한 칠홍천이야. 마핵의 정보를 쥐고 있을 가능성이 커. 다음은 테라코마리 건데스블러드. 이 녀석은 황제의 총애를 한 몸에 받는 계집이야. 네가 조금 전에 죽이지 못한 쥐새끼이기도 하지.]

"죄송합니다, 죄송합니다……."

[그 이외의 칠홍천은 최악의 경우 못 죽여도 좋아. 못 죽여도 상관은 없지만 일단 죽이도록. 만일에 대비하는 게 뒤집힌 달의 신조니까. 못 죽이면 네 가족을 죽여주마.]

"윽……."

가족을 죽인다.

그 말을 몇 번이나 들었는지 모르겠다. 사쿠나는 협박 때문에 꼼짝도 할 수 없었다. 가족을 죽인다고 할 때마다 몸이 떨리고 트라우마가 되살아난다. 다시는 잃고 싶지 않다. 외톨이는 싫다. 그러니까 노력해야 한다──.

——잘못은 가족을 인질로 삼은 테러리스트에게 있잖아. 그 녀석이 없으면 해결되는 거 아니야?

갑자기 코마리의 말이 머릿속에 떠올랐다.

뭐 그렇게 호쾌한 말이 다 있을까. 그녀처럼 할 수 있다면 고생도 하지 않을 텐데. 무서운 건 싫다. 아픈 건 싫다. 이 이상 괜한 반응을 하면 또 심한 짓을 당할 테니까——. 그러니까 사쿠나는 발칙한 테러리스트의 말을 순순히 따르는 수밖에 없다.

[왜 말이 없냐? 명령은 이해했겠지? 정신은 맑냐?]

사쿠나는 "괜찮아요"라고 답했다.

자기도 알 만큼 떨리는 목소리였다.

[여전히 패기 없는 계집이야. 그래서는 아무리 시간이 지나도 평범한 구성원에서 벗어나지 못할걸. ——뭐 됐어. 오늘은 선물을 가져왔으니까. 네가 그렇게 사랑하는 테라코마리 건데스블러드의 인형을 봐라.]

안 좋은 예감이 들었다.

그리고 깨닫고야 말았다.

침대 위에 앉아 있는 작은 코마리 인형이 작은 병을 끌어안고 있다. 사쿠나는 머뭇머뭇 인형으로 다가갔다.

강렬한 색의 액체가 든, 어디서나 팔 법한 평범한 병이었다.

[코르네리우스의 비약이다. 들은 적 정도는 있겠지?]

"…………."

사쿠나는 숨을 집어삼켰다. 코르네리우스의 비약. 그건 뒤집힌 달의 간부, 이른바 '삭월(朔月)'의 일원인 로네 코르네리우스가 비밀리에 제조했다는 증강제다. 복용하면 범상치 않은 마력을 가질 수 있지만 그 부작용은 파멸적으로 막대해서 후에 팔다리가 움직이지 않거나, 정신이 무너져 폐인화하거나, 심할 때는 그 자리에서 피를 토하며 죽는 경우까지 있다고 한다. 사쿠나의 동료 중 하나는 실제로 이 약을 먹고 앓아누운 끝에 '더는 못 쓰겠다'라는 이유로 처분당하고 말았다.

[사쿠나 메모아의 실력으로는 칠홍천 다섯을 상대하기 조금 힘드니까. 그래서 일부러 준비해준 거다. 기쁨을 곱씹으면서 적을 죽이도록.]

"하지만…… 이 약을 먹으면, 부작용이……."

[부작용이라고? 분명 그럴 수도 있지만…… 그게 뭐?]

"그게…… 죽을지도, 모르는데요……?"

[그러니까 그게 뭐 어쨌다고. 분명 죽을 수도 있지──. 하지만 조직에 목숨을 바치게 되는 거니까 잘된 거 아닌가? 설마 죽는 게 무섭다고 하진 않겠지. 아니면 무슨 불만이 있냐? 응? 있다면 말해봐.]

말할 수 있을 리 없었다.

남자는 아무 말도 못 하고 떨기만 하는 사쿠나에게 노골적으로 혀를 차더니 [걱정하지 마]라고 냉혹하게 웃으며 말했다.

[뮬나이트의 마핵을 파괴하는 날엔 상을 주마. 아지트 녀석들을 모아 성대하게 식전을 열어줄 테니까. 뭐, 살아 있을 경우의 얘기지만.]

"감사…… 합니다……."

[아아, 그리고.]

남자는 아무렇지 않은 듯 말한다.

[아지트 하니까 말인데 너, 가끔 돌아가는 것 같던데.]

뜨끔했다. 피가 얼어붙는 느낌이다. 사쿠나는 손의 떨림을 감추면서 눈을 피한다.

아지트―― 그건 두말할 것 없이 뒤집힌 달의 아지트 얘기였다. 물론 '삭월'이나 보스가 있는 소재를 알 수 없는 본거지는 아니고 겔라 알카 공화국 남방 밀림에 조용히 자리 잡은 지부이며, 사쿠나가 배속된 곳이기도 하다. 통신 상대인 남자는 그 지부의 지부장이다.

[딱히 오지 말라고는 안 하겠지만, 수상한 짓을 하면 즉시 처분하겠다.]

"……명심하겠습니다."

[좋아. 기대하고 있으마, 사쿠나 메모아! 실수로라도 밀리센트 블루나이트와 같은 노선은 밟지 마라. 실패하면 그 여자처럼 잡혀서 살해당할 게 뻔하니까.]

"네, 알겠습니다."

[건투를 비마.]

통화가 끊겼다.

――다행이다. 들키지 않았어.

하지만 안도는 잠깐이었다. 문제는 아무것도 해결되지 않았다. 코마리 인형이 끌어안고 있는 병을 멍하니 내려다본다.

강렬한 보랏빛 액체. 로네 코르네리우스의 열핵해방으로 만든 신구의 일종이다. 부작용으로 죽으면 되살아날 수 없다.

사쿠나는 자기도 모르는 사이 눈물을 뚝뚝 흘리고 있었다.

너무해.

이런 건 너무해······.

"···········."

마핵은 몸의 통증을 무한하게 치료해 준다.

그러나 사쿠나의 마음에 새겨진 상처는 영원히 남을 것이다. 물리적인 상처를 낫게 할 뿐, 마음까지는 치료해 주지 않는 특급 신구. 그런 건 결함품이라고 사쿠나는 생각한다.

"괴로워······."

중얼거린 말은 누구에게도 전해지는 일 없이 어둠에 녹아든다.

힘들어. 괴로워. 죽어버리고 싶어. 하지만 죽고 싶지 않아. 이런 괴로움을 맛보는 인간은, 세상 어딜 찾아봐도 자기 정도밖에 없을 것이다──.

──밀리센트 블루나이트와 같은 노선은 밟지 마라.

사쿠나는 문득 떠올렸다.

그 푸른 소녀는 지금쯤 뭘 하고 있을까. 차대 '삭월' 후보로 꼽힐 만큼 우수했음에도 개인의 증오를 폭주시킴으로써 모든 걸 잃은 흡혈귀.

아니, 잃는 데 성공한 흡혈귀다.

"밀리센트······."

그녀와는 그다지 접점이 없었다. 같은 흡혈종으로서 비교당하는 일은 있었지만 열핵해방의 유무라는 점을 제외하면 밀리센트가 뭐든 더 뛰어났기에 승부가 되지 않았고, '이렇게 대단한 사람도 있구나' 정도의 인상밖에 없었다.

하지만 이제 와서야 그녀 생각이 머리에서 떠나가지 않게 됐다.

만나보고 싶어졌다.

☆

밀리센트 블루나이트는 제도 변두리 감옥에 갇혀 있다.

욕실에서 몸에 묻은 진흙을 씻어내고 각하 티셔츠로 갈아입은 후, 그대로 바깥에 있는 식당에 다녀오는 길에 훌쩍 들러봤지만 그녀의 모습은 없었다.

간수에게 물어봐도 "여기에는 없습니다"라고 받아칠 뿐이다.

사형당한 걸까. 그런 이야기는 못 들었는데——.

"만나봤자 소용없겠지."

사쿠나는 그렇게 자신을 타이르며 발걸음을 돌렸다.

뮬나이트는 불야(不夜)의 나라. 해가 지평선 너머로 잠겨도 제도의 거리는 흡혈귀들로 가득하다. 누군가가 사쿠나를 가리키며 "칠홍천 메모아 님 아닌가?"라고 소리쳤다. 유명해지는 건 귀찮은 일이다——. 사쿠나는 난감해하면서 빠르게 귀로에 올랐다.

밀리센트를 만나는 건 포기하자. 만나봤자 무슨 얘기를 해야 할지도 모르겠고 말이다.

그렇게 생각하면서 통행인의 시선을 피하듯 걸음을 떼는데 깜짝 놀랄 만한 문자열을 발견하고 무심코 뒤를 돌아본다.

블루나이트.

문패에는 분명 그렇게 적혀 있다.

그렇게 해서 사쿠나는 떠올렸다——. 이 주변은 제국의 귀족들이 거주하는 영역이다. 블루나이트가의 저택이 있어도 이상할 건 없다. 국외 추방되었을 그들의 저택이 남아 있는 건 신기하다고 하면 신기한 일이지만 말이다.

사쿠나는 자연스럽게 문 너머를 살폈다.

과거에는 사치스럽기 짝이 없는 정원이 펼쳐져 있었겠지만, 지금은 흔적조차 없다. 잡초가 무성한 데다 인기척은 전혀 찾아볼 수 없고, 공기 중을 떠도는 침체된 마력이 고여 있다. 그 너머에 서 있는 가옥은 그저 기이하다. 꼭 유령 저택 같은 꼴이다.

"…………."

자기도 모르는 사이 사쿠나는 그 폐허로 발을 내디뎠다.

사쿠나를 조종하는 것은 밀리센트를 향한 흥미와 약간의 모험심.

황폐해진 앞뜰을 지나 저택 문 앞에 선다. 문은 잠겨 있지 않았다. 힘을 실어 눌러보니 끼기기, 하는 소름 끼치는 소리를 내며 문이 열렸다.

건물 내는 어두컴컴하다. 깨진 창문을 통해 드는 달빛이 실내를 비춘다.

바닥은 먼지투성이라 잘 보이지 않고 벽이나 천장 곳곳에 오래된 거미줄이 처져 있다. 완전히 사람들에게서 잊힌 폐허겠지.

이성은 소리치고 있다——. 이런 곳을 탐색해 봤자 소용없다고.

하지만 사쿠나는 걸음을 멈추지 않았다. 발밑을 조심하면서 계단을 오른다. 손끝에 밝힌 백광 마법을 의지해 복도를 지난다.

밀리센트는 뒤집힌 달에서 빠져나가 행복했을까. 모르겠다. ……아니, 애초에 그 소녀는 사쿠나와는 다르게 뒤집힌 달 활동에 아무 불만도 없었을 것이다. 자신의 실패를 참회하며 후회하고 있을지도 모른다——.

문득 뒤에서 뭔가 움직이는 기척이 났다.

뒤를 돌아본다. 희미한 어둠 너머에 귀부인의 그림이 걸려 있다.

딱히 수상한 점은 없다. 기분 탓이겠지——. 한기를 느끼면서도 사쿠나는 다시 앞을 돌아본다.

그리고 깨달았다.

복도 안쪽 방에서 빛이 새어 나오고 있다.

아무도 없을 텐데 말이다.

사쿠나는 머뭇머뭇 다가갔다. 도둑일지도 모른다. 만약 그렇다면 어쩌지, 몸에 지닌 걸 모조리 털릴지도 몰라. ……그런 식으로 칠홍천 대장군답지 않게 겁을 먹으면서도 호기심을 이기지 못한 사쿠나는 방 앞까지 갔다.

문이 반쯤 열려 있다. 슬쩍 안을 엿본다.

그곳은 아무리 봐도 누군가가 사는 방이었다.

물론 먼지 따위 보이지 않는다. 책장이나 침대에 설치식 부엌.

안에는 욕실까지 있는 걸까. 벽에는 관엽식물이나 플라워 어레인지먼트가 늘어서 있어 방에 청결감을 주고 있다.

문밖과 안은 꼭 다른 세상 같았다.

여기까지 왔다면 돌이킬 수 없다.

천천히, 신중히 방 안으로 들어가고—— 그리고 깨달았다.

방 중앙에 테이블이 자리 잡고 있다.

그 테이블 위에 낯익은 나이프가 놓여 있었다.

——어? 이건 밀리센트가 갖고 있던, 그.

"뭐 하는 거야? 사쿠나 메모아."

"히야아아아아아아아아악?!"

너무 놀라서 몸이 날아갔다.

테이블 모서리에 머리를 부딪혀 눈앞이 번쩍번쩍한다. 게다가 혀를 깨물었다. 아프다, 곳곳이 아프다——. 바닥 위에서 버둥버둥하는 사쿠나 바로 근처에 누가 서는 기척이 느껴졌다.

머뭇머뭇 고개를 든다.

그곳에 있는 것은 낯익은 청발의 소녀였다.

아무리 봐도 밀리센트 블루나이트였다. ——어? 어떻게 된 거지?

"어, 어떻게⋯⋯?"

"뒤집힌 달 녀석들이 보낸 자객인가? 그런 것치고는 너무 얼빠졌는데."

"아, 아니요. 저는, 그런 게, 아니에요⋯⋯."

"그렇겠지. 심약한 너에게 암살자 일을 맡길 정도로 뒤집힌 달도 멍청하지 않으니까."

맡기고 있는데요. 뒤집힌 달은 바보인데요── 라는 말은 힘 껏 집어삼켰다.

"어떻게. 당신은 감옥에 들어가 있는 거 아니었나요."

"얼마 전까지는 그랬지. 하지만 지금은 달라. ──서지 그래?"

그녀가 손을 내밀었다. 사쿠나는 그 가는 손목을 바라보고 그녀의 얼굴을 바라본 뒤, 한 번 더 손을 바라본 다음에야 그걸 잡았다. 사람의 온기가 서서히 전해졌다. 유령이 아니다.

밀리센트는 잠깐 생각하는 기색을 보였다.

"차라도 마시고 갈래? 사쿠나 메모아."

"……저를, 아세요?"

"알지. 재능 있는 인간은 자연스레 주목받으니까."

밀리센트는 대담하게 웃었다.

"앉아. 나랑 얘기하고 싶은 거지?"

이렇게 해서 사라졌을 동료와 다과회를 벌이게 됐다.

밀리센트는 은 티포트에서 홍차를 따라주었다. 좋은 향이었다. 그녀의 동작을 보고 있으면 이 사람은 정말 귀족이었구나 하는 생각이 든다.

한동안 찻잔에 입을 대면서 침묵하는데 갑자기 밀리센트가 입을 열었다.

"뒤집힌 달은 어때? 나에 대해서 뭐라고 해?"

사쿠나는 컵을 떨어뜨릴 뻔했다.

"아, 아니요. 딱히는…… 다른 사람을 잘 안 만나서요……."

"그래. 벌써 자객 여럿이 날 찾아왔어. 정보를 누설하지 않게 처분하려는 걸지도 모르지. 다 죽여버렸지만."

적에게 잡힌 동료를 구하자는 발상을 하지 않는다는 것이 뒤집힌 달의 무서운 점이었다.

아니, 그런 것보다 사쿠나에게는 묻고 싶은 게 있었다.

"……왜 이런 곳에 있나요?"

"여러 일이 있었어."

"하지만……."

"탈옥한 게 아니야. 외출을 허가받은 거지. 한동안 이 집에 머무르려고."

"그럼 좀 더 청소 같은 걸 하는 게……."

"응? 이제부터 할 거야."

불만이라도 있어? 라는 위협에 사쿠나는 입을 다문다.

밀리센트는 갑자기 한숨을 내쉬었다.

"그나저나 나 자신의 미련함에 싫증이 다 나네. 제도 내라면 어딜 가든 상관없다고 했는데── 이런 곳으로 돌아와 버리다니."

"저기. 어딜 가도 상관없다는 이유를 알고 싶은데요……."

"그러니까 여러 일이 있었어."

"그 여러 일이 뭔지 알고 싶어요."

"죽는다."

사쿠나는 무심코 허리를 폈다. 무서웠다.

무서웠지만 솔직히 밀리센트의 말로가 못 견디게 신경 쓰였다.

역시 탈옥한 거 아닌가? 아니면 간수에게 뇌물을 주고 나왔다거나? ——이런저런 생각을 하는데 밀리센트가 가만히 노려봤다. 이 이상은 생각하지 말자. 사쿠나와는 크게 상관없는 일이다.

"뭐, 그건 그렇다 치고." 밀리센트는 사쿠나를 응시했다.

"너, 칠홍천이 됐다며?"

"네. ……우연, 이지만요."

"뒤집힌 달의 명령으로 된 건 아니고?"

"아니에요. 조직에서는 다른 명령을 내렸는데——."

사쿠나는 띄엄띄엄 사정을 설명했다. 뮬나이트의 마핵을 찾기 위해 정부 고관을 죽이고 다녔다는 것. 그리고 다음 임무는 칠홍천 살해이며—— 테라코마리 건데스블러드와 싸워야 한다는 것까지.

테라코마리의 이름을 꺼내자마자 밀리센트의 표정이 조금 달라진 듯했다.

"마핵을 찾아야 해요. ……마핵은 어디 있을까요?"

"황제에게 물으면 되잖아."

"물어봐도 알려주지 않을 거예요……."

"그러게." 밀리센트는 다리를 다시 꼬면서 말했다. "뒤집힌 달 녀석들이 전력을 다해도 찾지 못했으니까, 너 따위가 찾을 리 없지. ……뭐, 이런 건 의외로 가까운 곳에 있을 것 같긴 하지만."

"그래도 찾아야……."

"……너, 뒤집힌 일의 임무 따위는 질색이라고 생각하고 있지?"

"어떻게 그걸."

"얼굴에 쓰여 있어. 이제 싫다고."

밀리센트는 살짝 웃었다. 이 소녀는 이렇게 웃는 건가 했다.

"그래서 뭔가 참고가 되지 않을까 해서 뒤집힌 달을 빠져나간 나를 찾고 있었다──. 그런 거 아니야?"

"네. ……밀리센트 씨는, 그."

사쿠나는 말문이 막히고야 말았다. 자기와 이 소녀는 사정이 비슷하다고 멋대로 착각하고 있었는데 냉정하게 생각해 보면 완전히 다르다. 사쿠나는 뒤집힌 달에서 빠져나가고 싶어도 빠져나갈 수 없다. 이에 반해 밀리센트는 뒤집힌 달에서 출세 가도를 걷고 있었는데, 불행한 사건으로 (그게 정말 불행한지는 석연치 않지만) 본의 아니게 조직을 탈퇴했다.

밀리센트는 언짢다는 듯 혀를 찼다.

"하고 싶은 말이 있으면 똑똑히 해. 그런 어물쩍한 태도는 싫단 말이야."

"힉……. 죄, 죄송해요……. 저기, 그럼 말할게요. ……밀리센트 씨, 뒤집힌 달은 어떡해야 빠져나올 수 있나요……?"

"빠지고 싶으면 빠져."

"아니요, 빠져나오는 방법을 묻는 건데요……."

"뭐?"

노려봤다. 말문이 막힌다. 무서웠다.

"뭐, 탈퇴 방법은 얼마든지 많지. 죽은 척하고 모습을 감추거나 나처럼 큰 실수를 저질러 추방당하거나──. 아아, 하지만 당신은 가족을 인질로 잡혀 있댔나?"

사쿠나는 수긍했다.

그래, 밀리센트는 얼굴을 찡그렸다.

"……과거의 내 선생님은 '사랑하고 싶은 걸 사랑하고 죽이고 싶은 걸 죽여라'라고 했어. 그야말로 지당한 말이지만 이 말처럼 살기 위해서는 힘이 필요해. 힘이 없으면 내 뜻대로는 안 되니까."

"그 말이 맞다고 생각해요. ……저는 약하거든요."

"넌 마음이 약한 거야."

사쿠나는 깜짝 놀라서 고개를 들었다.

밀리센트는 "나도 남 말할 처지가 못 되지만" 하고 자조하듯 한숨을 내쉬었다.

"너한테는 용기가 없어."

"……알아요."

"곤경에 맞설 용기 말고. 온갖 수단을 동원할 용기 말이야."

감이 오지 않는다.

"다른 해결법이 얼마든지 있을 거야. 예를 들어―― 그래. 당신은 테라코마리와 친하잖아? 그 녀석에게 상담이든 뭐든 하면 되잖아."

"아, 안 돼요……! 끌어들일 수는 없으니까요."

"바보야? 그 녀석은 이미 표적이거든. 끌어들이니 마니 따질 것도 없어."

"하지만……."

"게다가 그 녀석은 뒤집힌 달 따윈 새끼손가락 하나로 파괴할 만한 힘을 가졌어. ……정말 얄밉게도 말이지."

"못 믿겠어요."

"나도 못 믿겠어."

밀리센트는 밉살스럽다는 듯 말했다. 찻잔을 든 손이 떨리고 있다.

"더 믿을 수 없는 건 테라코마리가 자기 힘을 모르고 있다는 거야. 그 녀석은 자기가 힘이 없는 줄 알아. 그런 주제에 나한테 맞섰다고──. 아마 그런 강한 마음을 가진 녀석이 보답받는 걸지도 몰라."

"……저기, 혹시 테라코마리 씨를, 그렇게 싫어하진 않는 건가요……?"

"죽이고 싶을 정도로 혐오해."

밀리센트가 이쪽을 노려봤다. 말문이 막혔다. 엄청나게 무서웠다.

"그 녀석을 숭배하는 녀석들도 혐오해. ──사쿠나 메모아, 그 쓰레기 같은 티셔츠는 뭐야? 날 바보 취급하는 거야?"

사쿠나는 자기 모습을 내려다봤다. 반쯤 웃는 코마링 각하가 사쿠나의 가슴에 있다.

아무리 사쿠나라지만 코마링을 모욕하면 화가 난다.

"──바, 바보 취급 아니에요! 이 옷은 정말 괜찮은 옷이에요. 10벌 있으니까 밀리센트 씨께도 드릴게요."

"됐어."

진짜 필요 없어 보였다.

"……참 나, 그 녀석을 숭배하는 제국 녀석들은 바보라고 볼 수 밖에 없어. 녀석들은 테라코마리의 겉면만 보고 판단하고 있어. 물론 당신도 그래."

"테라코마리 씨는, 정말 착해요. 겉면만 그런 게 아니에요……."

"흥. 그 녀석은 착하기만 한 게 아니야."

깜짝 놀라서 밀리센트의 얼굴을 봤다.

그녀는 당황한 듯 헛기침하더니 화제를 바꿨다.

"내 목적은 테라코마리를 죽이는 것. 그리고 블루나이트가를 부활시키는 거야. 우리 가족은 변변치 않은 사람들이었지만——, 지금은 어디 있는지도, 살았는지 죽었는지도 모르지만——, 그래 도 내 가족이었으니까. ——그러니까 건데스블러드가의 그 녀석 을 쓰러뜨려서 블루나이트가에 다시 영광을 가져올 거야."

"뒤집힌 달은, 이제 괜찮은가요?"

"…………."

밀리센트는 찻잔에 입을 댔다.

꼭 입을 잘못 놀린 상황을 수습하는 듯한 행동이었다.

"내 얘기 따위는 아무래도 됐고. ——당신, 도움을 받고 싶으 면 남을 의지하면 돼. 테라코마리에게 상담하면 그 녀석은 건방 진 정의감을 발휘해서 도와줄 테니까. 길은 그 정도밖에 없을 텐데."

"저한테…… 길이 남아 있을까요?"

"이렇게 길을 다 알려주는데도 왜 비관적이야? 바보야? ——애 초에 길이 없더라도 자기가 개척하면 되는 거야. 그런 마음가짐을 가진 녀석이 최종적으로 승리하니까."

"그런 걸까요……."

"그런 거야."

밀리센트의 말은 근성론의 영역을 벗어나지 못한 듯했다.

그녀와 사쿠나는 모든 게 다르다. '길을 직접 개척한다'——. 그건 말 그대로 재능 있는 자만이 입에 담을 수 있는 말. 사쿠나는 밀리센트처럼 될 수 없다.

'나는, 나의 방식으로, 가족을 구해야 해.'

그 후로 밀리센트와 한동안 얘기를 주고받았다.

그녀가 이 저택에 머무르고 있는 이유는 끝까지 들려주지 않았지만, 한동안 몸을 숨기며 실력을 갈고닦을 셈인가 보다. 언젠가 테라코마리를 죽이기 위한 준비 기간이라는 것이다. '구체적으로 뭘 하는 건가요?'라고 물었더니 '전투 수련'이라는 평범한 답이 돌아왔다.

"그 밖에도 할 일은 있지만. 예를 들어 지금은 정보를 모으고 있어. 다양한 책을 읽는 식으로."

"네, 네에……. 뭘 위해서요?"

"자신을 성장시키기 위해서야. 고금동서의 갖은 지식을 모아 내 양식으로 삼는 거지. 지식은 적을 쓰러뜨리기 위한 칼날이 되기도 하니까——."

문득 보니 책장엔 소녀 취향의 문예 잡지가 나란히 꽂혀 있다. 사쿠나도 읽는 것인데 어제 발매한 이번 달 호까지 있었다. 아마 밀리센트는 빈번히 거리를 돌아다니고 있는 거겠지. 죄인이 그래도 되는 걸까? 그보다 소녀 취향의 문예 잡지가 칼날이 될까?

뭐 상관없나. 사쿠나는 생각했다.

밀리센트도 그럴 나이니까. 자세히 보니 침대 위에 동물 인형 같은 것도 놓여 있고 말이다. 의외로 소녀 취향인지도 모른다. 못 본 걸로 하자.

──이때 좀 더 주의 깊게 방을 관찰했더라면 밀리센트에게 이만한 자유가 허가된 이유를 알 수 있었을지도 모른다.

침대 위에 하나의 봉투가 떨어져 있다.

황제의 친서임을 뜻하는 국장(國章) 봉납이 된 쓸데없이 호화로운 봉투가.

사쿠나는 그걸 발견하지 못했다. 발견할 필요도 없었다. 사쿠나의 머리를 메운 것은 앞으로 자신이 맛보게 될 고통을 향한 공포, 그것뿐이었으니까.

"오늘은 감사했어요."

감사 인사를 하고 방을 나온다.

마지막으로 밀리센트가 의미심장한 말을 입에 담았다.

"여차하면 테라코마리에게 피를 먹여. 그러면 그 녀석은 당신을 죽더라도 도와줄 테니까."

정말 무슨 뜻인지 모르겠다.

밀리센트는 전에 봤을 때보다 언동이 부드러워진 듯하다.

사로잡혀 있던 무언가로부터 벗어났다고 할까, 진짜 자기 삶을 발견했다고 할까.

어쨌든 사쿠나와는 모든 게 달랐다. 그녀를 참고로 할 수는 없다.

결국 자신이 살고 싶다면 자기 힘으로 어떻게든 해야 하는 것이다──. 그렇게 체념하면서 사쿠나는 블루나이트 저택을 뒤로했다.

여섯 마핵의 영향범위가 겹치는 《핵 영역》.

면적은 뮬나이트 제국의 4분의 1 정도지만, 익히 알려졌듯 이 특수지대에서는 여섯 종족의 모든 이가 무한한 마력과 생명을 누릴 수 있기에 핵 영역에 흩어져 있는 여러 도시는 각국의 교류지역으로서 상시 번성하고 있다.

그리고—— 오늘 7월 1일, 핵 영역인 메트리오주의 성채도시 폴은 평소와 다른 열기에 휩싸여 있었다. 이른 아침이다. 평소 같으면 아무리 핵 영역의 도시라도 통행인이 적었을 텐데, 오늘만은 초여름의 상쾌한 바람이 불어 드는 중심가를 다양한 인종이 들뜬 기색으로 왕래하고 있었다.

칠홍천 투쟁.

오늘 이 성채도시 폴의 교외 고(古)전장에서 뮬나이트 제국 장군들의 엔터테인먼트가 벌어지는 것이다. 도시가 들썩이는 것도 무리는 아니었다. 폴의 중앙 광장에는 제국군 홍보부가 준비한 고전장의 모습을 실시간으로 비추는 거대한 '창'(원시(遠視)마법 【천리경】에 의한 스크린)이 있고, 그 앞에 많은 사람이 모여 있다. 투쟁의 시작을 이제나저제나 기다리는 사람, 아침 댓바람부터 술을 마시면서 우승자를 예상하는 사람, 도박을 즐기는 사람, 뮬나이트의 세력을 조사하고자 하는 군 관계자—— 그 야말로 축제 분위기라고 해도 과언이 아닐 정도였다.

그런 군중 속을 달리는 두 여자가 있다.

한 사람은 목에 무식하게 큰 카메라를 건 창옥종 소녀. 또 하나는 그녀를 따라잡으려고 필사적으로 달리는 고양이 귀 소녀였다.

"자, 잠시만요. 메르카 씨이~! 그렇게 서둘러도 아무 소용 없다고요오~!"

고양이 귀 소녀가 우는 소리를 내뱉는다. 이에 백은의 신문기자—— 메르카 티아노는 초조함을 감추지 않고 소리쳤다.

"네가 아무리 시간이 지나도 일어나질 않으니까 서두르게 됐잖아! 진짜, 육국 신문의 기자로서 자각이 부족해! 늦잠을 자는 건 기자로서, 아니, 사회인으로서 실격이야!"

"죄, 죄송해요……. 다음에는 꼭 일찍 잘 테니까……."

"일찍 자는 게 아니라 일찍 일어나! 그건 그렇고 정말 여기 맞지?!"

"그건 틀림없어요! 농밀한 마력이…… 흡혈귀 특유의 마력 냄새가 나요! 저쪽에서요!"

죽어가는 소리를 내면서 달리는 고양이 귀 소녀는 티오라는 이름을 가졌다. 올봄부터 육국 신문사에 입사한 신입이다. 남의 냄새를 감지하는 마법이 특기라서 이번처럼 취재 대상이 있는 곳을 알아낼 때는 귀하게 쓰이지만, 그 이외의 상황에서는 영 글러 먹어서 메르카 왈 '코밖에 볼 게 없는 겁쟁이'란다. 상사의 막말로 입사하자마자 이직을 고려 중인 18살 소녀다.

티오는 갑자기 화장실에 가고 싶어졌다.

강제로 깨서 그대로 끌려왔으니 볼일을 보지 못했다.

"──메르카 씨, 저기요."

"크크크크……. 후하하하하하하하! 기다리라고, 테라코마리 건데스블러드! 내가 가장 먼저 취재해서 있는 얘기 없는 얘기 다 써주겠어!"

있는 얘기 없는 얘기를 다 쓸 거면 취재하는 의미가 없잖아. 티오는 생각했다.

참고로 이번 취재 대상은 '칠홍천 전원'이다.

제도에 있는 육국 신문기자에 따르면 오늘 새벽에 제국군 부대가 대규모 【전이】를 발동한 모양이다. 즉, 이 핵 영역으로 이동한 것이다. 그러나 어디로 이동했는지 자세한 정보는 불명이라 티오의 후각 마법으로 위치를 특정한 뒤 그대로 취재하러 가고 있는 상황이었다.

하지만 그런 건 아무래도 상관없었다.

티오는 어쨌든 화장실에 가고 싶었다.

"참 나, 뮬나이트 제국은 정말 놀라운 짓만 벌인다니까! 설마 이 타이밍에 칠홍천 투쟁을 벌일 줄이야! 봐, 티오. 이 도시의 열기를! 역시 대중들은 피를 피로 씻어내는 투쟁을 너무 좋아해서 어쩔 줄을 모른단 말이지!"

"그, 그런가요. ……저기, 그보다 화장실에……."

"그리고 그들이 원하는 건 압도적인 힘을 가진 슈퍼스타! 즉,

테라코마리 건데스블러드 같은 수재야! 우리가 테라코마리를 대대적으로 선전하면 세상이 들썩이겠지! 수습이 안 될 만큼 열광할 거야! ——아아, 어쩜 이렇게 감미로울까! 내가 쓴 기사 하나로 역사가 바뀌는 거지! 세상을 만드는 건 내 펜이야! 아하하하하하하하하하하하하하하!"

텐션이 너무 높은데, 이 사람. 티오는 생각했다.

아마 밤샘 직후라 고양해 있는 거겠지. 어젯밤에는 티오가 푹자는 옆에서 한숨도 자지 않고 제국군이 전이하기를 기다렸다는 것 같으니까 말이다. 수고가 많다고 티오는 생각했다.

그건 그렇고 한계가 가까워졌다. 달리는 탓도 있어 시간제한이 다가왔다. 어쩌지, 어쩌지, 어쩌지——. 거기서 티오는 명안을 떠올렸다.

화장실에 가고 싶다면 가면 되잖아.

"메, 메르카 씨!"

"응? 왜!"

"그쪽이 아니에요! 이쪽이지!"

티오는 공중화장실이 있는 방향을 가리켰다.

이 고양이 귀 소녀는 역시 기자로서 실격이다.

"잘했어, 티오! 가자!"

"네!"

진지한 표정으로 고개를 끄덕이는 티오. 머릿속엔 소변 생각밖에 없다.

두 사람은 인파를 헤치며 질주했다. "저기, 티오. 어디로 가면 돼?!"라는 짜증이 섞인 메르카의 목소리에는 아무 답도 하지 않고 티오는 그대로 공중화장실로 돌격했다.

뒤에서 따라온 메르카가 혀를 차면서 소리쳤다.

"잠깐! 이런 데 칠홍천이 있을 리 없잖아?!"

의외로 비어 있었다. 마침 잘됐다. 얼른 볼일을 보고, 그런 다음에는 '감기 기운 때문에 코가 좀 막혀 있었나 봐요' 같은 말을 적당히 둘러대며 얼버무리면 된다. 엄청나게 혼나겠지만 배설욕은 당해낼 수 없다.

그런 이유로 상사를 무시하고 화장실로 들어가려고 한 티오였는데.

문득 사람의 냄새를 느꼈다. 흡혈귀와 창옥종이 섞인 듯한 냄새다. 뭐, 딱히 아무래도 상관없나—— 그렇게 생각하며 무시하려고 한 순간, 안쪽에서 한 소녀가 나왔다.

낯이 익다. 메르카가 '칠홍천의 얼굴과 이름 정도는 외워둬!'라며 넘겨준 리스트의 사진과 얼굴이 일치한다. 하지만 이름이 기억나지 않는다. 아마—— 사, 사.

"사쿠나 메모아 각하시잖아요!"

뒤에 있는 메르카가 기뻐하며 소리쳤다. 그래, 기억났다. 사쿠나 메모아. 최근 칠홍천이 됐다는 티오보다 2살이나 어린 소녀다.

"우연이네요! 저는 육국 신문의 메르카 티아노라고 합니다! 이런 데서 뭘 하고 계셨나요? 아아, 아니. 딱히 탐색할 생각은 없는데요! 그런데 잠깐 시간은 되시나요? 괜찮으시면 취재하고 싶은데요!"

사쿠나 메모아에게 바싹바싹 (물리적으로) 접근하는 메르카. 그에 사쿠나 메모아는 살짝 기겁하는 듯하다.

"……신문기자세요?"

"네, 맞아요. 신문기자예요! 바로 질문드리고 싶은데 우선 오늘의 각오를 말씀해 주시죠!"

"아, 으음. 힘내겠습니다……."

"그래, 그렇군요. 힘내시겠다고요! 힘내시는 거로군요! 최하위가 되면 칠홍천 자리를 뺏길 것 같으니까 힘을 내야겠죠! 그럼 다음 질문인데――."

메르카가 힐끗힐끗 눈짓했다. '취재 대상이 도망치지 못하게 길을 막아라'라는 신호다. 그럴 여유는 없었다. 티오는 상사의 지시를 무시하고 칸으로 들어가려고 했다. 그때였다. 메르카가 "이게 뭐야!" 하고 호들갑스레 놀라는 기색을 보였다.

"그 손에 든 병은 뭔가요?"

"으…………."

"으으음? 그 반응은―― 혹시 도핑인가요? 아니요, 의심하는 건 아니에요! 그냥 조~ 금 신경이 쓰여서 그렇죠――――."

소리가 끊겼다. 갑자기 조용해졌다.

티오는 화장실 문에 손을 댄 채로 아무 생각 없이 뒤를 돌아봤다.

그리고 눈을 의심했다.

"……어?"

사쿠나 메모아의 오른팔이 메르카의 복부에 꽂혀 있었다.

피가 뚝뚝 떨어지고 있다. 복부에 꽂힌 팔은 그대로 사냥감의 몸을 관통했다. 메르카의 등에서 새빨갛게 젖은 가는 손가락이 돋아났다.

쑤욱, 사쿠나 메모아가 팔을 뽑아냈다.

"더러운 기억."

그게 무엇을 뜻하는 말이었는지는 모르겠다.

티오가 지각한 것은 메르카가 맥없이 살해당해 더러운 화장실 바닥에 나동그라졌다는 것, 새빨간 손가락을 할짝 핥은 사쿠나 메모아의 눈이 붉게 빛나고 있었다는 것, 그리고── 자기도 앞으로 상사처럼 살해당할 것이라는 확신뿐이었다.

"힉."

티오는 그 자리에서 엉덩방아를 찧었다.

어마어마한 사태에 허리에서 힘이 풀렸다.

사쿠나 메모아는 유령처럼 비틀거리면서도 확실하게 이쪽으로 다가왔다.

"봤지?"

모르겠다. 아무것도 못 봤다──. 그렇게 말하려고 했지만 입이 움직이지 않았다.

미지근한 감촉이 느껴졌다. 공포와 절망의 감정이 하반신에서 새어 웅덩이를 만들어 나간다. 18살씩이나 돼서 오줌을 지린 것이다. 최악이다.

사쿠나 메모아의 붉은 팔이 다가온다.

꼼짝할 수 없다. 아무 말도 못 하겠다. 무섭다. 역시 기자가 된 게 실수였다──.

그리하여 티오는 죽음을 맞기 전에 눈을 뒤집으며 기절했다.

결국 육국 신문의 기자들은 칠홍천을 취재하지 못하고 숨을 거두었다.

※

"또 죽여버렸네……."

사쿠나는 붉게 물든 팔을 씻으면서 한숨을 내쉬었다. 하는 수 없는 일이다. 어쩔 수 없는 일이다. 왜냐하면 코르네리우스의 비약은 문외불출. 다른 누군가에게 들키면 자기가 살해당한다. 자기뿐만 아니라 가족마저 살해당할 것이다.

사쿠나는 화장실에서 남몰래 비약을 마실 생각이었다.

하지만 그러지 못했다.

이걸 먹으면 죽을지도 모른다. 아무리 가족의 목숨이 걸렸다지만 자진해서 죽을 만한 용기는 사쿠나에게 없었다.

이래서는 안 된다.

칠홍천 투쟁에서 이기지 못하면 가족이 살해당하니까.

칠홍천 투쟁에서 이기지 못하면 가족을 되찾을 수 없으니까.

아빠는 제도에 살고 있다. 사쿠나가 테러리스트라는 건 모른다. 자기가 인질로 잡혀 있다는 것도 모른다. 사쿠나가 실수하면 그는 살해당할 것이다.

엄마는 뒤집힌 달 사람들에 의해 유폐당했다. 한동안 만나지 못했지만 무사하길 바라고 싶다.

언니는── 신구로 살해당해 버렸다. 얼마 전에 사쿠나가 약한 소리를 한 탓에. 그런 일은 다시는 겪고 싶지 않다.

"······절대, 질 수 없어."

사쿠나는 주먹을 움켜쥐며 자신을 고무한다.

그때였다. 통신용 마광석에 마력 반응이 왔다. 상대는 뻔했다. 물을 끼얹은 듯한 타이밍이었지만 응답해야만 한다.

"······네, 사쿠나입니다."

[뜻밖의 사태야. 페트로즈 카라마리아가 참석하지 않았어.]

그래서 뭘 어쩌라는 건지──, 사쿠나는 그렇게 생각했지만 말로는 하지 않았다.

남자는 불같은 기세로 떠들어댔다.

[그 여자······ 기껏 칠홍천 투쟁의 무대를 준비해 줬는데! 이래서는 계획이 엉망이 되잖아! 이렇게 되면 프레테 마스카렐과 테라코마리 건데스블러드는 반드시 죽여!]

"네. 알겠어요."

[여러 번 말하는 거지만 실패는 용납할 수 없어. 실패하면 네 가족의 목숨은 없는 줄 알아! ──그리고 칠홍천 투쟁의 영상은 원시 마법으로 육국에 공개된다나 본데. 괜히 요란하게 움직여서 우리가 뒤집힌 달이라는 걸 알게 하지 마. 알겠지!]

갑자기 통화가 끊겼다.

사쿠나는 독이 든 병을 내려다봤다.

그래. 주저할 때가 아니다. 무서워도 먹어야 한다. 또 가족을 잃기는 죽어도 싫으니까——, 하지만.

사쿠나는 떨리는 손으로 병뚜껑을 열려고 했다. 할 수 없었다. 이런 상황에서도 아직 용기를 내지 못하는 자신의 한심함에 죽고 싶어졌다.

"어쩌지⋯⋯."

피로 더러워진 여자 화장실 중앙에서 사쿠나는 망연자실하며 주저앉아 버렸다.

칠홍천 투쟁이 시작되려 하고 있었다.

[Hikikomari
the Vampire Countess
no
Monmon]

눈을 떠 보니 핵 영역에 있었다.

꿈인 줄 알았다. 그러나 꿈이 아니었다. 내가 잠든 사이 변태 메이드 녀석이 내 몸을 핵 영역으로 옮긴 것이다. 너무 비겁하잖아! ——그런 마음의 외침에 변태 메이드가 귀를 기울일 리 없었고, 나는 투덜투덜하는 사이 어느새 몸단장을 받고 군복으로 갈아입혀진 채 전장에 서 있었다.

똑똑히 전하도록 하자.

"——최소한 마음의 준비를 하게 해줄래?!"

핵 영역, 메트리오주 고전장. 이번 전쟁은 늘 침팬지와 싸우는 초원이 아니라 먼 옛날 어느 왕국의 수도였다는 폐허에서 하는 모양이다. 거의 유적에 가까운 마을 중앙부에는 과거 왕이 살았던 클래식한 고성이 존재감을 주장하고 있다. 우리 제7부대 멤버들은 그 고성에서 남쪽으로 조금 가면 있는 분수 광장 자리에 포진 중이다.

그러나 나에게 전의가 없는 건 두말할 것 없는 일이었다.

이번 전쟁은 칠홍천끼리 다투는 파격적인 엔터테인먼트(웃음)이다. 무슨 일이 벌어질지 모른다. 게다가 적인 프레테 마스카렐은 나를 죽이려는 생각으로 가득하다. 분명 투쟁을 개시하는 종이 울리자마자 망설임 없이 내 쪽으로 달려들겠지.

죽겠다는 예감이 든다. 칠홍천 회의 때의 100배 정도는 죽겠다는 예감이 든다.

참고로 고전장에 들어갈 때는 금속제 손목 밴드를 장착하는 것이 의무화되어 있다. 누굴 죽이고 누구에게 죽었는지 기록되는 마도구라는 듯하다. 꼭 수갑을 찬 범죄자 같은 기분이다.

"빌. 그만 가보고 싶은데."

"가면 부전패→칠홍천 사임→폭발이에요."

"…………."

절규하고 싶은 기분이었다. 하지만 부하들 눈앞이라 참는다. ……그나저나 너무 부당하잖아. 이럴 줄 알았으면 어젯밤에 야반도주할 걸 그랬어. 도망칠 곳 따윈 없지만!

"하아……." 한숨을 내쉬고야 말았다. 그걸 바로 발견한 건 카오스텔이다.

"이런, 각하. 기분이 별로이신 것 같은데 왜 그러시나요?"

"따, 딱히 아무렇지 않아. 그냥 따분해 보인다 싶어서 그렇지. 어차피 날 당해낼 녀석 따윈 없으니까!"

"역시 각하시군요! 그나저나 그 점은 동감합니다. 현재 부끄러운 줄도 모르고 '최강'의 이름을 자칭하는 페트로즈 카라마리아가 부재중이니까요."

"그래? 그 페트 어쩌고 하는 사람은 칠홍천 회의에도 안 나왔지?"

"그러네요." 빌이 답했다. "그녀는 황제의 명령으로 테러리스트 소탕 활동에 참여하고 있나 봅니다. 칠홍천 투쟁에 참가할 틈 따위는 없다는 거겠죠."

"흐음─, 뭐 그 녀석이 참가해도 내 적수는 못 되지만."

"오오……!"

카오스텔은 감복했다는 듯 웃음을 짓는다.

주변의 부하들도 "대단해", "역시나" 같은 찬사의 말을 중얼거린다. 평소와 같은 광경에 더욱 한숨을 짓고 싶어진 나였지만─ 거기서 문득 깨닫는다.

뭔가 부하의 수가 줄지 않았나? 룰상으로는 100명까지 군세를 거느릴 수 있다는데, 30명 정도밖에 없잖아. 게다가 있는 녀석들도 다 상처투성이인 것 같은데.

"저기, 빌. 우리 군사들이 왜 이래? 늦잠 자나?"

"늦잠이 아니에요." 변태 메이드는 무표정한 얼굴로 말을 이었다. "이번 룰로는 100명까지밖에 투쟁에 참가할 수 없어요. 부하를 선별해야 했죠. 그래서 저는 제7부대 녀석들을 모아다가 이렇게 말했어요─. '건데스블러드 각하는 강한 사람 순으로 100명을 선출할 생각입니다. 강한 사람은 앞으로 나서주세요'라고."

"그런 말을 한 기억은 없지만 정론이네. 강한 녀석이 참가해야지. ……그래서 어떻게 됐어?"

"다들 앞으로 나서더라고요."

"그, 그래. 쉽게 상상이 가네……."

"그랬더니 살육전이 발발했어요."

"어째서?!"

"다들 누가 가장 강한지 실제로 싸워서 정하려고 했거든요. 그리고 500명 중 470명이 죽었어요."

"바보 아니야!!"

"여기 있는 건 살아남은 30명이에요. 단, 이 30명도 대다수가 부상자고요."

"완전 바보 아니야!!"

적을 죽이기도 전에 아군과 치열하게 싸워서 뭘 어쩌려고?! 그보다 정말 30명밖에 없는 거야?! 상대는 평범하게 100명씩 거느리고 있는데?! 아무리 봐도 불리하잖아, 이건!

"안심하세요, 코마리 님. 여기 있는 건 집안싸움에서 지옥을 보고 온 사람들이에요. 수준이 다르다고요."

"수준 같은 문제가 아니라!!"

최악이었다. 나는 부하들을 죽 훑어본다. 복부의 상처를 누르며 웅크려 있는 녀석도 있다. 당장에라도 죽을 것 같은 상이었다. 쉬어라. 그렇게까지 무리할 거 없어.

제7부대 간부는—— 카오스텔. 벨리우스. 멜라콘시. 응, 저 녀석들은 무사해 보이네. ……어라? 그리고 보니 요한이 없는데 죽었나? 아아, 그래. 죽었구나.

"어쩌지. 어쩌지……. 이건 정말 죽을 거 같은데……."

그때였다.

고성 끝부분에 설치된 종소리가 대앵, 하고 울려 퍼졌다. 한 번 울렸다는 건 투쟁 개시 5분 전이라는 신호다. 내 수명은 5분

남은 모양이다.

"각하, 우선 룰을 확인해 두죠."

절망한 나머지 하늘을 올려다보며 넋을 놓고 있는데 카오스텔이 재판에서 집행유예를 얻어낸 범죄자 같은 얼굴로 말했다.

"아시겠지만 이번 전쟁은 '홍옥' 쟁탈전입니다. 그러니까 단순한 살인만 가지고는 이길 수 없죠. 저희는 고성을 향해 돌격할 필요성이 있어요."

"고성이라면 그거 말이지. 그 큰 거."

"네, 맞아요. 사전에 배포된 문서에 따르면, '홍옥'이란 간단히 말해 축구공만 한 크기의 붉은 구슬이라나요. 보면 한눈에 안다나 봐요."

"흐음―."

"아마 다른 부대도 고성으로 돌격하겠죠. 적의 인원수는 단순히 계산해서 약 500명. 전부 물리쳐야 합니다."

그걸 이 소수 인원으로? 바보 아니야?

"잠시만. 내가 사쿠나와…… 그리고 헬데우스와 협력하는 건 다들 알지?"

"죄송합니다, 깜빡했군요. 각하는 칠홍천의 후배에게 자비를 주신 거로군요――, 어찌 이리도 도량이 크신지! 하지만 칠홍천 투쟁은 결국 서바이벌. 최종적으로는 사쿠나 메모아와도 싸우게 되겠죠."

"으……. 아, 알아."

"뭐, 그건 둘째치고 첫 목표는 살인이라기보다 '홍옥'의 확보지만요. ──각하, 작전은 평소대로면 될까요?"

"그래. 평소대로 해." 잘 모르겠지만.

"알겠습니다!" 카오스텔은 부하들을 돌아보며 소리쳤다. "지금부터 건데스블러드 각하의 격려의 말을 듣겠습니다! 다들 정신 차리고 듣도록!"

부하들이 기대가 담긴 눈으로 바라봤다. 요약하자면 평소 전쟁 때처럼 큰소리를 치면 되는 거로군. 아무 생각도 없지만 적당히 호언장담하면 되나──. 그렇게 생각하면서 내가 의자에서 일어나려고 했을 때.

"잠시만요, 코마리 님." 뒤에서 대기 중이던 변태 메이드다. "프레테 마스카렐의 통신입니다. 우선 이쪽부터 대응해주세요."

그렇게 말한 빌은 마광석을 건넸다. 수상하게 여기면서도 미량의 마력을 흘려보낸다(마법을 못 쓰는 나라도 이 정도는 할 수 있다). 여느 때처럼 딱딱거리는 소리가 울려 퍼졌다.

[어머, 테라코마리 건데스블러드 씨! 기분은 어때요?]

아, 이런. 스피커 모드로 되어 있어서 주변에도 다 들린다. 어떻게 해야 할지 모르겠다. 저기, 빌. 어떡해야 해?

[도망치지 않은 것만은 칭찬해 줄게요! 하지만 당신의 거짓투성이 경력도 이로써 끝이에요! 테라코마리 건데스블러드의 이름은 세기의 사기꾼으로 전 세계에 알려지게 되겠죠!]

우득! 불쾌한 소리가 났다. 부하들이 자기 무기를 힘껏 움켜쥐는 소리다. 녀석들의 얼굴을 본다. 지옥에서 돌아왔나 싶을 정도로 무시무시한 표정이었다.

[어머? 어머어머? 왜 반응이 없어요? 혹시 무서워져서? 부들부들 떠느라 아무 말도 못 하겠어요? 아하하핫! 당신이 저에게 고개를 숙이며 성심성의껏 목숨을 구걸한다면 봐줄 수도 있는데요?!]

콰직! 불쾌한 파괴음이 났다. 부하 중 하나가 분수 광장의 분수를 맨손으로 부순 것이다. 녀석들의 얼굴을 본다. 안면이 파열될 정도로 빨개져 있다.

"목숨 구걸은 못 하겠어요? 그야 그렇겠죠! 실력도 없으면서 자존심 하나는 쓸데없이 높은 건데스블러드 씨니까요! 그렇다면 전력으로 덤비세요! 부하들을 턱짓으로 부려서 저에게 덤비게 하세요! 뭐, 제7부대의 야만인 따위 우리 제3부대의 정예에게 걸리면 순식간에 끝장이겠지만요! 아하하핫! 아하하핫."

뚜욱.

전화를 끊었다.

새된 웃음소리의 여운이 광장에 퍼져 있다. 나는 머뭇머뭇 부하들을 둘러봤다. 녀석들은 이상할 정도로 잠잠해져 있었다. 완전히 폭풍우 전의 고요다.

그때 투쟁이 시작된다는 걸 알리는 종소리가 고전장에 울려 퍼졌다. 이어서 제도의 홍보부가 계획한 것일 불꽃놀이가 퍼엉퍼엉, 하고 하늘에서 터졌다가 사라진다. 곳곳에서 엄청난 포효가 들리기 시작했다. 다른 부대의 것이겠지. 다들 기합이 넘치나 보다.

"——각하. 출격해도 될까요?"

카오스텔의 눈은 충혈되어 있었다. 아니, 충혈되지 않은 녀석이 없었다.

나는 '아, 이거 큰일 났네'라고 생각하면서도 얼떨결에 압도당해 고개를 끄덕이고 말았다.

"응. 힘내줘."

잠시 후.

금방 분위기가 달아올랐다.

""""프레테 마스카렐을 죽여라아아아!!""""

이미 폭도라고 부를 수밖에 없었다. 부하들은 앞다투어 고전장의 반대쪽── 즉 프레테가 이끄는 제3부대가 있는 쪽으로 향한다. 저 모습으로 보아 홍옥을 확보한다는 목적은 잊은 게 분명하다.

분수 광장에 남겨진 나는 힘이 빠져서 의자에 주저앉고 말았다.

"대장인 나를 두고 전군 돌격이라니, 이상하지 않나……?"

☆

"──끊었겠다, 그 계집!"

프레테 마스카렐은 분노를 드러내며 통신용 마광석을 땅에 내팽개쳤다.

제7부대인 코마리 대 본진에서 고성을 사이에 둔 반대편, 먼

옛날의 전쟁으로 인해 거의 파괴된 거리 한편에 제3부대는 대기 중이다.

제비뽑기 때문에 테라코마리 건데스블러드의 군과 떨어진 건 아쉬웠지만, 그것도 하나의 재미, 녀석을 괴롭히는 건 최후의 즐거움으로 남겨두자──. 그렇게 생각한 프레테는 우선 그 얄미운 계집에게 개전 전에 인사를 남기기로 했지만.

녀석은 말이 없었다.

게다가 갑자기 통화를 끊은 것이다.

이런 무례를 용서할 수 있겠냐고 프레테는 생각한다.

그때 칠홍천 투쟁을 알리는 종소리가 울려 퍼졌다. 제국 홍보부가 쏘아 올린 불꽃도 퍼엉퍼엉, 요란한 소리를 내기 시작했다.

"프레테 님, 어떻게 하실 건지요."

옆에 서 있던 흡혈귀가 말을 걸었다. 신경질적으로 보이는 장신의 남성이다. 제3부대의 부대장이자 프레테의 심복, 이름은 바슈랄이다.

"뻔해요! 짜증 나는 계집을 목표로!──라고 하고 싶지만, 지금은 머리를 식히고 정공법을 찾아보죠. 저 고성으로 진군하는 거예요!"

프레테가 가리키는 곳에는 유유하게 솟은 성이 있다.

종래의 칠홍천 투쟁은 단순히 칠홍천 간의 살육전이었다. 그러나 그래서는 시시하고 아름답지 않다고 프레테는 생각했다. 단순한 힘뿐만 아니라, 지성이나 전략 센스도 필요해지는 총력전── 그것이야말로 영예로운 칠홍천의 결투에 적합하다. 그래서 프레테는 '특정 물건을 쟁탈하는 것'을 이번 투쟁의 중요 포인트로 설정한 것이다.

바슈랄은 "알겠습니다" 하고 고개를 끄덕였다.

"······테라코마리 건데스블러드는 어쩌시겠습니까?"

"건데스블러드 씨는 아마 홍옥 따위는 안중에도 없겠죠. 그 사람이 생각하는 건 단 하나── 자기 몸의 안전. 그것뿐이에요."

"즉 녀석은 자기 진영에서 한 발짝도 움직이지 않을 거란 뜻이죠."

"그럴 가능성이 크네요. 그리고 자기 부대를 움직일 거라고 보기도 어려워요. 호위가 줄면 목숨이 더 위험해질 테니까요."

"하지만 그래서는 만약 살아남더라도 포인트를 획득하지 못해서 최하위가 되는 게······."

"맞아요. 그녀는 막다른 골목에 서 있어요. 자신을 지키기 위해서는 군을 움직일 수 없어요. 군을 움직이지 않으면 이길 수 없고요. 이기지 못하면 칠홍천을 그만두게 되겠죠. ······게다가 이 투쟁은 원시 마법으로 중계되고 있어요. 스스로 싸우려 하지 않는 칠홍천을 군중이 어떻게 평가할지──. 정말 기대돼서 못 참겠네요."

"그렇군요. 그럼 우리 군의 행동 방침은."

"우선 먼저 고성을 점거. 거기로 쳐들어오는 다른 칠홍천을 격퇴. 홍옥을 확보한 후에 마지막으로 이 프레테 마스카렐이 직접 건데스블러드 씨를 찾아가서 목숨을 구걸하게 하겠어요. 그렇게 군중 앞에서 아름답게 죽여주죠. ──완벽하지 않나요?"

"그야말로 완벽하군요. 역시 프레테 님이십니다."

프레테는 바슈랄의 칭찬에 기분이 좋아졌다.

부대장의 이의도 없으니 바로 군을 움직여 볼까——, 그렇게 생각하며 일어선 그때였다.

"마스카렐 님! 급보입니다!"

제7부대를 정찰하라고 보냈던 척후가 파랗게 질린 얼굴로 진영으로 돌입했다.

제3부대 사람들은 무슨 일인가 하는 표정으로 뒤를 돌아본다.

"무슨 일이죠? 건데스블러드 씨가 직전에 도망이라도 쳤나요?"

"아니요, 그게…… 제7부대 녀석들은, 30명 정도밖에 없습니다."

"뭐요?"

"잘 모르겠지만 그 30명이 전부 이쪽을 향해 엄청난 속도로 진군 중입니다! 고성은 거들떠보지도 않고 있어요! 귀신 같은 형상으로 마스카렐 님을 노리고 있습니다!"

"……네?"

☆

멀리서 폭발음이 들리기 시작했다.

다른 부대가 싸우고 있는지, 아니면 우리 부대 녀석들이 날뛰는 것인지.

어느 쪽이든 이제 틀렸다. 이길 수가 없다.

"끝났어……. 끝나버렸다고……."

"괜찮아요. 코마리 님은 저와 부케팔로스가 지킬게요."

빌이 가리킨 곳에는 백색 교룡이 우두커니 서 있었다. 부케팔로스. 나의 애마다. 아니, 애룡이라고 해야 하나. 평소에는 전쟁에 데려오지 않지만 이번에는 특별한 전쟁이라 참전시키기로한 것이다. 아군은 하나라도 많은 게 좋으니까.

내가 부케팔로스의 턱을 어루만지자 부케팔로스는 "그르—"하고 기분 좋은 듯 울었다. 아—, 힐링된다. 이대로 부케팔로스를 타고 집에 가고 싶어…… 라고 생각했더니 빌이 새하얀 비늘에 손을 얹고는 이렇게 말했다.

"부케팔로스. 만약 코마리 님을 죽게 하면 널 저녁에 스튜 재료로 쓸 거니까 각오하렴."

"뭔 소리야?!"

터무니없는 사고방식이다. 너한테 인간의 마음은 없냐?

"농담이에요. 어쨌든 코마리 님은 죽게 두지 않아요."

그렇게 말하면서 빌은 품에서 종이를 꺼냈다. 뭔가 싶어서 엿봤더니 지도다. 이 고전장의 지형을 그려놓은 것이겠지.

"죽지 않기 위해서는 우선 제6부대와 합류해야 해요."

"그, 그래! 얼른 사쿠나에게 가자!"

"하지만 제7부대와 제6부대의 초기 위치는 떨어져 있어요. 메모아 님에게 가기 위해서는 바로 옆 시가지에 포진해 있는 델피네 군을 돌파해야 해요."

"그럼 헬데우스에게——."

"음, 잠시만요." 빌이 움직임을 멈췄다. 빌은 오른쪽 귀에 손을 대고 잠시 있다가 내 쪽을 돌아보고 말했다. "정찰 중인 멜라콘시 대위에게서 연락이 왔어요. 헬데우스 군은 고성으로 향하는 길에 오디론 군의 기습을 당했나 봐요. 지금 가면 말려들어서 죽을 거예요."

"그럼 어떡해야 하는데."

"제6부대에 합류하는 수밖에요. 다행히도 이 칠홍천 투쟁은 적장의 살해가 아닌 홍옥 탈취가 우승 조건이에요. 그러니까 델피네 군이 고성으로 이동하기를 기다렸다가 슬쩍 뒤를 지나가면——."

그때 빌이 뭔가를 알아차린 것처럼 고개를 들었다. 왜 그러냐고 물어볼 새도 없이 그녀는 갑자기 땅을 박차더니 훌쩍 점프했고, 고대의 원기둥 위에 착지하더니 어디서 꺼낸 것인지 쌍안경으로 먼 곳을 시찰하기 시작했다.

"빌! 왜 그래?!"

"⋯⋯난감하네요."

"뭐가 난감한데?"

"델피네 군단이 엄청난 기세로 이쪽으로 몰려오고 있어요."

"뭐어어어어어어?!"

어째서?! 나를 노리기보다 홍옥을 노리는 게 훨씬 건설적일 텐데?! ——그렇게 생각했지만 빌은 매우 진지한 표정으로 이렇게 말했다.

"확실히 코마리 님을 죽이려는 거네요, 저건. 가면 안쪽에서 복수심이 느껴져요."

"복수심? 무슨 뜻이야?"

"기억 안 나세요? 코마리 님은 델피네 님을 죽인 걸로 돼 있는데요?"

"왜 그렇게 되는데?"

그건 누명이잖아? 난 아무 잘못 없는데? 완전히 빌 잘못이잖아?

"어쨌든 우리도 움직여야 해요."

화악. 빌이 지면으로 내려왔다. 전혀 치마가 뒤집히지 않는 이유는 뭘까? 아니, 그런 건 솔직히 아무래도 상관없다.

"가죠, 코마리 님. 여기 있으면 죽어요."

"가자니, 어딜 가게?! 도망칠 곳이 없잖아! 그래, 델피네 녀석을 설득하자! 죽인 건 내가 아니라고 하면 이해할 거야!"

"그런 미적지근한 사고방식이 통하는 곳이 아니에요. 그건 코마리 님도 잘 아시잖아요?"

그렇게 말하면서 빌은 체중을 느낄 수 없을 만큼 가뿐하게 부케팔로스 위에 올라탔다. 왼손으로 고삐를 잡고 오른손을 이쪽으로 내밀며 '얼른 타세요' 같은 표정을 짓는다.

여기서 꾸물거려 봤자 소용없다. 하는 수 없기에 나는 빌의 손을 잡고 부케팔로스의 등으로 올라갔다.

빌이 앞. 내가 뒤다.

"코마리 님, 안아 주세요."

"............"

"실수했네요. 저한테 바싹 달라붙으세요."

"............"

"떨어지면 큰일이에요."

왠지 음흉한 기색이 느껴져 망설이던 때였다.

갑자기 뒤에서 노성이 들렸다.

"찾았다! 테라코마리 건데스블러드야!"

"죽어라!" "잘도 델피네 님을 죽였겠다!" "칠홍천의 수치!" "너는 살려둘 수 없어!" "순식간에 지옥으로 떨어져라!"

날아온 화염 마법이 내 근처에 있던 버드나무에 명중했다. 나무가 활활 타는 것을 본 순간 나는 깨달았다. 이제 야비하든 뭐든 상관없다. 살아야만 한다.

빌의 배에 살며시 팔을 감는다. 어째서인지 그녀의 몸이 움찔 떨렸다.

"코, 코마리 님…… . 그런 곳을 만지면, 안 돼요…… ."

"시끄러워!! 얼른 가자, 변태 메이드!!"

부케팔로스가 달리기 시작했다.

그리고 나는 바람이 되었다.

──반드시 이겨야 해.

사쿠나 메모아는 의지를 불태우고 있다. 그러나 그건 무슨 일이 있어도 영광을 얻겠다는 적극적인 의지가 아니다. 뒤집힌 달의 협박에 의해 불타오르는, 퇴행적이고 소극적이며 어두운 의지였다.

"사쿠나 님! 전황을 보고드립니다! 제2부대 헤븐 대와 제5부대 메탈 대가 고성 서문에서 교전 중. 제3부대 마스카렐 대와 제7부대 건데스블러드 대도 고성 북문에서 교전 중인 듯합니다!"

"테라코마리 씨가……?"

"아니요! 건데스블러드 장군은 고전장 남동 방면에서 제4부대 델피네 군과 단독으로 싸울 생각인 듯합니다! 마스카렐 대와 싸우는 건 건데스블러드 장군의 부하 30명뿐입니다!"

사쿠나는 감탄의 한숨을 내쉬었다.

부하와는 따로 행동하며 각각 다른 부대를 노린다──, 자신은 할 수 없을 비범한 행동이었다. 역시 테라코마리 건데스블러드는 심상찮은 칠홍천이다.

어쩌지, 사쿠나는 고민한다.

현재 사쿠나의 제6부대만이 남겨져 있는 듯하다.

어떻게든 코마리의 도움이 되고 싶었다. 그건 동맹을 짠 사람으로서 당연한 행동이겠지──. 그러나 뒤집힌 달이 허락할 리 없다는 건 알고 있었다. ……게다가 만약 코마리에게 가세한다고 해도 자기는 짐만 되지 않을까?

망설이던 사쿠나는 남자에게 연락하기로 했다.

마광석은 금방 응답했다. 사쿠나는 떨리는 목소리로 지시를 구한다.

"죄송한데 저는 어떡하면 좋을까요."

[귀찮게!]

갑작스러운 노성에 사쿠나는 몸을 움츠리고야 말았다. 폭풍우 같은 목소리가 광석에서 들려온다.

[그럴 여유 없어! 직접 생각해! 에잇, 저놈이 건방지게……! 이봐, 뭐 하는 거야. 그런 데서 죽어 있을 때가 아니잖아! 어서 일어나! 일어나서 저 녀석 목을 가져와!]

바빠 보인다. 사쿠나는 그대로 통신을 끊었다.

대화를 듣고 있던 부하가 난감하다는 듯 입을 열었다.

"저기……, 통신 상대는 누구인가요? 헬데우스 헤븐? 아니면 오디론 메탈? 저희는 테라코마리 건데스블러드와 동맹을 맺은 거 아닌지……?"

"──그러게. 하지만 그런 건 아무래도 상관없잖아?"

사쿠나의 오른쪽 눈이 붉게 번뜩였다. 그러자 부하들의 표정이 사라졌다. 꼭 망가진 장치처럼 우두커니 서서는 "실례했습니다" 하고 입 맞추어 사죄한다.

옆에서 보면 이상한 광경이겠지. 실제로 성채도시 폴의 스크린을 통해 투쟁을 관전하던 사람들 사이에서는 작은 술렁임이 일고 있었다.

그러나 사쿠나는 신경 쓰지 않는다. 사쿠나의 머릿속에는 '가족을 지키겠다'라는 생각뿐이니까.

──아니, 정확히 말하자면 하나뿐만이 아니다.

가능하다면, 가능한 만큼 코마리의 힘이 되고 싶었다.

"테라코마리 씨를 노리는 건……."

델피네다. 그러나 코마리가 단독으로 덤벼들었다는 건 나름대로 승산이 있기 때문이겠지. 그렇다면 코마리의 싸움을 방해할 가능성이 있는 사람이 표적이다.

즉—— 노리는 건 프레테 마스카렐이다.

죽일 수 있을지 모르겠다. 하지만 죽여야 한다.

사쿠나는 깊게 심호흡한 뒤, 맹목적인 병사들에게 명령했다.

"——표적은 프레테 마스카렐. 사로잡아서 내 앞으로 데려오
도록."

☆

[——표적은 프레테 마스카렐. 사로잡아서 내 앞으로 데려오
도록.]

뮬나이트 궁전, 황제의 방.

방 중앙에 설치된 테이블 위에는 수정구가 굴러다니고 있다.
그리고 그 수정구 표면에는 특수한 원시 마법에 의해 핵 영역의
전황이 실시간으로 비치고 있다.

뮬나이트 제국의 황제 카렌 엘베시아스는 점심 전의 간식인
마들렌을 갉아먹으면서 히죽 웃는다.

"역시나. 우리 뮬나이트 제국군 중에 배은망덕한 벌레가 있나
보군. ——봤나, 아르만. 사쿠나 메모아의 이건 틀림없는 열핵
해방이야."

"보면 압니다! 한시라도 빨리 그녀를 체포하죠!"

큰 소리로 황제에게 진언한 건 제국의 재상 아르만 건데스블
러드다. 황제가 원시 마법으로 칠홍천 투쟁을 관전한다기에 무

리하게 동석시켜 달라고 한 것이다.

황제는 "흥" 하고 코웃음을 치더니 아르만을 힐끗 살폈다.

"어떻게 잡겠다는 거야. 지금은 칠홍천 투쟁 도중인데?"

"투쟁을 중지시키면 되죠. 이대로 사쿠나 메모아 뜻대로 하게 두면 큰일이 벌어질 수도 있습니다. 코마리에게 해가 갈 거예요."

"아니, 아직이야. 아직 가만히 지켜볼 필요가 있어. 여기서 우리가 개입하면 도마뱀 꼬리밖에 못 얻어."

"……? 폐하, 무슨 말씀이신가요?"

"사쿠나 메모아는 누군가에게 조종당하고 있단 뜻이야."

무슨 뜻인지 알 수가 없었다.

아르만은 스트레스를 받은 나머지 두통을 느꼈다. 생각해 보면 요 며칠 죽도록 바빴다. 테러리스트에게 살해당해 부활한 후에는 바로 테러리스트 탐색에 쫓겼고, 그런가 하면 눈에 넣어도 아프지 않을 딸 코마리가 같은 칠홍천 프레테 마스카렐에게 괴롭힘을 당했으며 칠홍천 회의가 개최된 것도 모자라 칠홍천 투쟁에서 살육전을 벌이게 된 것이다.

딸의 안부와 테러리스트의 정체. 이 두 가지 고민 때문에 아르만은 밤에도 잘 수 없는 나날을 보내고 있었다. 하지만── 그중 하나인 테러리스트의 정체는 방금 막 밝혀진 것이나 마찬가지다.

"저 열핵해방은 아무리 봐도 정신 조작계 이능이에요. 제6부대는 세뇌당한 겁니다. 그런 짓을 할 수 있는 사람이 또 있을 것 같지는 않은데──. 정부 고관 연속 살인사건의 범인도 사쿠나 메모아라고 봐도 문제가 없습니다!"

"그래."

시원스러운 긍정에 아르만은 주춤했다.

"그럼! 왜 폐하는 가만히 계신 건가요?!"

"아직 움직일 때가 아니야. 애초에 짐이 나설 차례는 없어. 왜냐하면 저곳에는 코마리가 있으니까."

"또…… 코마리에게 뭘 시키시려는 겁니까."

"짐이 시키는 게 아니야. 운명이 그렇게 되게끔 이끄는 거지."

쓸데없이 번드르르한 말을 내뱉고 있어, 이 할망구──. 그렇게 생각했지만 아르만은 침묵한다. 시비를 걸면 얻어맞는 건 아르만이다. 그렇게 과거부터 정해져 있었다.

"……애초에 왜 사쿠나 메모아를 칠홍천으로 임명하셨나요? 그녀의 경력을 알아봤는데, 칠홍천에 걸맞은 공적을 올린 것 같진 않던데요. 우연히 전임자를 폭살시킨 게 다예요."

"이유는 6개 있어."

"너무 많네요."

"첫 번째 이유는 오랜만에 보는 통쾌한 하극상이었으니까. 두 번째는 헬데우스가 추천했으니까. 세 번째는 사쿠나의 용모가 빼어났으니까. 그리고 네 번째는── 코마리의 친구가 되어 줄 것 같았으니까."

"네?"

"두 사람은 취미와 성격 모두 비슷해. 거기에 처지마저 비슷하다면 친구가 될 수밖에 없겠지. ──실제로는 사쿠나의 코마리를 향한 존경심이 너무 커서 친구라기보다는 선후배 같은 관계가 되었지만."

"그, 그건……."

"저 애에게는 또래 친구가 필요해. 빌헤이즈는 친구라기보다 주종의 관계성이 더 강하고, 딱 좋은 인재가 사쿠나 정도밖에 없었어."

아무 말도 할 수 없었다. 코마리를 위해서라고 하면 강하게 반론할 수도 없다.

그러나 아르만은 무리하게라도 반론한다.

"테러리스트를 코마리의 친구로 삼겠다니 말도 안 됩니다."

"테러리스트니까 그런 거야. 사쿠나를 칠홍천으로 삼은 다섯 번째 이유는 그녀가 뒤집힌 달의 일원이기 때문이다. 그리고 여섯 번째는 그녀가 열핵해방을 가지고 있었기 때문이지."

"네?!"

무심코 눈을 부릅떴다. 황제는 담담히 말을 잇는다.

"몰래 알아보게 했거든. 그 아이는 원래 테러리스트 집단의 일원인 데다 열핵해방을 가지고 있나 봐. 제6부대가 모두 사쿠나의 신자가 됐다는 얘기는 궁정 내외에서 유명한데? ──네 예상처럼 이번 정부 고관 연속 살인사건의 범인도 사쿠나야. 사건을 일으키기 전부터 여러 정보를 찾고 있었던 모양이더라."

"알고 있었다면, 왜……!"

"저 아이를 우리 편으로 끌어들이면 뒤집힌 달의 정보를 얻을 수 있어. 이건 대단한 이득 같지 않아?"

"뒤집힌 달의 일원을 회유할 수 있을 것 같진 않은데요."

"아니, 사쿠나는 원해서 뒤집힌 달에 소속된 게 아니야. 가능성은 있어."

"그렇다고 해서 칠홍천으로 삼을 이유는⋯⋯."

"코마리를 위한 거기도 하다고 했잖아. 너는 내 말을 안 듣나 보군."

황제는 팔짱을 끼고 천장을 올려다봤다.

"요약하자면 사쿠나를 우리 편으로 삼기 위해선 하나의 장애물만 제거하면 돼. 그 내향적인 소녀가 자발적으로 살인을 저지를 리 없어──. 조금 전에도 말했지만 그 아이는 누군가에게 조종당하고 있어. 그 녀석을 찾아내야 하고."

벌어진 입을 다물 수 없었다. 황제가 독단으로 행동하는 건 뮬나이트의 관습이지만, 최소한 제국의 재상인 자신에게는 미리 정보를 공유해 줬으면 한다고 아르만은 생각한다.

"이해가 안 되네요. 그 '조종하는 자'가 어딘가에 있다는 건가요?"

"그렇게 되겠지. 게다가 저 전장에."

"그럼⋯⋯ 그자가 모습을 드러낼 때까지 그녀를 그냥 두자고요?"

"그래. ──어느 녀석이 수상해 보이냐?"

"헬데우스 헤븐 아닌가요? 저 남자는 사쿠나 메모아가 있던 고아원의 경영자고, 무엇보다 그녀를 칠홍천으로 추천했어요."

"일리가 있군──, 오."

황제가 눈을 반짝이며 수정구에 얼굴을 들이밀었다.

"봐라, 아르만! 코마리가 델피네에게 습격당하고 있어!"

"뭐라고요?!"

아르만은 황급히 호들갑을 피우며 수정을 살폈다.

홍룡을 탄 빌헤이즈와 코마리가 델피네의 군사들에게 쫓기고 있다. 졸도할 뻔했다. 하지만 옆의 황제는 그런 아르만의 마음 고생 따위 알 바 아니라는 듯 히죽히죽 웃고 있었다. 뭐가 재미있는지 전혀 이해할 수 없는 아르만이었다.

☆

제4부대 델피네 대의 군사들은 다들 섬뜩한 가면을 쓰고 있었다. 아무리 봐도 수상한 집단이다. 그리고 그 수상한 집단은 굶주린 육식동물 같은 기세로 우리 쪽으로 달려들었다. 슝슝 날아든 수많은 화살이 내 옷을 스치고는 지면에 푹푹 꽂혔다. 나는 빌에게 매달려 떠는 수밖에 없었다.

"빌……, 이제 틀렸어……. 죽을 거야……."

"안 죽어요. ──하지만 역시 저 군사들을 돌파하기는 힘들겠네요. 이대로 반대쪽으로 도망쳐서 녀석들을 헬데우스 군, 오디론 군의 전투에 말려들게 하죠. 혼잡한 틈을 타서 그대로 프레테 군 쪽으로 빠지는 거예요. 제7부대 녀석들도 있고 메모아 님도 그쪽으로 가고 있겠죠."

빌이 갑자기 고삐를 당기더니 방향을 바꿨다. 다음 순간, 조금 전까지 부케팔로스가 있던 곳에 화염 마법이 날아들더니 엄청난 폭발을 일으켰다. 이미 악몽이라고 볼 수밖에 없었다.

"더는 싫어. 집에 가고 싶어. 그래, 홍옥을 가지러 고성으로 가자. 그리고 깨뜨리면 되는 거야. 그러면 승리 조건이 사라져서 투쟁도 끝나겠지."

"그럴지도 모르죠. 하지만 홍옥이 있는 곳까지 가려면 다른 장군을 무찔러야 해요."

"그럼 도망치자! 고전장 밖으로!"

"폭사하고 싶으세요?"

"폭사는 싫어어어어어어어어어어어어어!!"

나는 통곡했다. 찬밥 더운밥을 가릴 처지가 아니었다. 이 영상이 그대로 마을로 전송되고 있다는 생각 따윈 머릿속에서 빠져나간 상태다.

"싫어, 싫어, 싫어, 싫어! 더는 싫어, 이런 일! 왜 내가 이런 일을 당해야 하는데, 너무 부당하잖아! 그만 은거하고 싶어! 같이 은거하자, 빌!"

"그건 매력적인 제안이긴 하지만——, 날뛰지 마세요. 왁, 잠깐…… 어딜 만지시는 거예요!"

"이 상황에 어떻게 가만히 있겠어—!"

그때였다. 뒤에서 나라도 알 수 있을 만큼 거대한 마력 반응이 느껴졌다. 무심코 뒤를 돌아본 내 눈에 들어온 것은 맹렬한 스피드로 달려오는 한 흡혈귀의 모습이었다.

이국풍 가면. 준1위임을 드러내는 '망월(望月)의 문장'이 들어간 군복.

칠홍천 델피네.

부케팔로스의 스피드를 맨몸으로 따라잡다니, 무시무시한 각력이다.

"뭐, 뭐가 오는데. 빌!"

"알아요──. 하지만 더 이상 속도를 높일 수는 없어요."

눈앞에는 시가지가 있었다. 게다가 지도에 따르면 평범한 시가지가 아닌 이른바 '미로형 도시'의 특징을 짙게 반영한 거리다. 요약하자면 방위를 위해 일부러 복잡하게 만든 지역. 이대로 기수를 타고 전속력으로 달리기엔 무리가 있었다.

"일단 내리죠. 미로에서 숨으며 도망치는 거예요."

"그게 가능할 리──."

"──놓칠 거 같냐."

뒤에서 소리가 들렸다. 높은 여자 목소리라 깜짝 놀랐지만, 그런 건 아무래도 상관없다. 다시 마력이 팽창하는 기색이 난다 했더니 부케팔로스 전방에 갑자기 거대한 벽이 출현했다. 조형 마법 【머드 월】이다.

앞길이 막히자 부케팔로스는 그 자리에 급정지한다. 관성의 법칙에 따라 내 몸은 공처럼 날아갔고 화려하게 낙마, 하마터면 벽에 충돌할 뻔한 아슬아슬한 순간에 빌이 붙들어 주었다.

그대로 그녀와 함께 사뿐히 착지한다.

주변을 둘러본다. 전방 180도가 높은 벽으로 막혀 있다. 완전히 독 안에 든 쥐다.

"큰일 났네요."

빌의 흰 목덜미에 한 줄기 땀방울이 흘렀다. 이 녀석이 초조한 표정을 짓는 건 보기 드문 일이다. 즉 정말 난감한 상황이라는 뜻이다.

조심조심 델피네 쪽으로 눈길을 돌린다. 녀석은 뒤에 100명의 군사를 거느렸음에도 그들을 더 진군시킬 마음은 없는지 가만히 내 쪽을 바라보며(가면을 쓰고 있어서 잘은 모르겠지만) 멈춰 서 있다.

"──건데스블러드. 날 죽인 게 너냐?"

소리가 완전히 여자 것이었다. 그러나 놀라고 있을 때가 아니다.

"내, 내가 아니야! 널 죽인 건──." 거기서 문득 고민하다가 이렇게 말했다. "너는 살해당한 게 아니야! 아마 식중독인지 뭔지 같은 걸로 죽은 거야! 싹 난 감자라도 먹었겠지!"

"안 먹었어."

"거짓말 마!"

"너야말로 거짓말 마."

"거짓말 아니야!" 거짓말이다.

"너에게서 거짓말하는 향이 나. 그것도 한두 번 한 거짓말이 아니라, 인생 전부가 거짓말로 되어 있어. 프레테가 왜 덮어놓고 싶어하는지 잘 알겠군. 네 경력은 세기의 대도둑도 깜짝 놀랄 만큼 거짓투성이야. 어딜 보나 거짓. 거짓. 거짓거짓거짓거짓거짓거짓거짓거짓거짓거짓거짓거짓."

이 녀석은 과묵하다는 설정 아니었나? 엄청 잘 떠들잖아——.

가면을 쓴 소녀가 품에서 나이프를 꺼내더니 내 쪽으로 들이밀었다. 거기서 프레테처럼 암흑 빔을 쏘아내는 게 아닐까 경계했지만 놀랍게도 그녀는 나이프 끝을 주저 없이 자기 왼쪽 팔에 꽂아 넣었다.

"시작해볼까, 목숨 교환을."

하기 싫은데, 그딴 교환은.

그러나 델피네는 내 마음의 소리를 무시하고 마법을 발동시켰다.

"특급 응혈 마법【얼티밋 시산혈하】."

팔에서 분수처럼 뿜어져 나온 피가 하늘로 솟구쳤다. 그녀의 머리 위에 형성된 것은 맥동하는 혈액의 강이다. 주변이 짙은 피 냄새로 가득 차 불쾌해졌다. 전부터 생각했지만 저런 걸 좋다고 마시는 흡혈귀는 미각이 어떻게 된 것 같다.

"코마리 님, 도망치죠."

"어, 이봐——."

빌에게 팔을 이끌려 달리기 시작한다. 다음 순간, 델피네의 머리 위 혈하(血河)에서 고속으로 뭔가가 방출되었다. 내 바로 뒤에 있는 벽에 꽂힌 그것은—— 응고된 혈액의 나이프다.

나는 말을 잃었다. 저기 찔리면 순식간에 죽는다.

그러나 델피네는 봐주지 않았다. 표적이 겨우 피한 것을 보자마자 이번에는 나이프를 우수수 연사한 것이다.

"와요!"

"보면 알거든! 어쩔 거냐고——, 우와아아아아아아아아아아아아아아!!"

빌에게 이끌리듯 도망친다. 고속으로 날아드는 피의 나이프는 조금 전까지 내가 있었던 곳을 깔끔하게 도려내고는 폭발, 원래의 모습으로 돌아가 다시 델피네의 머리 위로 향했다. 이 무슨 절약 정신이란 말인가. 한 방울의 피라도 낭비하지 않겠다는 기개를 느낀다.

"아얏."

갑자기 타는 듯한 통증을 느꼈다. 나는 망연자실하게 오른손을 내려다본다. 손목에 나이프가 스쳐서 피부가 살짝 까졌다. 서서히 붉은 피가 맺힌다.

눈에서 눈물이 넘쳐흘렀다.

"아파, 빌……!"

"저 변태 가면……, 잘도 코마리 님의 여린 피부를……!"

빌이 달리면서 쿠나이를 투척했다. 그러나 맞은편에서 날아온 피의 나이프에 밀려 땅으로 추락, 델피네에게 닿진 않았다. 답례라는 듯 대량의 나이프가 날아온다. 이번에는 사방에서. 도망칠 곳 따위는 없었다.

"엎드리세요, 코마리 님!"

빌이 내 앞으로 나서서 두 손에 쿠나이를 들었다. 이봐, 하지 마. 그러다 죽어! ——내가 그렇게 말하기도 전에 피의 나이프는 폭풍우 같은 기세로 빌을 덮쳐들었다. 빌은 두 쿠나이를 능숙하게 다뤄 날아오는 나이프를 잘 튕겨냈다. 그러나 아무래도 물량이 너무 많아서 전부 대처하지는 못했고, 메이드복이 찢어지며 그 아래 있는 흰 피부까지 노출되었다. 엄청난 광경에 내가 비명을 지를 뻔한 시점에서 마침내 그녀의 옆구리에 나이프가 꽂히고 말았다.

빌이 고통스러운 표정을 지으며 그 자리에 주저앉는다.

피가. 배에서 피가.

어쩌지, 나 때문에 빌이 이런 일을……!

"……코마리 님, 도망치세요."

"너를 두고 어떻게 가! 괜찮아, 내가 부축할 테니까——."

"걱정하지 마. 죽이진 않으니까. 포박할 뿐이지."

넬피네가 서서히 다가온다. 그녀의 머리 위에서는 피의 소용돌이가 요란한 소리를 내며 회전하고 있다. 어차피 마법을 쓸 거면 좀 더 멋진 걸 쓰면 좋을 텐데.

가면 소녀는 나와 빌 앞에 섰다.

"확실히 난 너희가 미워. 하지만 너희를 죽이는 건 프레테 역할이야. 그 녀석이 받은 굴욕이 내 증오보다 훨씬 크니까."

"그렇다면——." 나는 무심코 이를 갈고 있었다. 녀석의 가면을 힘껏 노려보며 소리친다. "그렇다면 내 분노가 100배는 더 커! 잘도 빌을 다치게 했겠다! 애초에 넌 비겁해! 멀리서 무기를 날리기만 하잖아!"

"코마리 님, 화나신 마음은 이해하지만 여기서 도발하는 건 어리석은 짓……."

빌이 괴로운 듯 말했다. 확실히 그 의견은 지당하지만, 내 분노는 가라앉지 않는다. 인정사정없이 공격해 오는 녀석에게 인정을 찾아봤자 어쩌자는 건데. 어차피 난 이제 틀렸다. 그렇다면 끝까지 저항해야지……!

그런 식으로 용기를 내는데 델피네가 어이없다는 듯 한숨을 내쉬더니 말했다.

"도발 따윈 나한테 안 통해. 하지만 '비겁하다'라는 말을 듣다니 의외인걸. 속이 뒤집혀서 죽을 것 같아. 그러니까 죽지 않을 정도로 괴롭혀 주마, 이 망할 건방진 계집."

도발이 완전 잘 먹혔잖아——, 라고 태클을 걸 여유는 없었다.

가면 소녀에게서 무시무시한 마력이 흘러넘쳤다.

"코마리 님, 어서 도망을……!"

빌이 파랗게 질린 얼굴로 말했다. 하지만 나는 꼼짝할 수 없었다. 델피네는 피의 강에 막대한 마력을 쏟아붓는다. 대지가 삐걱거리며 비명을 지르고 있다. 그건 그야말로 현생의 모든 것을 집어삼키려 하는 강대하며 사악한 지옥의 피바다였다.

델피네가 손가락을 움직였다.

"죽어라."

다음 순간, 혈액의 별이——말 그대로 별이라고 형용할 수밖에 없는 거대한 핏덩어리가—— 내려왔다.

아아, 이대로 죽겠구나.

그렇게 체념하려던 때였다.

뒤에서 바람 같은 속도로 누가 다가오는 기척을 느꼈다. 빌이 구사일생이라는 얼굴로 외쳤다.

"부케팔로스!"

"어? ──으엑."

갑자기 목덜미를 잡혀서 개구리 같은 소리를 냈다.

내 몸은 빌의 괴력 덕에 붕 떠올랐고, 정신을 차렸을 때는 등 위에── 부케팔로스 위에 있었다. 눈을 깜빡이는 나를 아랑곳하지 않고 홍룡은 힘껏 땅을 박차고는 질주하기 시작했다.

"주인의 위기를 알고 바로 달려올 줄이야……. 우수한 홍룡이네요."

"사, 살았다……!"

나는 감격하고 말았다. 이렇게 주인을 생각하는 기수가 또 있을까. 감사의 뜻을 담아 붉은 엉덩이를 어루만지자, 그는 (묘하게) 흥분한 기색으로 울더니 스피드를 높였다. 너무 높였다. 이봐, 잠깐만. 바람은커녕 음속을 넘어설 기세인데……!

"아, 앞을 봐. 앞을! 벽이 다가오잖아!"

"꼭 잡으세요, 코마리 님!"

"──놓칠 거 같냐, 건데스블러드!"

거대한 혈액의 별이 다가온다. 전방은 벽, 후방은 델피네. 이제 여기서 끝인가──, 그렇게 생각한 순간 갑자기 부케팔로스가 훌쩍 점프했다. 어마어마한 부유감이다. 나는 빌에게 필사적으로 매달리며 떨어지지 않으려 했다. 설마── 이대로 벽을 뛰어넘으려는 건가?!

그렇게 생각했지만 아니었다.

부케팔로스의 안면이 벽에 충돌했다.

압도적으로 고도가 부족했다.

엄청난 충격에 위의 내용물이 역류할 뻔한 직후, 믿기지 않는 일이 벌어졌다. 부케팔로스의 몸이 그대로 흙벽을 부수고 반대편으로 향한 것이다. 어, 이게 가능해? ——그렇게 멍해 있는 사이에 부케팔로스는 화려하게 착지, 뒤에 있는 델피네를 비웃듯이 엉덩이를 흔들며 맹렬한 스피드로 도주했다.

뒤늦게 혈액의 별이 흙벽에 충돌했다. 쿠우웅! 어마어마한 소리를 내며 벽이 무너져내렸고, 여러 개의 거대한 파편이 소나기처럼 땅으로 쏟아지더니 자욱한 흙먼지를 일으켰다. 델피네 대 녀석들은 거기 말려들어 거의 죽지 않았을까?

"…………괘, 괜찮아? 부케팔로스."

"괜찮아요. 홍룡의 비늘은 철제 검마저 튕겨내니까,——꺄악?!"

빌이 웬일로 연약한 비명을 질렀지만 비웃을 여유는 없었다. 부케팔로스는 다시 크게 도약하더니 경쾌한 몸놀림으로 가옥의 굴뚝에 착지했고, 지붕에서 지붕으로 점프해 이동하면서 고성 쪽으로 돌진하기 시작했다.

이 정도면 길이 복잡해도 상관없겠다.

"대, 대단해. 부케팔로스……!"

"정말요……! 스튜 재료로 삼기가 아까울 정도예요!"

"그러니까 재료로 안 삼는대도!"

그때 슈웅, 하고 내 바로 옆을 새빨간 칼날이 지나갔다.

어마어마한 절망감을 느끼면서도 뒤를 돌아본다.

변태 가면이었다. 변태 가면이 부케팔로스와 마찬가지로 지붕을 타면서 추적해 오고 있었다. 나는 창백해진 얼굴로 소리쳤다.

"저 녀석, 인간이 아니야!!"

"비상식적인 것에는 비상식으로 응해주는 게 최선이죠. 코마리 님, 보여요."

시가지가 끊긴다. 그 앞에 펼쳐져 있는 건 그저 넓기만 한 공간이다──. 아마 옛날에는 저곳도 시가지였겠지만, 전쟁으로 인해 지금은 초원으로 변해 있었다. 또 그 초원 너머에는 엄청나게 큰 고성 서문이 우뚝 솟아 있었다. 그리고 그 서문 앞에서 격렬한 전투를 벌이고 있는 부대가 둘──.

"헬데우스 헤븐과 오디론 메탈의 부대예요. 저기를 가로질러 단숨에 성으로 돌격하죠."

"아무리 봐도 무리잖아?! 저런 아저씨들의 이차원 배틀에 끼어들었다간 100% 죽을."

쿠웅! 부케팔로스가 지붕에서 뛰어내려 착지했다.

입안에서 엄청난 충격을 느끼고 눈물이 흘러넘쳤다.

"아~ 파~ 하~! 너무 아팠어~! 분명 구내염이 될 거야~!"

"나중에 제가 핥아드릴 테니까 참으세요! 자, 부케팔로스. 라스트 스퍼트예요!"

부케팔로스는 크게 소리치며 정말 박차를 가했다. 동체시력이 못 따라간다. 뒤에서는 델피네가 '멈춰', '죽어', '거짓말쟁이 녀석' 등의 욕을 지껄이면서 추적해 온다. 고속으로 날아온 피의 나이프가 머리카락을 스쳤다. 더는 싫다. 집에 가고 싶다.

"오오!! 건데스블러드 님 아니십니까!!"

헬데우스가 나를 발견했다. 적군의 안면을 맨손으로 작살내 놓으면서 기쁜 듯이 웃는다. 제2부대 헤븐 대의 멤버(다들 종교 틱한 제복을 입고 있다)도 내 등장에 크게 술렁였다. 그야 그렇 겠지, 괜히 적을 끌고 왔으니까!

"건데스블러드라고?! 이봐, 너희들. 녀석을 붙들어!!"

오디론 메탈이 적군의 얼굴을 맨손으로 곤죽을 만들면서 소리 친다. "죽여라!", "메탈 대에 50P를!", "승리의 축복을!"—— 제5 부대 메탈 대 녀석들이 충혈된 눈으로 우리 쪽으로 향한다. 완 전히 협공이었다.

"이제 틀렸어, 빌……. 같이 항복하자……."

"약해지시면 안 돼요, 코마리 님! 저한테 맡기세요!"

빌이 품에서 구슬을 꺼냈다. 보라색의 작은 구슬이다. 그녀는 그걸 꼭 움켜쥐더니 메탈 대의 흡혈귀들에게 가차 없이 투척했 다. 다음 순간, 포옹! 하고 구슬이 폭발해 독한 색의 연기가 주변 을 메운다. 시야가 보랏빛으로 뒤덮여 아무것도 보이지 않는다.

"연막탄인가!" "비열하긴!" "이런 잔꾀로———— 콜록." 누군 가 기침했다. 그걸 시작으로 콜록콜록하는 소리가 곳곳에서 들 려왔고 나중에는 "끄엑—!" 하는 단말마의 비명과 함께 사람이 털썩털썩 쓰러진다.

나는 깨달았다. 이건 빌의 특기인 맹독 마법이다.

"뭐, 뭘 한 거야! 우리도 죽잖아!"

"남자만 죽이는 독가스예요."

"그런 독이 있어?!"

기수에게도 효과가 없나 보다. 부케팔로스는 조금도 스피드를 늦추지 않고 맹렬히 대시하더니, 질퍽질퍽 뭔가를 짓밟으면서 독 연막을 벗어났다.

그리하여 눈앞에 나타난 건 고성 서문. 아무래도 적군을 돌파한 모양이다――, 나는 마음을 놓으면서 자연스레 뒤를 돌아본다. 오디론 군뿐만 아니라 제복을 입은 사람까지 피를 토하며 죽어 있다. ……이건 너무 심하잖아!!

"아군을 죽였잖아!!"

"어쩔 수 없는 일이에요. 그보다 어서 홍옥을 찾아 파괴하죠. 그러면 칠홍천 투쟁은 끝날 거예요……!"

"그렇게 말해도――."

"기다려라, 건데스블러드――!" "절대 용서 못해애애!" "죽여주마! 지금 당장 죽여주마!" "신이시여, 건데스블러드에게 천벌으으으으을!"

뒤에서 수많은 살기가 역류가 되어 덮쳐들었다. 살아남은 녀석들이다. 이미 헬데우스 군 녀석들도 적이 되어 있었다(헬데우스 본인이 어떻게 됐는지는 모르겠지만). 게다가 그 너머에서는 변태 가면이 혈액 덩어리를 두른 채 다가온다. 그야말로 절체절명이다.

"코마리 님! 여기서부터는 기수를 쓸 수 없어요. 걸어서 가죠."

"뭐? 왁."

갑자기 빌에게 공주님처럼 안겨 부케팔로스에서 내려왔다. 다음 순간, 적병들이 쏜 마법이 고성 입구 부근에서 대폭발을 일으

컸다. 그러나 빌은 아랑곳하지 않고 폭풍을 향해 돌격을 감행, 그대로 성안으로 침입해 쉼 없이 계속 달렸다.

거기서 나는 문득 깨달았다. 빌의 호흡이 거칠다. 표정이 고통으로 가득하다. ──당연하다. 그녀는 델피네의 공격에 옆구리를 다쳤으니까.

"빌! 그만 쉬어, 나 혼자 갈게!"

"아니요. 저에게는 끝까지 코마리 님 곁을 지킬 의무가 있어요."

폭발한 입구 쪽에서 흡혈귀들이 우르르 몰려온다. 빌은 나를 안은 채로 성의 계단을 오르기 시작했다. 옆구리에서 흐른 피가 서서히 얼룩을 만들어 간다.

"이거나 받아라! ──특급 응혈 마법【인피니트 선혈임리(鮮血淋漓)】!!"

델피네의 팔에서 나온 피가 유연한 채찍이 되어 덮쳐들었다. 위험을 감지한 빌은 도약해서 회피하려 했지만 아슬아슬하게 늦어 채찍이 오른쪽 다리를 묶는 바람에 계단 중간쯤에서 엎어지고 말았다. 내던져진 나는 황급히 자세를 고치고 빌 쪽으로 달려갔다. 새빨간 채찍은 그녀의 가는 발목을 절단할 기세로 조이고 있다.

"죽여라!" "지금이 기회다!"

적병의 노성. 당황한 나는 그 근처에 떨어져 있던 돌멩이를 주워다가 델피네의 채찍을 내리쳤다. 그러나 효과는 없다. 피의 채찍은 꼼짝도 하지 않는다.

"제길, 어떡해야 하지……!"

"괜찮아요. 손은 써뒀어요. 코마리 님은 도망치세요."

"바보야—! 그런 자기희생은 됐어! 너도 같이——."

"그렇게는 안 돼."

농밀한 살기.

뒤를 돌아본다. 델피네가 피로 만든 대검을 힘껏 내던졌다. 꼭 화살 같은 속도로 날아오는 새빨간 칼날. 운동신경이 꽝인 나에게 피할 여유 따윈 없었다.

아아, 죽는구나(두 번째)——. 그렇게 생각한 순간.

"상급 마법석【초신성 폭발】."

빌이 품에서 반짝이는 돌을 꺼내 던졌다.

돌은 대검과 공중에서 격돌했고 어마어마한 폭발을 일으켰다.

델피네의 마법이 사라졌다.

응고된 혈액이 눈 깜짝할 새 액체로 돌아간다.

"마, 말도 안 돼——."

마력의 제어를 잃은 피는 관성의 법칙에 따라 날아갔다.

하반신의 힘이 풀려 있던 나로서는 어찌할 수 없었다.

멍하니 공중을 올려다볼 뿐 꼼짝도 할 수 없었고, 그대로 어마어마한 양의 피를 머리부터 뒤집어썼다.

그리고 세계가 붉게 물들었다.

☆(조금 거슬러 올라가)

같은 시각, 제7부대의 기습을 받은 프레테 마스카렐은 속에서

끓어오르는 분노를 털어내듯 검을 휘두르고 있었다.

정말 구제할 길이 없다. 테라코마리 건데스블러드의 부하인 야만인들은 홍옥을 확보한다는 칠홍천 투쟁의 룰을 무시하고 갑자기 프레테의 본진으로 진군했다. 그것도 듣기로는 제7부대는 30명 정도밖에 참가하지 않았다고 한다. 제정신으로 볼 수 없었다. 얕보고 있다고 볼 수밖에 없다.

그래서 당장에라도 끝장을 내주고 싶은 참이지만——.

"큭, 이……! 귀찮게 구네!"

끈질기다. 묘하게 끈질기다.

프레테가 내보낸 참격이 제7부대의 야만인—— 카오스텔 콘트의 팔을 베었다. 그러나 녀석은 잠시도 주춤하지 않았다. 바로 자세를 재정비하더니 무영창으로 건방지게 공간 마법을 쓴 것이다.

"【전이】."

"윽?!"

배후에서 느껴지는 살기. 프레테는 거의 감각에 의지해 칼을 가로로 휘둘렀다.

그러나 그녀의 공격이 적에게 명중하는 일은 없었고, 허공을 가른 반동으로 프레테가 중심을 잃은 사이 다시 뒤에서 살기가 느껴졌다.

"윽."

철도 부술 듯한 주먹이 프레테의 복부에 꽂혔다. 날카로운 둔통. 순간적으로 마법으로 방어했기에 망정이지, 무저항인 채로 당했다면 죽었을지도 모른다.

프레테는 거리를 두고 다시 검을 든 뒤, 마른 나무 같은 남자를 쏘아봤다.

"교활한 마법을 쓰는군요. 사용자의 성격까지 알겠어요."

"네, 그렇죠? 제가 쓰는 건 저에게 걸맞은 격식 높은 공간 마법. 그리고 복수를 위해 더욱 갈고닦아 왔으니까요. 더는 질 리가 없어요——. 당신도 암흑 마법을 쓰는 게 어떤가요? 사용자의 품성을 잘 알 수 있는 추악한 암흑 마법을 말이죠."

도발에 넘어갈 생각은 없다. 프레테는 신중하게 주변을 둘러본다. 제7부대 녀석들은 아무리 죽여도 되살아나는 좀비 같은 기세로 싸움을 반복하고 있다. 얄궂게도 바슈랄을 비롯한 제3부대 멤버들도 고전 중인 것 같으니 이대로 아껴두다가는 다른 부대 녀석들에게 추월당하겠지.

"하는 수 없죠. 당신 따위에게 쓸 생각은 없었지만, 아낄 때가 아닌 것 같으니까요."

"그게 현명하겠군요. 저희 아군도 도착한 것 같고요."

"뭐……?"

의심스럽게 생각한 순간, 수많은 마력이 유동하는 기색에 프레테는 뒤로 물러났다. 그 직후, 상공에서 빛나는 빛의 무리가——중급 마법【광격의 화살】이 세찬 빗줄기처럼 쏟아졌다.

"원군이라고? 무슨——." 프레테는 손에 든 가느다란 검으로 화살 비를 튕겨냈다. 그러나 주변의 부하 몇몇은 예기치 못한 기습에 당황할 뿐 아무런 대처도 못 하고 하나, 또 하나씩 심장을 꿰뚫려 그 자리에 쓰러졌다.

곧 마법이 멎었다. 프레테는 눈빛으로 증오를 불태우며 발생원을 노려봤다.

전방의 작은 언덕, 고성을 등진 흡혈귀 일당이 이쪽을 노려보고 있다. 선두에 선 사람은 거대한 지팡이를 쥔 심약해 보이는 계집―― 사쿠나 메모아다.

"――죄, 죄송해요! 하지만 칠홍천 투쟁이니까 공격해야, 해요……. 그러니까, 한 번 더, 갈게요."

제6부대 메모아 대 녀석들이 영창을 시작했다. 프레테는 혀를 찼다. 칠홍천과 칠홍천이 결탁해서는 안 된다는 룰은 없다――. 하지만 너무나도 불쾌했다. 테라코마리 건데스블러드와 사쿠나 메모아. 약자끼리 손을 잡고서 우쭐하다니 더할 나위 없이 화가 났다.

"후, 후후후……. 좋아요. 제6부대도 함께 어둠 저편에 묻어 드리죠."

"저희야말로. 지난번에 살해당한 원한을 풀기로 할까요."

카오스텔 콘트가 유쾌하게 입꼬리를 일그러뜨렸다. 프레테는 서서히 검을 쥐었다. 목표는 적의 심장. 순식간에 숨통을 끊어 주지――, 그렇게 결의하고 암흑의 마력을 정돈하려 했을 때.

""――――?!""

오싹, 온몸을 감싸는 듯한 한기에 휩싸였다.

프레테뿐만이 아니었다. 눈앞에 있는 카오스텔이나 주변에서 싸우는 제3부대의 흡혈귀들, 더 나아가 이성을 잃은 게 아닐까 싶은 제7부대의 광전사들도. 다들 일단 눈을 부릅뜨고 경직되어 있었다.

"뭐…… 지……?"

그건 무시무시한 마력의 기척이었다. 살아 숨 쉬는 모든 자를 끝없이 두렵게 하는 절대적인 마력의 방류. 프레테는 몸이 떨리는 걸 자각하면서 마력이 발생한 쪽을── 고성이 우뚝 솟아 있는 쪽을 본다.

"각하께서…… 각하께서, 마침내 본 실력을……!"

마른 나무 같은 남자가 감격한 듯 외친다.

이어서 제7부대 녀석들도 "각하", "각하!" 하고 바보처럼 연호하기 시작했다.

그들이 '각하'라고 부를 존재는 하나밖에 안 떠오른다.

하지만── 그런 일이 있을 수 있나.

프레테는 검을 드는 것도 잊고 그 자리에 멈춰 섰다.

☆

델피네는 말을 잃었다.

그 메이드가 죽는 순간 마법석을 던진 건 이해가 된다. 그 마법석이 시장에 거의 나오지 않는 고급품이라 델피네의 마법을 쉽게 상쇄한 것도 이해가 된다.

이해할 수 없는 건 테라코마리 건데스블러드였다.

액상화한 혈액을 뒤집어쓴 그녀는 어째서인지 막대한 마력을 띠며 일어났다.

표정은 무(無). 불길하게 빛나는 붉은 눈동자만이 델피네를 나무라듯 바라보고 있다.

"너…… 무슨 짓을 한 거냐."

목소리가 떨리고 있었다. 마력 양이 너무 다르다. 이 녀석은 자기 따위는 절대 못 당해낼 '강자'다——. 델피네는 그렇게 생각했다.

테라코마리는 발밑에 쓰러져 있는 메이드를 내려다봤다. 힘이 다한 것이겠지. 급소를 노리고 나이프를 던졌으니 당연하다.

"——네가 한 거냐."

감정이 담기지 않은 목소리다.

그녀에게 몰려가던 흡혈귀들은 완전히 꼼짝도 하지 못했다.

심상치 않은 마력에 당해 다리가 굳어버린 것이다.

"네가, 이렇게, 한 거냐."

다시 낮은 목소리가 났다. 그 질문이 자기에게 향해 있다는 걸 알아차리는 데 잠깐의 시간이 필요했다. '이렇게'라면 메이드의 상처 얘기겠지. 델피네는 생각 없이 답했다.

"그런데…… 그게 뭐."

"알았다."

테라코마리는 메이드의 몸을 안아 들었다.

그리고 공중에 둥실 떠오른다. 전혀 특이할 게 없는 비행계 마법이다. 멍하니 멈춰 서 있는 주변 흡혈귀들의 모습에도 불구하고 피투성이 소녀는 서서히 고도를 높여, 이윽고 천장 부근에 있는 스테인드글라스 부근까지 떠올랐다.

그리고 오른손을 뻗는다.

마법진이 나타났다. 그러나 평범한 마법진이 아니다. 깃든 마력의 양과 질은 이 세상의 것 같지 않았다. 공기가 진동하고 벽이나 바닥에 금이 갔으며, 엄청난 중압을 감당하지 못한 흡혈귀들이 거품을 물며 기절한다.

저건 상급 마법이 아니다. 특급 마법도 결코 아니다.

황급(煌級) 마법. 태고에 잃어버렸다는 최고위 비오의다.

"잠깐──."

저지하려고 했지만 헛수고였다.

마력이 폭발했다.

마법진에서 방출된 새빨간 섬광은 고성뿐 아니라 고전장의 거리부터 모래알까지 온갖 것들을 불살라 멸했다.

☆

"──하하하핫! 봤냐! 저건 황급 광격 마법【지옥을 불사르는 서광(曙光)】이야! 설마 죽기 전에 실물을 보게 될 줄이야!"

황제가 손뼉을 치며 웃고 있다.

그러나 아르만 건데스블러드는 살아도 산 것 같지 않았다.

또 저 아이가 열핵해방을 발동하게 하고야 말았다.

"봐라, 수정이 망가져 버렸지. 짐의 원시 마법조차 방해하는 강대한 마력의 잔재가 고전장에 가득한가 보구나!"

"어쩌실 겁니까! 이대로 두면 코마리가……."

초조해하는 아르만에게 황제는 "걱정하지 마라"라고 자신만만하게 말했다.

"무차별 학살 따위는 시작되지 않을 거야. 코마리는 이제 외톨이가 아니니까."

"이미 학살당하고 있는데요."

"그야 학살당해야 할 상대니까 문제없지. ——내 생각에 열핵해방 때의 코마리는 평상시의 코마리가 원하던 대로 행동하는 거야. 저 아이는 빌헤이즈를 상처 입힌 델피네에게 화가 났어. 그래서 죽인 거지. 고작 그뿐이야."

"그런 것치고는 2차 피해가 너무 크잖습니까."

"델피네는 마음에 상처를 입었을지도 모르지. 나중에 대처하마."

"……이제 코마리는 어떡할까요?"

황제는 은밀하게 웃었다.

"글쎄. 델피네를 죽이겠다는 목적은 이루었으니 어떻게 될지 모르겠군. 신경 쓰이면 가보지 그러냐?"

"그게 가능하다면 고생을 왜 하겠습니까."

"가능해도 고생하겠지. ——이봐, 누가 새 수정을 좀 가져다다오."

여관에게 말을 거는 황제 옆에서 아르만은 주먹을 움켜쥐며 비는 수밖에 없었다.

☆

Illustrations copyright © riichu

이 세상의 종말이 찾아온 줄 알았다.

그만큼 어마어마한 충격이 고전장을 덮쳤다.

주변은 붉은빛으로 감싸였고 눈을 뜰 수조차 없었으며, 그 자리에 웅크려 재앙이 지나가기를 기다리는 수밖에 없었다. 하늘이 갈라지고 땅이 흔들리고, 충격의 여파를 정면으로 맞은 누군가가 비명을 지르며 날아가는 소리를 떨며 들었다.

그리고 잠시 후, 정적이 돌아왔다.

프레테 마스카렐은 머뭇머뭇 눈을 떴다.

고성은 잔해더미로 변해 있었다. 외벽은 파낸 것처럼 통째로 사라져서 안이 훤히 드러났다. 그뿐만이 아니다——. 고성 주변의 시가지며 초원마저 공터가 되었다. 등줄기가 오싹했다. 누가 어떤 마법을 쓰면 이렇게 되는 걸까.

"프, 프레테 님!"

바슈랄이 안색이 달라져서는 외쳤다. 그도 무사했던 것이다. 안도한 것도 잠시, 보고를 들은 프레테는 핏기가 싹 가셨다.

"방금 확인한 결과, 제4부대 델피네 대 및 제2부대 헤븐 대, 제5부대 메탈 대는 소멸한 모양입니다! 제6부대 메모아 대도…… 보십시오."

바슈랄이 가리키는 곳에는 토막 난 시체가 수없이 나뒹굴고 있었다. 폭발에 말려들어 죽은 것이겠지. 정작 중요한 사쿠나 메모아는 보이지 않지만——.

아니. 그보다도.

"건데스블러드 씨는……. 테라코마리 건데스블러드는 어떻게 됐죠?!"

"네. 그게…… 정찰의 말에 따르면, 이 폭발을 일으킨 게 테라코마리 건데스블러드랍니다. 녀석이 현재 어디 있는지는 불명이지만요."

그게 뭐야. 뭐가 어떻게 된 건지 모르겠다.

그렇기에 프레테는 사정을 알 만한 사람에게 묻기로 했다.

"카오스텔 콘트! 저게 대체 어떻게 된 거죠?!"

그러나 마른 나무 같은 남자는 답하지 않았다.

고간을 잔해에 짓눌려 기절해 있었다.

도움이 안 되는 녀석이었다.

"프레테 님, 어떡할까요?"

"큭……."

이미 칠홍천 투쟁이 중요한 게 아니다.

대체 어떡해야——.

"……, 저건."

거기서 프레테는 목격했다. 산산조각으로 부서진 고성 한가운데 홀연히 서 있는 테라코마리 건데스블러드의 모습을.

도저히 가만있을 수 없었다.

정신을 차리고 보니 프레테는 이를 갈며 달려가고 있었다.

조금 전의 대폭발도 어차피 스스로 쓴 마법은 아니겠지. 좀 더 교활한 수단을 썼을 게 분명하다. 당장 마력이 느껴지지 않는 걸 보면 단순한 폭탄일 가능성도 생각할 수 있다.

어쨌든 저 계집에게는 제대로 인사를 해둬야겠다.

☆

사쿠나 메모아는 살아 있었다.

붉은 섬광이 제6부대를 덮쳐든 순간, 이름도 모르는 부대장이 몸을 날려 사쿠나를 지켜준 것이다. 운 좋게 벽과 벽 사이로 떨어진 사쿠나는 찰과상 정도에 그쳤지만 부대장을 비롯한 제6부대 흡혈귀들은 단숨에 재가 되고 말았다.

참 딱한 일이라고 사쿠나는 생각한다.

제6부대 사람들은 원래 사쿠나에게 반항적이었다. 무리도 아니다. 운과 연줄로 칠홍천이 된 계집에게 어떻게 좋은 감정을 품겠는가. 이대로 두면 하극상이 일어나 살해당하지 않을까──, 그렇게 생각한 사쿠나는 고육지책을 썼다.

제6부대를 몰살하고 그들의 기억을 바꿔치기한 것이다.

사쿠나를 달갑게 보지 않는 반역자에서.

사쿠나를 맹신하는 순종적인 병사로.

그 결과가 이것이다.

그들은 본래 자기 의사와는 무관하게 사쿠나를 감쌌고, 그리고 죽었다.

"……하지만 저 사람들은 행복했겠지."

그렇게 생각하지 않으면 버틸 수 없었다.

그들이 원하는 것은 사쿠나를 수호하는 것. 그렇게 되게끔 설정해 둔 것이다──. 그러니까 사쿠나가 마음 아파할 필요는 없다. 그럴 것이다.

그보다 지금 생각해야 할 것은 테라코마리 건데스블러드다.

조금 전의 섬광은 그녀의 짓이겠지. 솔직히 이 정도일 줄은 몰랐다. 저런 괴물 같은 마법의 사용자를 죽일 방법 따윈 없다.

"…………."

아니. 없는 건 아니다.

뒤집힌 달에서 준 비약이다. 그것만 마시면 신에 필적하는 힘을 쓸 수 있게 되겠지. 그 대가로서 자기 목숨을 깎아 먹게 되겠지만 말이다.

사쿠나는 떨리는 손으로 주머니에서 작은 병을 꺼냈다.

강렬한 색을 띤 진정한 맹독이다.

마실까? 마셔버릴까?

그때 문득 프레테 마스카렐이 황급히 달려오는 게 시야 한 편에 들어왔다. 아무래도 고성 쪽으로 가는 길인 듯하다. 주저할 때가 아니었다.

"막아야 해……. 테라코마리 씨가 위험해……."

──위험해? 무슨 생각을 하는 거지, 나는.

사쿠나는 자기가 말도 안 되는 생각을 하고 있다는 걸 알고 고개를 저었다.

바보 같다. 프레테와 테라코마리가 공멸해 준다면 더 바랄 게 없는데. 사쿠나는 어부지리를 노려 다친 두 사람에게 결정타를 날리면 그만이다.

그런데.

어째서인지 그녀의 안부만을 깊게 생각하게 된다.

본인의 감정을 모르겠다. 정신계 이능에 능한 사쿠나는 옛날부터 남의 감정에 능통했지만, 자기감정에는 영 어두웠다.

테라코마리를 도울 것인가. 죽일 것인가.

그건 모르겠다. 그러나 사쿠나의 발은 고성 쪽으로 향했다.

그때였다.

품에 있는 통신용 광석이 반응을 보인다.

"······네. 사쿠나입니다."

[마침 잘됐군. 먼저 가서 테라코마리 건데스블러드를 죽여.]

사쿠나는 숨을 집어삼켰다. 상상했던 내용 그대로의 명령이었다.

[요란하게 해도 상관없어. 다행히 원시 마법은 방해를 받고 있는 듯하니까. 조금 전 폭발 때문에 고전장 일대에 묘한 마력이 차 있는 모양이야. ──자, 그 계집에게 우리 뒤집힌 달의 공포를 새겨줘! 죽이는 데 성공하면 너희 가족은 우선 죽이지 않으마.]

통신이 뚝 끊겼다.

사쿠나는 무심코 이를 악물었다.

──역시 사쿠나 메모아는 뒤집힌 달의 도구에 불과한 것이다.

☆

정신을 차리고 보니 잔해 위에 우뚝 서 있었다.

"……어라?"

기억이 누락돼 있다. 내가 지금까지 뭘 한 거지?

분명…… 칠홍천 투쟁에 참가해서 갑자기 델피네에게 습격당했고, 빌과 함께 도망쳤고, 그리고…… 안 돼. 기억이 안 나.

자연스레 자기 몸을 내려다본다. 꼭 핏물로 샤워한 것처럼 새빨갛다. 아니, 이건 진짜 피잖아. 왜 이렇게 된 거지. 설마 내가 살해당했나? 아니, 그럴 리 없어. 아프지도 않았고——.

그때 시야 한 편에 낯익은 메이드복이 비쳤다.

잔해 위에 소녀가 잠들어 있다. 그렇게 나는 단숨에 현실로 끌려들었다.

"빌!"

황급히 그녀—— 빌헤이즈에게로 달려간다.

그래. 기억났다. 이 녀석은 자기 몸을 희생해서 날 지켜줬어. 기억이 분명하다면 델피네가 쏘아 보낸 피의 나이프에 옆구리를 당했을 것이다.

나는 소름이 끼치는 걸 자각하면서 그녀의 용태를 확인했다. 상처는 깊다. 그러나 피는 멈췄다. 호흡은—— 희미하게 쉰다. 아무래도 무사했던 모양이다. 무심코 안도의 한숨을 내쉬고야 말았다. 아무리 마핵으로 낫는다지만 친한 사람이 죽는 건 괴롭고 슬픈 일이니까.

나는 주머니에서 【전이】 마법석을 꺼냈다. 위험에 처했을 때 탈출할 것을 대비해 가져왔지만, 이렇게 된 이상 자신을 위해

써서는 안 된다.

마력을 담아 발동하자 빌의 몸이 그 자리에서 사라졌다. 제도의 병원으로 전송되었을 것이다. 전장 한가운데 있는 것보다는 안전하겠지──.

그렇게 나는 문득 자신이 처한 상황에 의문을 품었다.

아니, 여긴 전장인가?

나는 의아해하면서도 주변을 둘러봤다.

놀랄 정도로 아무것도 없었다. 분명 먼 곳에는 고전장의 풍경이 펼쳐져 있지만, 나를 중심으로 반경 100m는 완벽할 정도로 공터가 되어 있었다.

"뭐야, 이게……. 꿈인가?"

그때 쨍그랑, 하고 유리 깨지는 소리가 났다.

무슨 파편을 밟은 모양이다. 나는 황급히 그 자리에서 물러났다. 발밑에 흩어져 있는 새빨간 유리 파편. 그 바로 옆에는 빨간 반구가 나뒹굴고 있었다. 아마 저게 무언가의 충격으로 두 동강났고, 그 조각이 산산이 부서져 바닥에 뿌려진 것이겠지.

……응? 잠깐…… 이건 혹시.

"홍옥…… 인가?"

충격적인 사실을 깨닫기 시작한 그 순간이었다.

뒤에서 발소리가 났다.

심장을 거머쥐어진 기분이다. 이런. 이 상황에서 적을 맞닥뜨리면 확실히 죽는다. 부디 아군이길──. 나는 헬데우스처럼 신에게 기도드리면서 뒤를 돌아봤다.

"건데스블러드 씨, 안녕하세요."

목이버섯 머리의 여자가 이쪽을 노려보고 있었다.

최악이었다. 끝났다. 죽었다.

갑자기 등장한 영명한 칠홍천, 자칭 '검은 섬광' 프레테 마스카렐은 원수를 발견한 복수자처럼 영악한 미소를 지으며 말했다.

"정말 훌륭한 위력이네요. 대체 뭘 어떻게 한 건가요? 마법은 아니죠? 설마 폭탄? 칠홍천 축에도 못 들 만큼 비열한 전법이네요."

무슨 소릴 하는 거지, 이 녀석은.

"……프레테. 다른 녀석은 어쩌고? 혼자야?"

"혼자……? 네, 맞아요. 혼자예요. 당신이 죄다 학살해 버렸으니까──. 헤븐 님도. 메탈 님도. 메모아 씨도……. 델피네도!"

"무, 무슨 소리야! 말이 앞뒤가 안 맞잖아!"

"당신이 멍하니 있었으니까 그런 거잖아요?! 마법 이외의 공격 수단을 쓰지 말라고는 않겠어요. 그래도 한도라는 게 있죠! 당신 때문에 칠홍천 투쟁은──."

거기서 프레테의 시선이 내 발밑에 머물렀다. 바닥에 흩어져 있는 붉은 파편을 발견한 모양이다. 그녀의 안색이 순식간에 붉어져 갔다.

"그건…… 틀림없이 홍옥의 잔해 맞죠! 설마 당신이 부순 건가요?! 칠홍천 투쟁을 억지로 끝내버리려고요!"

"아니, 분명 부서지면 좋겠다고 생각했지만 내 탓이 아니거든?!"

"웃기지도 않아!"

마력이 폭발하고 검은 섬광이 뿜어져 나온다. 프레테 주변에 검은 안개 같은 것이 끼기 시작했다. 누가 아무리 봐도 격노해 있었다.

"당신은 왜 그렇게 경박한 건가요! 제가 기껏 준비한 칠홍천 투쟁의 무대를……. '자기가 살고 싶으니까' 같은, 그런 시시한 이유로 망쳐놓다니! 당신에게는 제국 최강의 7인으로서의 자각이 없는 건가요!!"

"그러니까 아니래도! 내가 정신을 차렸을 때는 깨져 있었어!"

"변명은 됐어요!!"

지잉! 대기가 떨렸다. 빼든 검 끝에 거대한 '어둠'이 깃든다. 그건 그야말로 모든 것을 집어삼키는 블랙홀이었다. 무시무시한 중력을 감당하지 못한 모래알이 프레텔 쪽으로 끌려갔다. 나는 필사적으로 버티려 했지만 무리였다. 서 있을 수가 없었다. 어쩌지. 서서히 어둠으로 끌려간다.

"당신은 제국의 암. 이 이상 멋대로 설치게 둘 순 없어요. 그러니까 이 자리에서 처분하죠. 발칙한 사기꾼에게는 아까울 정도의 암흑 마법을 선보여드리겠어요."

"왜 그렇게 되는데! 살해당하는 건 죽어도 싫어!"

"그럼 무인답게 저항해 보세요! 특급 암흑 마법【다크니스 아마게──."

"윽……!"

나는 눈을 감으며 그 자리에 웅크렸다.

희망은 완전히 사라지고 말았다. 내게 남은 운명은 죽음뿐이다. 너무나도 절망적이라서 죽음의 시(제2탄)를 생각할 여유도 없었다. 이를 악물고 바닥에 엎드려 오랜만에 근육 트레이닝을 한 다음 날처럼 파들파들 떠는 수밖에 없었다.

아아, 짧은 인생이었다——. 그렇게 체념하고 있던 나였는데.

"……?"

아무리 시간이 지나도 프레테의 마법이 날아오지 않았다.

설마 몰래카메라? 아니, 그럴 리는——.

이상하다 싶어서 고개를 든다.

그리고 나는 예상치 못했던 광경을 맞닥뜨리게 된다.

프레테의 배에서 주먹이 돋아나 있다. 주먹이 돋아난 부근에서 뚝뚝 새빨간 피가 떨어져 발밑의 잔해를 적시고 있다. 어둠의 마력의 기색은 흩어지고 없었다.

프레테는 무슨 일이 벌어졌는지 모르겠다는 듯 자기 배에서 돋아난 팔——, 새빨갛게 물든 불길한 팔—— 을 내려다봤다.

"뭐, 죠……?"

푸욱, 팔이 들어갔다. 아니, 정확히는 뽑혔다.

프레테의 몸에서 힘이 빠진다. 꼭 실이 끊어진 인형처럼 그 자리에 무너져 내린다. 그래도 아직 숨은 쉬고 있었다. 마지막 힘을 쥐어짜는 듯 위를 보고 자기를 죽인 사람의 얼굴을 확인하려 한다——. 그 순간, 프레테의 안면에 거대한 바위가 날아들었다.

"으윽."

초급 암석 마법【낙암(落巖)】.

뼈가 부서지는 소리가 났다. 그녀는 한동안 바위를 치우려고 버둥거렸지만, 서서히 움직임이 둔해졌고 곧 죽어서 꼼짝도 못 하게 됐다.

"…………뭐."

충격적인 나머지 말도 안 나왔다.

그 영명한 칠홍천이 이렇게 쉽게 죽은 것이다. 그것도 나로서는 도저히 상상도 못 할 잔인한 방법으로. 하지만 놀라운 것은 그뿐만이 아니었다.

프레테의 시체 바로 옆에 서 있던 것은 내가 잘 아는 인물이다.

흰 머리. 흰 피부. 박복해 보이는 외모——, 꿈이나 환상이 아니었다.

"테라코마리 씨! 무사하셨군요……."

사쿠나 메모아.

그녀는 오른팔을 프레테의 피로 새빨갛게 물들인 채, 그러나 그 살벌한 모습과는 전혀 어울리지 않게 순수한 미소를 지으며 내 쪽으로 달려왔다.

그리고 나는 깨달았다.

그녀의 오른쪽 눈이 피에 젖은 것처럼 새빨갛게 물들어 있다.

꼭 열핵해방인지 뭔지를 발동시켰을 때의 빌 같았다.

"다행이에요……. 겨우, 만났네요."

마음속 깊이 '다행이야'라고 생각하는 듯한 표정이었다.

그러나 나는 한편으로 두려움을 느끼고 반걸음 뒤로 물러났다.

"으, 응. 사쿠나야말로 무사해서 다행이야. ……그보다 그, 사쿠나는…… 그렇게 강했어……?"

그녀는 피범벅이 된 팔을 힐끗 내려다봤다.

"강하지 않아요. 전혀. 프레테 씨는 방심하고 있었어요. 그래서 이런 저라도 쓰러뜨릴 수 있었던 거예요. 우연이었죠."

"하지만 사쿠나는 마법사였잖아? 맨손으로 사람의 배를 찢다니…… 그런 것도 할 수 있어?"

"누구든 할 수 있어요. 평범한 흡혈귀라면."

"그, 그래."

"네. 이제 칠홍천은 거의 전원이 죽어버렸네요."

이상한 분위기였다. 그녀의 말투에는 왠지 모를 위화감이 배어 있었다.

사쿠나는 천천히 걸음을 뗀다.

내 옆을 지나 크게 심호흡한다.

그리고 나에게서 등을 돌린 채로 "기억하세요?"라고 중얼거렸다.

"같이 별을 본 밤, 제가 테라코마리 씨에게 했던 질문을."

"아아……, 분명. 테러리스트와 인질이 어쩌고저쩌고하는……."

"맞아요. 그때 테라코마리 씨는 이렇게 말했죠――. '협박하는 테러리스트 쪽을 쓰러뜨리면 되지'라고. ……대단하다고 생각했어요. 그리고 이 성의 모습을 보고 더 대단하다고 생각했죠. 그 말은 허세나 과장이 아니라 진짜 사실이었던 걸 알았으니까……."

"미안, 사쿠나. 무슨 말인지 전혀 모르겠어……."

"하지만 저는 그렇게 될 수 없어요. 제 힘 정도로는 뒤집힌 달을 당해낼 수 없다고요. 아무리 노력해도, 피를 토해도, 조직에 순종적이어도, 이제 그만해 달라고 간청해도 녀석들은 온갖 수단을 동원해서 저의 소중한 사람들을 죽였어요. 저로서는 어찌할 수가 없었고요. 힘이 없으니까. 용기가 없으니까. 죽는 게 싫으니까. 그래서 저에게 주어진 선택지는 하나뿐이에요——."

사쿠나는 무언가에 홀린 것처럼 말을 늘어놓고 있었다.

나는 그 분위기에 압도되고 말았다. 분위기뿐만이 아니다——, 그녀의 몸에서는 고농도의 마력이 흘러나오고 있다. 무슨 일이 벌어지고 있는지 조금도 이해할 수 없었다.

"이봐, 사쿠나⋯⋯."

"맞아요, 저에게는 과거나 미래나 선택지는 하나뿐이에요——. 뒤집힌 달의 톱니바퀴로서 열심히 일하고, 결함품이라는 낙인이 찍혀 처분당하지 않도록, 간신히나마 살 수 있도록 힘껏 노력하는 것. 그것뿐."

"사쿠나! 아까부터 왜 그러는 거야!"

"테라코마리 씨, 죄송해요. 테러리스트의 정체는 저였어요."

그녀가 빙글 돌아섰다.

불어드는 여름 바람에 흰 머리카락이 나부낀다.

새빨갰을 오른쪽 눈은 원래의 청색으로 돌아와 있었다.

"사쿠나⋯⋯, 우는 거야⋯⋯? 어디 아픈 데라도⋯⋯."

"몸은 아무 데도 안 아파요."

아하하, 사쿠나는 눈물을 흘리면서 웃었다.

"⋯⋯테라코마리 씨는 다정하네요. 이런 상황에서 절 걱정하다니……. 들으셨어요? 제가 뒤집힌 달의 테러리스트라니까요.”

“농담은 됐어! 울고 싶을 정도로 집이 그리우면 같이 가자! 나도 가고 싶어!”

“가고 싶어도 못 가요. 테라코마리 씨가 사정을 알아주셨으면 해요. 아무것도 모르는 채로 서로 죽이는 건 양쪽 모두에게 불행이니까——.”

그녀가 천천히 피 묻은 오른팔을 들어 올린다.

희고 가느다란 검지가 살며시 내 이마를 찔렀다.

“정신 마법【마인드 리프레인】.”

내 의식은 순식간에 그곳에서 사라졌다.

밤하늘에 내던져진 줄 알았다.

둥실둥실한 부유감. 나의 상하좌우에는 수많은 별이 눈부실 정도로 빛나고 있다. 손을 뻗으면 만져지지 않을까 했지만, 문득 별빛 너머에 영상이 흘러나오고 있다는 걸 알아차리고는 움직임을 멈춘다. 어릴 적의 사쿠나였다. 가족 넷이서 행복한 듯 테이블을 둘러싸고 있는 광경이다──. 그리고 나는 깨달았다. 이건 사쿠나의 기억 그 자체임이 분명하다.

【마인드 리프레인】. 소설 같은 데서도 회상 신에 들어갈 때 자주 쓰이는 마법이다. 대상에게 자기 기억 일부를 보여줄 수 있지만──, 이래서야 꼭 사쿠나의 마음속으로 끌려든 것 같지 않은가.

다시금 그녀의 마법 재능에 감탄하는데 문득 누가 다가오는 기척을 느꼈다.

"이곳은 제 기억이 새겨진 밤하늘이에요. 어서 오세요, 테라코마리 씨."

사쿠나였다. 평범한 사쿠나가 아니다.

벌거벗은 사쿠나였다.

"……왜 옷을 안 입었어?"

"정신세계에 다른 물질은 들여올 수 없으니까요."

"흐음……. 앗, 내 옷도 사라졌잖아?!"

나는 황급히 어디로 몸을 숨기려 했다. 그러나 숨을 장소가 없었다.

뭐, 여기 있는 건 사쿠나뿐이니까 상관없나. 그렇게 바꿔 생각하기로 했다. 변태 메이드가 있는 것도 아니고. 오히려 부끄러워하는 게 더 부끄럽다. 당당히 행동해야지.

"이 별들은 하나하나가 제 기억이에요. 이른바 기억의 플라네타륨이죠."

"그, 그래. 예쁘네."

"아니요, 예쁘지 않아요. ——보세요, 저게 첫 기억이에요."

사쿠나가 가리킨 곳에는 하나의 기억이 있었다. 사쿠나와 사쿠나의 언니가 대화 중인 영상이다. 대화 내용까지는 모르겠지만, 두 사람의 표정에 눈부신 미소가 가득하다는 걸 보아 그 기억 속에서는 온화하고 즐거운 시간이 흐르고 있다는 걸 추측할 수 있었다.

"제 언니인 코마리 메모아. 정말 착한 사람이었어요. 둔한 저를 늘 신경 써 주고 간식인 에클레어를 나눠주거나 다양한 책을 읽어주기도 했고……. 그뿐만 아니라 학원에서 따돌림당하고 우는 저를 위로해 줬죠."

기억 속의 '코마리'는 사쿠나와 마찬가지로 백은색 머리카락을 갖고 있었다.

여동생과 다른 점이라면 뭔가 의지가 느껴지는 강한 눈. 그리고 그 눈에서는 동생이 너무 걱정돼서 못 견디겠다는 감정이 떠올라 있었다. 사이좋은 자매였겠지——, 나는 주변에 흐르는 기억을 바라보면서 그렇게 생각했다.

"정말 평화로운 나날이었어요……. 편지에도 썼지만, 제 가족은 정말 사이가 좋아서 휴일이면 다 같이 제도 교외의 언덕으로 가서 천체 관측 같은 걸 했어요. 거기 텐트를 치고 별을 보면서 하룻밤을 새우는 거죠. 저희 아버지는 신성교 신부였기 때문에 별과 연관된 신화를 잘 아셨고, 부엉이나 벌레 울음소리가 들리는 여름밤이면 별자리를 손으로 가리키면서 이것저것 가르쳐주셨어요. 그래서 제가 별을 좋아했을 거예요."

그녀의 말투는 완전히 과거의 사람을 이야기하는 느낌이었다. 나는 불길한 예감이 들어 말을 끊지 못하고 있었다. 사쿠나는 슬픈 듯한 미소를 지으며 한숨을 내쉰다.

"하지만…… 이런 나날은 이제 와서 보면 하룻밤의 꿈이었을지도 몰라요. ——테라코마리 씨, 세상에는 '신을 죽이는 사악'이라는 게 존재한다는 거 아세요?"

"그게 뭐야……." 들어본 적도 없다.

"신이란 마핵을 말하는 거예요. 현대에서는 마핵이 바로 신처럼 대접받고 있으니까요. 마핵을 죽이는 자들——, 그건 즉 '뒤집힌 달'."

안다. 그건 밀리센트가 소속된 테러 집단의 이름이었다.

"그들은 마핵을 부수기 위해서라면 뭐든 해요. 평화로운 일가를 신구로 학살하는 짓조차 주저 없이 하거든요."

사쿠나가 하나의 별을 끌어당겼다.

다른 것보다 훨씬 칙칙해져 있는 그것은 비극을 시사하는 기억의 덩어리였다.

"제 가족은 아무 예고도 없이 살해당해 버렸어요. 제가 학교에서 돌아와 보니 다들 거실에 뿔뿔이 흩어진 채로 죽어 있었죠."

나는 조심조심 기억을 들여다보았다.

무심코 숨을 집어삼키고 말았다.

그곳에는 눈을 가리고 싶어질 만한 풍경이 펼쳐져 있었다. 방이 새빨갛게 물들어 있다. 기억 너머까지 비릿함이 전해지는 듯했다. 사쿠나의 가족은 몸이 갈기갈기 찢겨 나가 산산이 분해된 끝에 꼭 쓰레기라도 버린 것처럼 방 여기저기 방치되어 있었다. 나는 무심코 눈을 피하고 말았다. 너무하다. 너무나도.

"이, 이건…… 그래도 마핵이 있으면 회복하는 거지?"

"아니요. 제 가족은 신구에 살해당했어요. 마핵을 무효화하는 무기예요."

기억 속의 사쿠나는 유해를 멍하니 바라보고 있다.

나도 그 광경을 멍하니 바라보는 수밖에 없었다.

"왜, 왜 이렇게 된 거야. 누가, 이렇게 심한 짓을……."

"뒤집힌 달이에요. 동기는 단 하나. 저에게 절망을 심어주고 조직의 말로 이용하기 위해. 저에게는 이용 가치가 있었나 봐요."

"이용 가치……?"

"네. 열핵해방【아스테리즘의 회전】. 죽인 상대의 기억을 조작하는 이능이에요."

벌어진 입이 다물어지지 않는다.

사쿠나는 담담히 충격적인 사실을 이야기해 나간다.

"뒤집힌 달은 어떤 수단을 통해 제 이 힘을 발견했고, 저를 조직으로 끌어들이려 했어요. 결과적으로 저는 그들의 책략에 빠지고 만 거예요. 죽은 가족들 앞에 서 있는 제 앞에 그 사람은 갑자기 나타나서 이렇게 말했어요——."

——아쉽게 됐구나. 하지만 네가 뒤집힌 달의 일원으로서 열심히 노력한다면 '가족을 되찾을 방법'을 알려줄 수도 있다.

"어린 저는 따를 수밖에 없었어요. 그리고 이게 뒤집힌 달에 들어왔다는 계약의 증거예요. ……마법적인 의미는 없지만, 저는 계속 이 문양에 속박되어 왔어요."

그녀가 자기 배를 두 손으로 가리켰다.

그곳에는 2개의 문장이 새겨져 있다. 하나는 나에게도 있는 뮬나이트의 국장(國章)——, 즉 칠홍천 대장군임을 드러내는 계약 마법의 증표다. 그리고 또 하나는 이지러진 달의 문장. 소설 같은 데서 비밀결사가 자주 쓰는, 동료 의식을 강하게 하기 위한 계약 마법임이 분명하다.

"이렇게 저는 강제로 테러리스트가 되어 버렸어요. 저에게 주어진 일은 단순해요. 적을 죽이는 것. 그리고 기억을 조작해 정보를 빼내는 것. 그게 다였죠."

별들이 둥실둥실 내 주변으로 몰려든다. 모두 검게 탁해져 있었다.

기억 속의 사쿠나는 일사불란하게 적과 싸우고 있었다. 때로는 어둠을 틈타 암살하거나, 때로는 적에게 정면으로 맞섰다.

그때 나는 경악스러운 영상을 목격했다.

사쿠나가 우리 아빠의 배를 맨손으로 꿰뚫고 있었다.

그녀가 정부 고관 연속 살해사건의 범인이었던 것이다──.

"일은 단순했지만 쉽지는 않았어요. 원래 저는 글러 먹은 흡혈귀였기 때문에, 처음에는 만족스레 적을 쓰러뜨리지도 못했고 도리어 당하는 일이 여러 번 있었죠."

사쿠나가 살해당하는 영상이 내 눈에 들어왔고 온몸에 소름이 돋았다.

차마 보고 있을 수가 없다.

"실패했을 때의 저를 기다리는 건 벌이에요. 뒤집힌 달은 아군이라도 실패한 사람에게는 인정사정 봐주지 않거든요. 정말 몇 번을 얻어맞았고……."

"이, 이제 됐어! 그런 말은 안 해도 돼!"

"아니요. 테라코마리 씨가 알아줬으면 해요. 그래서 얘기하는 거고요." 사쿠나는 괴로운 듯 미간을 찡그리면서 말을 이었다. "도망치려고 한 게 한두 번이 아니에요. 실제로 도망친 적도 있었어요. 하지만…… 가족이 살해당했으니까요."

하나의 검은 기억이 내 쪽으로 다가왔다. 보고 싶지 않았기에 당황하며 눈을 감는다.

"그때 맛본 슬픔은 말로 표현할 수가 없어요. 그리고 저는 이해했죠……. 뒤집힌 달을 거스를 수는 없다고. …………그런데 속으로 '거스르지 말자'라고 맹세했을 텐데, 그걸 그 녀석들도 알 텐데, 그 녀석들은 아직도 저에게 족쇄를 채워요. 제가 이번 임무에 실패하면 제 가족을, 소중한 가족을…… 죽이겠다고. 했어요. 몇 번이나…… 제가 꺾일 것 같을 때마다 가족을 죽이겠대요. 몇 번씩이나요."

무슨 말인지 앞뒤가 안 맞는다. 사쿠나의 가족은 죽었을 텐데.

조심조심 눈을 뜬다. 사쿠나는 머리를 싸맨 채 떨고 있었다. 그녀가 걸어온 인생은 내 상상을 아득히 뛰어넘었고, 여기서 섣불리 위로의 말을 건네는 건 어리석은 짓 같았다. 그렇다고 뒤집힌 달을 상대로 분노를 터뜨릴 만한 근성이 나에게는 없었다.

그래서 나는 정말 아무래도 상관없는 질문을 입에 담았다.

"'이번 임무'가, 뭔데……?"

"마핵 조사요."

사쿠나는 의외로 단호하게 답했다.

"마핵의 정체는 정부 요인밖에 몰라요. 그래서 제가 죽어서 '알아낼' 필요가 있었죠. 기억 조작 이능을 쓸 수 있는 건 세상에서 사쿠나 메모아 딱 하나뿐이니까요."

"그, 그럴 수가……."

"속여서 죄송해요. 제가 테러리스트였어요."

"하지만 사쿠나도 테러리스트에게 살해당한 거잖아."

"그건 위장이에요. 만일이라도 의심받지 않기 위해서, 직접 배를 뚫으라고 하길래──. 큰 의미는 없었지만요."

사쿠나는 자조하듯 웃었다.

"어쨌든, 그러니까 칠흥천도 죽여야 해요. 우선순위는 페트로

즈 카라마리아, 프레테 마스카렐, 테라코마리 건데스블러드 순
이에요. 이 중 프레테 씨는 아까 죽여보고 알았어요. 저 사람은
아무것도 몰라요."

"그런 짓을, 할 필요는……."

"테라코마리 씨. 저는 당신을 죽일 거예요."

그녀의 눈은 진지했다. 나는 당황해서 외쳤다.

"마핵 위치 따위는 몰라! 날 죽여도 무의미해!"

"저도 테라코마리 씨와 싸우기는 싫어요. 테라코마리 씨
는…… 강하고 귀엽고 상냥하고, 이런 저와는 정반대되는 길을
걸어온 훌륭한 흡혈귀예요. 그래서 저는 테라코마리 씨가 좋아
요. 그러니까, 그러니까…… 테라코마리 씨에게만은 숨기고 싶
지 않았어요. 이렇게 용기를 쥐어짜 내서 정정당당히 싸우려고
한 거예요."

사쿠나는 아직 나에 대해 착각 중인 것 같다. 내 진짜 실력을
들키지 않기 위해서는 환영해야 할 착각일 수도 있지만, 이 자
리에서는 아무런 의미도 없었다.

"자, 서로 죽여보죠."

사쿠나는 팔을 휙 흔들었다.

다음 순간이다.

그녀의 몸에서 막대한 마력이 분출됐다. 별빛이 소멸한 것처
럼 사라지고, 온몸을 감싸고 있던 부유감마저 거짓말처럼 사라
졌다. 【마인드 리플레인】이 해제됐다.

정신을 차리고 보니 나는 사쿠나와 마주 보고 서 있었다.

발밑에는 홍옥의 파편. 짓눌린 프레테의 시체. 미지근한 여름 바람.

사쿠나의 기억 안에서 돌아온 것이다.

눈에서 여전히 눈물을 떨어뜨리면서 사쿠나는 웃는다.

"실은 싫어요. 저 같은 건 테라코마리 씨 발끝에도 못 미친다고 생각해요. ……그래도 싸워야 하니까요. 또 가족이 살해당할 테니까……."

"자, 잠시만. 가족이 살해당한다는 게 무슨 뜻인지 모르겠어. 사쿠나의 가족은 이미 없잖아……?"

"있어요. 여기에."

사쿠나가 내 쪽을 가리켰다.

"테라코마리 씨는, 제 언니가 될 거예요."

"언니……?"

"그렇게 가족을 만들어 왔거든요. 예쁜 별자리 모양을 한 인간을 찾아내서 그 사람의 기억을 교체하는 거죠. 기억을 소거하고── 아빠, 엄마, 언니 중 하나의 기억을 심는 거예요. 이것이 뒤집힌 달의 멤버가 알려준 '가족을 되찾을 방법'이에요. 저는 지금까지 몇 번씩 가족을 다시 만들었고, 그때마다 살해당했어요."

오싹했다.

그런 짓을 해온 건가, 이 녀석은──.

무서운 나머지 몸이 꼼짝하지 않았다. 그래도 나는 필사적으로 시간을 벌었다. 그래봤자 수명이 조금 연장되는 게 다라는 건 알지만.

"……그래도, 외모 같은 건 전혀 다르잖아? 사쿠나의 언니는 희었고."

"중요한 건 정신의 형태니까 문제없어요. 예를 들어 저의 아버지—— 헬데우스 헤븐도 처음의 아버지와는 전혀 닮지 않은 차림새지만, 예쁜 '참수리자리' 별자리를 갖고 있어요. 그 사람은 틀림없이 제 아버지예요."

"그, 그래! 그래서 사쿠나는 헬데우스의 고아원에 있었구나."

"그건 상관없어요. 집도 없고 돈도 없는 걸 아버지가 거둔 것뿐이니까요. 아버지는 뒤집힌 달과는 아무 관계가 없는 흡혈귀예요. 우연히 아름다운 정신의 형태를 갖고 있길래 아버지가 되어 달라고 했어요. 그러니까 순수한 제 아버지예요."

"그, 그래……."

"아아! 실수했네요. 순수하다고 할 순 없어요. 아버지는 베이스가 너무 강해서 순수한 아버지가 아니에요. 어째서인지 저의 열핵해방에 저항하는 것 같아서, 저와 둘만 있을 때만 아버지가 되어 주거든요. 테라코마리 씨, 어떡해야 할까요……?"

"…………."

"그래요. 모르시겠죠. 하지만 다시는 이런 실패를 하지 않겠어요. 테라코마리 씨의 기억은 제가 철저히 개조할 거예요. 당신을 죽여서 마핵의 정보를 끌어내기만 하면 무슨 짓을 해도 불평은 없겠죠. 뒤집힌 달도 용서해 줄 거예요. 그러니까—— 태어난 곳과 집, 친한 친구, 부모, 형제, 지금까지의 경력, 진짜 코마리 언니에게는 어울리지 않는 그 밖의 다양한 점도 전부 제 열핵해방으로 지워드리죠. 진짜 언니로 만들어드릴게요. 저밖에 생각하지 못하게 해드릴게요."

"........................"

일그러져 있다고 생각했다.

그러나 그 일그러짐은 천성적인 것이 아니다. '가족을 만들기 위해 죽인다'라는 바보 같은 발상은 그녀에게서 생겨난 게 아니라, 모두 뒤집힌 달이 고안해 실행케 한 것이다.

평범한 인질이라면 죽이면 거기서 끝. 하지만 사쿠나의 경우는 인질로 쓸 만한 인간을 마음대로 늘려준다. 놈들에게 이만큼 동하는 얘기는 없겠지.

그렇기에 용서할 수 없는 것이다.

사쿠나에게 이런 짓을 시키는 녀석들을.

"가만히 계세요. 가능한 한 안 아프게 할게요."

흰 손가락이 내 쪽으로 뻗어왔다.

마력의 기적. 순식간에 내 생명을 끝장낼 셈이겠지.

내 실력으로는 그녀에게 저항할 수 없다.

하지만——.

꼬옥.

"어——."

나는 그녀의 검지를 쥐고 있었다.

그래야만 한다고 생각했다.

"……되어 줄게."

사쿠나가 당혹스러운 표정을 지었다.

나는 떨리는 것을 자각하면서 말을 이었다.

"네 언니가 되어 줄게."

"정말── 요?"

"단! 살해당하는 건 사양할래! 기억을 개조하느니 어쩌니, 그런 쓸데없는 짓 안 해도 나는 네 언니처럼 행동해줄게! 그걸로 참아!"

사쿠나의 표정에는 명백히 실망하는 빛이 떠올랐다.

"……그럴 수 없어요. 저에게 가족은 죽여서 만든 가족뿐이니까. 테라코마리 씨인 채로는 코마리 언니가 될 수 없어요."

"당연한 소리잖아! 나는 네 친언니가 될 수 없어. 한번 진짜로 죽어버린 인간은 어떤 마법을 써도 되살아나지 않아. 헬데우스나…… 그 밖에 네가 죽인 인간도 진짜 사쿠나 네 가족이 아니야!"

"뭐……." 사쿠나는 배신당한 듯한 표정으로 말했다. "그, 그렇지 않아요! 【아스테리즘의 회전】을 이용하면 인격을 완전히 재현할 수도……!"

"불가능하다고 했잖아."

"가능해요!"

"불가능해! 나는 최강의 칠홍천이야! 네 손엔 죽지 않아!"

"그, 그건…… 해봐야 아는 거죠!"

"이해해줘, 부탁이니까! ──애초에 넌 착각하고 있어! 잘 들어, 너희 언니는 이 세상에 단 하나뿐이야. 그걸…… 죽었다고 해서 다른 사람으로 대체하다니, 진짜 언니한테 실례잖아!"

"윽……."

내가 보기에도 설교 같은 말이라고 생각한다.

하지만 말해야만 했다. 사쿠나의 행동은 잘못됐다──. 진심으로 그렇게 확신했으니까. 그래서 나는 앞뒤 생각하지 않고 말을 이어놓았다.

"열핵해방 따위 안 써도 돼. 내가 네 언니가 될 거야. 잘 생각해 보면 연상의 동생이라니, 이상하다는 느낌도 들지만……. 사소한 문제지. 다음에 같이 동물원이라도 갈래? 표가 남거든."

"…………."

사쿠나는 그 자리에서 굳어버리고 말았다. 그녀의 손가락을 살며시 놓아주자 그녀는 두 팔을 축 늘어뜨리며 고개를 숙여버렸다. 무슨 생각이 있었겠지──. 한동안 그녀는 입을 다물고 있었지만, 곧 훌쩍훌쩍 오열하기 시작했다.

"알아요……. 제가 이상하다는 건……."

"음. 상당히 이상해, 너는."

"그래도…… 알고 있었으면서도, 괴로웠어요. 그래서 이렇게 된 거예요……."

사쿠나가 괴로워하는 원인은 정해져 있다.

뒤집힌 달이다. 녀석들 때문에 이 아이의 인생은 이상한 쪽으로 흘러가고 말았다. 절대 용서할 수 없었다. ──하지만 내가 대체 뭘 할 수 있을까.

우선 눈물을 터뜨린 사쿠나의 등을 어루만진다. 우는 아이를 달랜 적이 별로 없어 동작이 어색할 수도 있지만, 그래도 사쿠나는 안심한 듯 몸을 떨었고 곧 희미한 미소를 띠었다.

"……감사합니다. 진짜 언니도, 이렇게 저를 달래줬어요."

"그래. 다정한 언니였구나."

"테라코마리 씨도 다정해요."

"난 다정하지 않아. 그냥 약한 거지."

사쿠나가 신기하다는 얼굴을 했다. 슬슬 그녀에게도 내 사정을 밝히는 게 좋을지 모른다. 내가 사실은 최약의 흡혈귀라는 것을. 사쿠나는 납득하지 못한 눈치였지만, 갑자기 "역시 다정하네요"라고 웃으며 내 눈을 똑바로 바라보더니 말했다.

"테라코마리 씨, 언니라고 불러도 될까요?"

"뭐? 그래, 마음껏 불러."

"에헤헤——, 언니."

갑자기 꼭 끌어안는다. 부드러운 온기가 전해진다.

여동생. 여동생이라. 갑자기 동생이 늘어나기도, 하는구나…….

……아니, 동생이란 게 언니한테 이렇게 호의적으로 다가오는 생물이었나? 내 친동생이 나에게 끌어안기는 시추에이션은 상상도 안 되고, 만일 '코마 언니~!' 같은 소리를 하면서 달라붙는다면 그건 천재지변의 전조이거나 내 지갑을 노리는 것 중 하나겠지——.

"——언니. 난 어떡해야 할까?"

"어떻게, 라면……?"

"지금까지, 많은 사람의 기억을 바꿔왔으니까……."

"……그건." 나는 잠깐 생각하고 나서 말했다. "……나한테 물어봐도 답할 수 없어. 하지만 사과하는 수밖에 없겠지. 그것 말고는 가능한 게 없으니까……."

"그러네요……. 사과하는 수밖에 없겠죠……."

사쿠나는 근심을 띤 목소리로 중얼거렸다.

그녀는 '가족을 만든다'라는 명목으로 남의 인생을 꼬아왔다. 그건 쉽게 용서받을 일이 못 된다. 그러니까 진심으로 반성하며 사죄해야 하겠지.

하지만 나는 크게 걱정하지 않았다. 지금의 사쿠나라면 어떻게든 될 것이다.

그녀는 원래 사악한 인간이 아니다. 올곧은 마음을 가졌다.

잘 풀리지 않더라도 내가 어떻게든 해주자. ……일단, 언니가 됐으니까.

그때였다.

"──뭐 하는 거지? 사쿠나 메모아."

공간을 뒤흔드는 듯한 저음의 목소리.

사쿠나가 작은 동물처럼 몸을 떨며 나에게서 떨어졌다.

두 동강 난 기둥 옆에 큰 남자가 서 있었다. 보라색 군복과 준1위를 뜻하는 '망월의 문장'. 허리에 찬 요란한 대검── 칠홍천 대장군 오디론 메탈이다.

그래, 다른 칠홍천이 덮쳐들 가능성도 충분히 있었지──. 그는 그렇게 경계하는 나에게는 신경조차 쓰지 않았다. 그리고 쿵쿵, 발소리가 울릴 정도로 거칠게 이쪽으로 다가왔다.

"연락은 했을 텐데? 건데스블러드를 죽이라고."

응? 나를 죽여? 뭐?

"아…… 알고 있습니다."

"알아? 알고 있다고……?" 오디론은 맹수 같은 눈으로 사쿠나를 내려다봤다. "그럼 왜 건데스블러드가 무사하지? 왜 넌 그 계집과 함께 헤실헤실 웃고 있는데? 왜 할 일은 팽개쳐두고 바보처럼 서 있기만 하냐 말이다? 보아하니 코르네리우스의 비약도 먹지 않은 것 같다만?"

"아니에요. 이건, 그……."

"닥쳐라! 수치도 모르고 도움도 안 되는 것!"

오디론의 가차 없는 발차기가 사쿠나의 복부에 먹혀들었다. 작은 몸은 나뭇잎처럼 날아가 데굴데굴 굴렀다. 쿨럭, 침과 함께 토해낸 피가 바닥을 적신다.

뭐가 뭔지 모르겠다.

왜 여기서 오디론이 등장하지? 왜 사쿠나에게 가차 없는 폭력을 쓰는 걸까? 이게 칠홍천 투쟁이라서? 아니, 그렇게 단순한 이유가 아니다.

"넌 뭘 하는 거냐! 얼른 녀석을 죽이면 될 걸 가지고── 설마 정에 끌린 거냐?! 저 계집에게!"

"죄송합니다, 죄송합니다, 죄송합니다……."

"시끄러워! 사과하지 마!"

오디론은 사쿠나의 머리카락을 잡아당겼다. 가까운 거리에서 번개 같은 욕설을 쏟아낸다.

"열핵해방 말고는 도움이 안 되는 게 중요한 열핵해방을 안 써서 어쩌려고! 그래서는 네가 이 세상에 존재하는 의미가 없잖아!"

"죄송합니다……. 하지만, 프레테 씨는, 죽었어요. 그 사람은 마핵의 위치를 모르는 것 같아요."

"그럼 아무 의미도 없어!"

바위도 부술 듯한 철권이 사쿠나의 옆구리에 꽂혔다.

거기서 끝나지 않았다. 오디론은 가능한 한 많은 욕설을 입에 담으면서 엎어져 있는 사쿠나를 집요하게 괴롭혔다. 그 광경을 보고 겨우 이해했다——. 칠홍천 오디론 메탈은 뒤집힌 달의 스파이였던 것이다. 그리고 사쿠나를 지옥의 수렁으로 밀어 넣은 원흉임이 분명하다.

속에서 분노가 솟구쳤다.

이런 녀석 때문에 사쿠나는 인생을 망친 것이다.

"듣고 있냐, 사쿠나 메모아! 어서 일어나! 일어나서 저 계집을 죽여!"

"하지 마!"

반사적으로 입이 움직였다. 이성은 소리치고 있다——. 그런 짓을 해봤자 죽고 끝이라고. 하지만 말하지 않을 수 없었다. 사쿠나가 엉망이 되어 가는 걸 묵묵히 지켜볼 수만은 없었다. 그래서 나는 있는 힘껏 용기를 쥐어짜 내 털보 거한을 노려봤다.

오디론이 뒤를 돌아본다. 눈빛에 압도당해 움츠러들 뻔한 것을 참고 나는 소리친다.

"사쿠나에게서 떨어져……! 이제 그 녀석은 뒤집힌 달의 일원이 아니야……!"

"홋." 오디론이 코웃음 쳤다. "——후하하하하하! 재미있는 말을 다 하는군, 건데스블러드 님. 이 사쿠나 메모아가 뒤집힌 달에서 빠져나가? 그럴 리가 있나! 이 계집은 죽을 때까지 우리에게서 벗어날 수 없어! 봐, 이 녀석 배에 새겨진 문장을!"

녀석은 서서히 대검을 뽑더니 눈에도 보이지 않을 만큼 빠르게 참격을 날렸다. 사쿠나의 군복이 찢어지고 그 아래에 입은 속옷도 찢어지면서 흰 피부에 새겨진 뒤집힌 달의 문장이 노출되고 말았다.

오디론이 한 손으로 사쿠나의 팔을 잡아들더니 나에게 과시하듯 웃는다.

"이게 바로 조직에게 복종을 맹세한 증거다!"

"그런 건 아까 봤거든! 여자아이의 옷을 벗기다니 최악이야, 너!"

"시끄러워, 테라코마리 건데스블러드!!" 오디론은 사쿠나의 몸을 바닥에 팽개치며 절규했다. "별 실력도 없는 주제에 말만 잘하는군! 조금 전의 폭발도 마법석이나 폭탄처럼 돈으로 깜찍한 수를 쓴 거겠지! 참 나, 귀족이라는 것들은 제대로 된 게 없다니까! 너 같은 녀석은 좋아할 수가 없어. 이 손으로 당장에라도 죽여주고 싶을 정도로——, 하지만 안 되지. 네놈은 사쿠나 메모아 손에 죽어야 하니까. ——이봐, 사쿠나 메모아! 엎어져 있을 때가 아니야, 사력을 다해 저 계집을 죽여!"

"하지 말라고 하잖아——————!!"

오디론이 다시 사쿠나의 머리카락을 잡아당긴 시점에서 한계가 찾아왔다. 뒷일 따위는 생각할 여유가 없었다. 나는 대책 없이 오디론에게 돌진하고 있었다.

용서할 수 없다. 저 녀석처럼 남을 도구로만 보는 어리석은 녀석이 있으니까 세상은 끝없이 불행해지는 것이다. 그냥 두고 볼 수 없었다.

나는 그대로 주먹을 휘둘러 녀석의 안면을—— 얼굴에는 손이 닿지 않으니까 배쯤을 갈겨 주려고 했다.

그러나 맥없이 팔을 잡혀 저지당했다.

오디론은 히죽 웃으며 나를 내려다봤다.

"슬픈걸. 무력한 자의 헛된 저항만큼 보기 흉한 게 없지."

"하지, 마. 이거 놔……, 놓으라고……!"

팔을 잡은 힘이 서서히 강해진다. 아프다. 아파아파아파아파아파——, 필사적으로 피하려고 발버둥 치지만 헛수고였다. 그 순간 우득, 하고 뼈가 부러지는 소리가 뇌에 메아리쳤다.

팔이 부러졌다. 부서지고 말았다.

뒤늦게 영혼을 흔드는 듯한 격통이 덮쳐들었다. 엄청난 충격에 시야가 새빨갛게 물들었다. 비명을 지를 수조차 없다. 눈물이 왈칵왈칵 흘러 넘친다.

"윽, 으, 아앗."

"너무 약해, 테라코마리 건데스블러드!!"

그는 내 팔을 확 놓았다. 나는 속수무책으로 그 자리에 쓰러졌다.

아프다. 너무 아프다.

안 돼. 아무 생각도 못 하겠어……!

"이만큼 약하다면 사쿠나 메모아의 이능을 쓸 것까지도 없겠군! 좋아, 고문해 주마! 네놈 입에서 직접 마핵의 위치를 끌어내 주지!"

"으윽."

멱살을 잡혀 강제로 일어났다. 눈앞에는 오디론의 귀신 같은 형상이 있었다.

"마핵이 어디 있는지 불어! 그러면 괴롭게 하진 않으마, 단숨에 죽여주지!"

"몰, 라……. 그런 건, 몰라……."

"아직 덜 아픈가 보군!!"

눈앞에서 빛이 번쩍였다. 오디론의 왼쪽 주먹이 내 뺨을 강하게 쳤다. 머릿속을 휘젓는 듯한 둔한 통증. 입안이 찢어져 피 맛이 났다.

"자, 불어! 마핵은 어디 있지! 어떻게 생긴 거냐?!"

온몸을 덮쳐든 통증은 지금껏 맛본 적이 없을 정도로 무시무시했다——. 하지만 이 녀석에게 굴복하는 것만은 자존심이 용납하지 않았다. 이런 흡혈귀 축에도 끼지 못할 악마 같은 녀석에게…… 절대 질 수 없다고, 그렇게 생각했다.

그래서 나는 벌벌 떨리는 입술을 무리하게 움직였다.

"──알 게 뭐야, 그딴 걸! 안다고 해도, 너 같은 바보에 등신 같은 흡혈귀에게는 못 알려줘! 이 멍청아!"

그다음 순간 갑자기 온몸이 바닥에 팽개쳐졌다.

부러진 팔이 내 체중에 짓눌려 폐에서 숨이 새어나갔다. 엄청난 통증에 정신이 아득해질 뻔했다. 하지만 안 된다. 의식을 단단히 붙든다. 오디론이 바로 눈앞에 있다.

"……이 계집이, 나한테 뭐라고 했냐? 바보, 등신? 그렇게 지껄인 거냐, 아앙?!"

사력을 다해 오디론의 얼굴을 노려본다.

그렇게 나는 떠오르는 대로 욕을 있는 힘껏 쏟아부었다.

"등신이라고 했다! 너는 자기 힘으로는 아무것도 못 하는 구제 불능 흡혈귀야! 계속 사쿠나만 의지하고 있잖아! 사쿠나가 없으면 아무것도 못 한다고! 그런 주제에 사쿠나를 저렇게 괴롭히다니! 비열해! 너처럼 비열한 녀석은…… 어차피 뒤집힌 달에서도 출세하지 못하고 묻혀 버릴 게 뻔해! 이 등신아!"

"누가── 등신이라고오오오오오오오오오오오오오오오오오오오오오오오오오오!!"

쿨럭, 숨이 새어나갔다.

배를 밟히고 있었다. 그것도 마력이 담긴 일격이다.

이번에야말로 틀렸다. 통증조차 느껴지지 않는다. 의식이 흐려져 간다. 사고가 분산된다.

흐려지는 시야 한 편에서 오디론이 검을 드는 게 겨우 보였다.

"꼴을 보아 정말 아무것도 모르나 보군. ──이제 됐어, 네놈처럼 무례한 녀석은 살려둘 가치가 없어. 나의 신구《대붕검(大鵬劍)》으로 고통에 찌든 죽음을 주지."

천천히 검이 들어 올려진다.

나는 남 일처럼 그 광경을 올려다보고 있었다.

사쿠나 메모아는 생각한다──, 테라코마리 씨는 정말 약했구나.

프레테가 옳았다. 그녀에게는 대단한 힘이 없었다. 지금까지 전쟁에서 보여준 활약상은 필요 이상으로 각색된 것에 불과하다. 조금 전에 쓴 어마어마한 마법도 프레테나 오디론 말처럼 대량의 폭탄 혹은 마법석을 설치해 두고 폭발시킨 것뿐이겠지.

지금 그녀가 오디론에게 일방적으로 당하기만 하는 걸 보고 확신했다. 사쿠나가 동경해 온 최강의 칠홍천 테라코마리 건데스블러드는 정말로 실력을 날조하고 있었던 것이다──.

하지만.

실망하지는 않았다.

오히려 마음이 떨렸다.

적과의 실력 차이를 알면서도 그녀는 도망치지 않았다. 자기가 용서할 수 없다고 생각한 상대에게는 결사의 각오로 맞섰고, 엉망이 되어서도 마음이 무너지는 기색이 전혀 없었다.

반항할 용기도 못 내고 하라는 대로 순순히 따르던 자신과는 너무나 달랐다.

──당신은 마음이 약한 거야.

밀리센트가 했던 말이 무슨 뜻인지 겨우 알 듯했다.

나도 저렇게 강한 마음을 가지고 있었다면 이런 일을 당하는 일이 없었을까──. 사쿠나는 후회와 비슷한 감정을 느꼈다.

"꼴을 보아 정말 아무것도 모르나 보군. ──이제 됐어. 네놈처럼 무례한 녀석은 살려둘 가치가 없어. 나의 신구《대붕검(大鵬劍)》으로 고통에 찌든 죽음을 주지."

"윽……."

오디론이 신구를 겨누었다.

사쿠나를 위해 저렇게까지 애써준 소녀가 무참히 살해당하려 하고 있다.

그렇게 사쿠나의 마음에 다시 열기가 피어올랐다.

──그래, 아직 늦지 않았다.

할 수 있는 일은 남았다. 어차피 곱게 죽지 못할 몸이다.

자기 운명 정도는 스스로 정하는 게 최소한의 반역이겠지.

사쿠나는 비틀거리며 일어난다.

천천히, 거칠게 호흡하면서 땅을 기듯, 여러 번 중심을 잃고 쓰러질 뻔했으나── 그래도 다시 일어났다.

"……지 마."

적은 모른다. 사쿠나는 죽을 각오로 소리쳤다.

"──하지 마!! 테라코마리 씨에게서, 떨어져!!"

《대붕검》이 멈췄다.

분노를 머금은 그가 사쿠나를 응시했다.

"그 검도 치워! 테라코마리 씨에게 심한 짓 하지 마!!"

"──무슨 소리냐, 사쿠나 메모아."

오디론이 천천히 다가온다.

사쿠나는 비명을 질렀다. 하지만 여기서 무너질 순 없었다. 사쿠나는 품에 숨기고 있던 병을 꺼낸 다음, 손가락을 미끄러뜨려 뚜껑을 열었다.

"나는…… 이제, 널 따르지 않겠어……! 뒤집힌 달 따위…… 빠져나갈 거야!"

"웃기는 소리 좀 그만 지껄여라! 넌 도망칠 곳이 없어! 내 도구로 평생 아득바득 일하면 그만이야!"

"너야말로 웃기지 마! 이제 절대 네 말 따위는 안 들어!"

"이봐, 설마 너──."

필사의 의지가 사쿠나를 움직이고 있었다.

저 사람을 구할 수 있다면 자기 목숨 따위는 아깝지 않다고 생각했다.

그래서 사쿠나는 잠시 주저한 뒤, 독이 든 병을 단숨에 들이켰다.

끈적끈적한 액체가 목구멍을 타고 내려간다. 그 직후, 타는 듯한 열기가 몸속 깊은 곳에서 솟구쳤다. 그건 순수한 마력이나 다름없었다. 사쿠나의 몸에서 발산된 백은의 마력은 사쿠나의 목숨을 불사르며 빛나고 있었다.

쿠웅!! 어마어마한 마력의 파도가 발생했다.

쩌적, 발밑의 바닥에 금이 간다. 막대한 마력을 감당하지 못하고 대지가 쩌적쩌적 비명을 질렀고, 겨우 서 있던 고성의 기둥 잔해가 뚝 부러졌다.

——이 정도면 이길지도 몰라.

"뭐냐, 그 눈은. 날 거스를 셈이냐……!"

"그래! 이건—— 지금까지의 나와의 결별이야."

사쿠나는 땅을 박찼다.

그것만으로도 백은의 몸은 바람처럼 가속했다. 자동적으로 신체 능력이 강화된 것이다.

정신을 차리고 보니 눈앞에 오디론의 경악에 물든 표정이 있었다.

"무슨……."

사쿠나는 힘껏 지팡이를 휘둘렀다.

오디론이 순간적으로 든 대검과 부딪혀 충격음이 울린다. 사쿠나의 지팡이는 그것만으로도 산산조각으로 부서져 버렸다. 평범한 지팡이가 《대붕검》의 경도를 당해내지 못하는 건 당연. 그보다 중시해야 할 것은 사쿠나의 완력이 자기 무기를 파괴할 정도로 증대했다는 점이었다.

오디론이 살기를 담아 발차기를 날렸다. 순간적으로 【장벽】을 전개해 가드한다.

적이 혀를 차며 거리를 둔 것을 기회로 본 사쿠나는 바로 마력을 가다듬어 상급류 빙결 마법【더스트테일의 혜성】을 쏘아냈다. 눈부신 마력을 흩뿌리면서 얼음의 별들이 뒤죽박죽한 궤도로 적을 덮쳐든다.

"건방진──."

《대붕검》이 별을 하나 쳐냈다.

두 번째는 무리였다. 보라색 군복에 꽂히자 오디론의 몸이 비틀했다.

그 틈을 노리고 차례차례 혜성이 착탄해 엄청난 폭발을 일으킨다.

주변을 뒤덮은 모래 먼지.

그 모래 먼지의 장막을 돌파하듯 오디론이 달려들었다.

"도구 주제에── 우쭐하기는! 더는 이용 가치가 없으니까 처분해 주마!"

대검을 거뜬히 들어 올린 오디론은 그대로 사쿠나에게 필살의 일격을 날렸다.

강화된 각력으로 뒤로 점프해 피한다.

오디론은 한 걸음을 내디딘 뒤 힘껏 옆차기를 날렸다.

필사적으로【장벽】을 전개한다.

이어서 따귀를 맞은 듯한 감각에 사로잡힌다.

【장벽】으로 상쇄하지 못한 충격을 온몸으로 받아들인 사쿠나는 피를 토하며 비틀거렸다. 그러나 쓰러지진 않는다. 절대 쓰러져선 안 된다. 눈앞에 있는 남자를 쓰러뜨리기 전까지는──.

"——가엾은 사쿠나 메모아. 얌전히 나를 따랐더라면 처분될 일도 없었을 텐데."

"윽……."

머리에 피가 쏠린다. 몇 번씩 사쿠나를 사지로 보낸 게 어디 사는 누구인데. 먹으면 죽음에 이른다는 약을 강제로 먹게 한 게 어디 사는 누구인데.

"생각해 보니 너는 처음부터 불량품이었어. 정말 노력한 보람이 없어, 알겠냐? 어딜 가나 널려 있는 빈민 일가라지만, 몰살해 버리면 은폐할 때도 고생하거든. 그 고생에 걸맞은 대가를 넌 하지 못했어. 이게 불량품이 아니면 뭐란 말이냐!"

"네가…… 네가……."

"뭘 울고 있어? 이제 와서 가족을 살해했다고 원망하는 거냐? ——흥, 그건 적반하장이지. 너희 가족은 나에게 저항할 만한 힘을 가지지 못했어. 약한 자부터 뿌리 뽑혀 가는 게 자연의 섭리 아니냐!"

"그 이상 지껄이지 마아아————————————!!"

더는 참을 수 없었다.

사쿠나는 마력을 폭발시키며 돌진했다.

오디론이 검을 겨누며 기다린다. 다시 【더스트테일의 혜성】을 발사한다.

하나. 둘. 셋——. 오디론은 능숙하게 검을 다뤄 얼음별을 떨어뜨렸다. 그러나 비약으로 강화된 사쿠나의 마력은 무한했다. 잇달아 발사되는 마법은 끝을 몰랐고, 마침내 별 하나가 오디론

Illustrations copyright © riichu

의 목덜미에 명중해 피가 튀었다.

"이게!"

《대붕검》이 호를 그린다. 사쿠나는 전력을 쥐어짜 내 【장벽】을 발동했다.

새된 소리. 그러나 이번에는 벽이 파괴되는 일은 없었다.

오디론의 손에서 미끄러져 떨어진 《대붕검》이 여름 바람을 타고 날아간다.

"말도 안 돼——."

사쿠나는 품에서 단검을 꺼냈다.

노리는 건 적의 목.

한 방이다. 한 방에 끝내주겠어——.

그러나.

"——어?"

몸이 갑자기 움직이지 않는다. 온몸에서 마력이 빠져나간다.

어마어마한 권태감이다. 이어서 두통, 구토감—— 온몸에 격렬한 통증이 찾아든다.

"윽." 입에서 피가 새어나갔다. 몸속에서 중요한 뭔가가 무너져 내리는 소리가 났다.

사쿠나는 참지 못하고 무릎을 꿇었다.

그걸 보고 히죽 웃는 자가 있었다.

"부작용이 온 것 같군, 이 얼간이——————!"

무시무시한 주먹이 안면에 꽂혔다. 그것만으로도 사쿠나의 몸은 어이없이 날아갔고, 바닥에 핏자국을 남기며 나뒹굴다가 마지막에는 잔해더미에 충돌한다.

통증이 없다. 감각이 이상해졌다.

호흡도 거칠다. 시야도 부옇다.

비약의 효과로 몸이 죽어가는 것이다.

"……나는, 아직, 포기하지 않았어……."

"깨끗이 포기해! 넌 여기서 처분될 운명이야!"

다시 일어서려 하지만 온몸의 근육에서 힘이 빠져서 털퍽 바닥에 엎어졌다.

사쿠나는 오열했다. 테라코마리 씨에게 용기를 얻고 기껏 변했다고 생각했는데——, 지금까지 도구처럼 살아온 삶에서 벗어날 수 있다고 생각했는데. 그 순간에 이렇게 되다니.

사쿠나는 속으로 하늘에 저주를 퍼부었다.

조금 더 목숨을 늘려줘도 되지 않은가.

"흥, 버릴 때가 왔군."

오디론이 내뱉듯이 그렇게 말했다.

버린다. 역시 도구였구나, 난——.

문득 눈을 옆으로 돌린다.

그곳에는 동경하는 코마리가 하늘을 보고 쓰러져 있었다.

"테라코마리, 씨……."

뭐 이렇게 불쌍한 꼴이 되었을까.

사쿠나와 얽히는 바람에 이 사람은 맛보지 않아도 될 고통을 맛보게 됐다. 아직 숨은 쉬고 있다——, 그러나 격통 때문에 기절한 것이겠지. 그녀가 일어날 기색은 조금도 없었다.

이 사람은 정말 강하다. 마음이 강하다.

약에 의지해 겨우 힘을 낸 자신과는 딴판이라고 생각했다. 테라코마리는── 자기가 약하단 걸 알면서도 절대 도망치지 않았다. 어떤 의미에선 무모하고, 나쁘게 말하면 바보 같을 수도 있지만 그렇기에 사람들이 그녀를 따르는 것이리라.

하지만 다 끝났다.

오디론은 가차 없이 사쿠나와 코마리를 죽이겠지.

──여차하면 테라코마리에게 피를 먹여.

문득 누군가의 목소리가 머릿속을 스치고 지나갔다.

그게 대체 무엇을 뜻하는지는 모르겠다.

코마리가 피를 싫어한다는 얘기는 풍문으로 들었는데──.

이제 됐어. 될 대로 되라지.

지푸라기라도 잡고 매달리는 심정이었다.

사쿠나는 마지막 힘을 쥐어짜 내 그녀 쪽으로 손을 뻗었다.

공허한 눈으로 그녀의 옆모습을 바라본다. 그렇게 사쿠나는 힘이 다했다. 뻗은 손이 그녀의 얼굴 위로 떨어진다. 피에 젖은 손가락이 그녀의 입에 닿는다.

죄송해요, 테라코마리 씨──. 그렇게 무한한 죄책감에 시달리던 그때.

그녀가 벌떡 일어났다.

"──────어?"

사쿠나는 경악하며 코마리의 얼굴을 바라봤다. 표정은 공허하다. 아마 의식은 없을 것이다. 대체 그녀에게 무슨 일이 벌어진 걸까──. 희미한 의문이 떠오른다.

코마리는 땅을 기듯이 다가왔다.

깃털처럼 가벼운 체중이 부드럽게 사쿠나를 짓누른다.

어느새 코마리는 사쿠나 위에 올라타고 있었다.

"테라, 코마리, 씨……?"

그녀의 얼굴이 천천히 다가온다.

생기가 없는 눈. 그러나 어딘지 모르게 고혹적인 눈동자다. 사쿠나의 눈은 피에 젖은 그녀의 입술에 고정됐다. 그렇게 사쿠나는 죽음을 영접하면서도 당황했다.

이건. 이건 혹시──.

"부족해, 피가."

그녀의 입에서 이해할 수 없는 말이 나온 순간.

따끔, 작은 통증이 퍼졌다.

그건 오디론에게 받은 고통에 비하면 너무나도 별거 아닌 통증이었지만, 사쿠나의 가치관을 뿌리째 뒤엎을 정도로 엄청난 의미를 가진 통증이기도 했다.

코마리가 사쿠나의 목덜미에 이를 세우고 있다.

피가 흘러넘치는 느낌. 흘러넘친 피를 빨리는 느낌.

"어, 아, 안 돼요……."

흡혈귀의 흡혈 행위는 최상급 친애의 증거. 목덜미의 상처를 핥을 때마다 무지막지한 관능이 온몸을 훑고 지나간다. 사쿠나는 아픈 것마저 잊고 당하고만 있었다. 좋아하는 사람에게 피를 빨리면 이렇게 행복한 기분이 드는 줄 몰랐다——.

온몸의 고양은 갑작스레 끝을 고했다.

푸른 하늘의 구름을 바라보며 참는 사이 행위는 끝나버렸다.

코마리가 사쿠나에게서 떨어졌다. 그녀의 입가에서는 사쿠나의 피가 주르륵 흘러내리고 있다. 그 광경을 보는 사이 어째서인지 사쿠나는 구원받은 기분이었다. 이런 자신의 피를—— 더러워진 살인귀의 피를 빨아주는 사람이 이 세상에도 있는 것이다.

그걸 안 것만으로도 가슴이 벅차오른다.

이제 여한은 없다——.

사쿠나는 만감이 교차하는 것을 느끼며 서서히 의식을 놓으려 했다.

"…………아."

그러나 떠올린다.

아직 사쿠나에게는 수단이 남아 있다.

뒤집힌 달은 용서할 수 없다. 저 오디론에게 한 방 먹여줘야 한다.

코마리가 이렇게까지 몸을 바쳐 노력했다.

여기서 포기하면 그녀에게 실례다.

"열핵해방【아스테리즘의 회전】."

오른쪽 눈이 붉은빛을 뿜는다.

사쿠나는 생명을 불태워 마지막 이능을 발동했다.

★

그때 성채도시 폴의 스크린에 고전장의 광경이 비쳤다. 조금 전에 발생한 대폭발의 여파로 끊긴 원시 마법이 복구된 것이다. 모처럼의 칠홍천 투정인데 이래서는 안 돼! 그런 식으로 초조해진 제국 홍보부 멤버가 여럿 달려들어 마법을 재발동시킨 결과겠지.

그리고 군중이 목격한 것은 놀라운 영상이었다.

고성이 잔해로 변해 있었다. 그건 됐다, 아마 테라코마리 건데스블러드가 날린 마법의 영향이겠지.

주목해야 할 것은 이미 폐허가 된 고성 안에 네 칠홍천이 모여 있다는 것이다.

프레테 마스카렐. 머리가 으깨져 비참하게 죽어 있다.

사쿠나 메모아. 옷이 찢어진 채 피투성이가 되어 바닥 위에 쓰러져 있다.

오디론 메탈. 대검을 들고 상처 없이 서 있다——.

그리고 테라코마리 건데스블러드.

그녀는 잔해 위에 주저앉은 채 고개를 숙이고 있었다. 온몸이 아파 보이는 상처투성이다. 누가 봐도 만신창이였다. 세간에서 어마어마한 인기를 누리는 '최연소 칠홍천'은 베테랑 칠홍천에 의해 숨이 끊어지기 직전까지 밀려난 것이다.

광장의 사람들은 실망의 한숨을 내쉬었다. 코마리에게 돈을 건 사람들도 머리를 싸매며 소리친다.

"의외로군. 오디론이 우승인가." "테라코마리도 별거 아니었네." "아니, 저만한 마법을 썼으니까 대단하지." "하지만 지고 있잖아." "아까 그건 그냥 마법석이라고 하던데?" "뭐, 이제부터 기대해 봐야지." "뭐 하는 거야, 저 녀석 때문에 엄청난 손해를 봤잖아!"

이 자리에는 흡혈귀 이외의 종족이 많다. 그러므로 뮬나이트 국내보다 테라코마리에 대한 평가가 신랄해지기 십상이었다.

그러나── 모두가 흥이 깨졌다는 듯 돌아설 준비를 하기 시작한 그때였다.

"응? 이봐, 저거 봐."

누가 말했다. 덩달아 주변 사람들이 스크린을 주목한다.

테라코마리가 천천히 일어났다.

표정은 없다. 붉은 눈동자가 요염하게 빛나고 있다.

꼭 신화에 등장하는 괴물처럼 끔찍한 기척이다.

그리고 관중은 숨을 집어삼켰다.

그녀의 머리가 새하얗게 변색했다.

"꼭 창옥종 같은데." 누가 중얼거렸다.

그다음 순간, 교외 고전장 쪽에서 폭발적인 마력이 용솟음쳤다. 모두가 비명을 지르며 뒤를 돌아본다. 파랬을 하늘이 새하얗게 물들어 있었다.

"테, 테라코마리가!"

그녀는 붉은 눈동자를 반짝반짝 빛내면서 오디론을 감정 없이 바라보고 있다.

그 작은 입술이 희미하게 움직였다.

[네가, 사과할 때까지, 용서하지 않겠어.]

화면이 새하얗게 물들었다.

그녀가 뿜어내는 방대한 마력에 원시 마법이 방해받아 스크린의 영상이 흐려진다. 제국 홍보부 직원들이 "뭐 하는 거야, 좀 더 마력을 보내!"라고 원시 강화에 힘쓰고 있다.

그 기이한 광경을 바라보며 군중은——.

""""우오오오오오오오오오오오오오오오오오오오오오오——————————?!""""

흥분했다. 더할 나위 없을 정도로.

마침내 테라코마리 건데스블러드가 진지하게 나선 것이다. 게다가 그건 잔재주가 아닌 순수한 힘, 그야말로 칠홍천의 이름에 걸맞은 압도적인 마력이다.

사람들은 열기에 들뜬 것처럼 테라코마리의 이름을 외쳤다.

이미 종족 따위는 무관했다. 모두가 테라코마리의 모습에 매료되어 코마링! 코마링! 코마링!——하고 뮬나이트에서는 상례가 된 코마링 콜을 외치기 시작했다.

그러나 당사자는 열광하는 군중의 존재 따위는 안중에도 없었다.

왜냐하면 그녀의 눈에 비치는 건 죽여야 할 추악한 적의 모습뿐이니까.

오디론 메탈. 단지 그뿐이다.

★

"──역시 【고홍의 애도】에는 다음 스테이지가 있나 보구나."

"뭐, 뭐죠. 저건……! 코마리가, 하얗게……."

새로 들고 온 수정에는 전장의 광경이 비치고 있었다.

코마리가 열핵해방을 발동하는 광경이다.

그러나── 지난번과는 결정적으로 다른 점이 있었다.

희다. 압도적으로 희었다. 코마리의 반짝이는 금발은 갓 내린 눈처럼 차가운 백은으로 변해 갔다. 더 나아가 그녀의 몸에서 나오는 마력은 밀리센트 때처럼 붉은 것이 아니라 숨을 집어삼킬 만큼 아름다운 흰색을 띠고 있었다.

보기만 해도 한기가 느껴지는 듯한 모습이다.

"처음 듣는데요. 코마리의 열핵해방에 저런 힘이 있었다니."

"짐도 확신은 없었으니까. ──하지만 예상할 수 없었던 건 아니야. 코마리의 어머니도 그랬으니까."

"그건 상관없을 것 같은데요."

"열핵해방은 부모에게서 자식에게 계승되는 건 아니야. 그러나 '정신의 형질'이 비슷하다면 자연스레 열핵해방의 특성도 비슷해지겠지."

"정신의 형질……."

유린 건데스블러드.

과거 세계 평화를 꿈꾸며 싸우고 사라진 최강의 칠홍천.

"그럼 【고홍의 애도】는."

"유린과 비슷하군. 피를 빤 상대의 종족에 따라 이능의 질이 바뀌는 거겠지. ──즉 저 아이의 열핵해방은, 진정한 의미에서 여섯 나라를 평정하기 위한 힘인 거야."

아르만은 씁쓸함을 느꼈다.

이 여자는 코마리를 말로는 사랑한다고 하지만, 실제로는 쓸데없는 생각을 하고 있는 게 분명하다. 마치 유린이 이루지 못한 패업을 코마리가 이어받게 하려는 듯한──. 유린과 같은 운명을 가게 하려고 하는 듯한 느낌이다. 만약 정말 그렇다면 이 황제는 정말 구제할 길이 없을 정도로 사악하다.

"──뭐, 그건 그렇다 치고 겨우 흑막의 정체를 알았군."

"으, 맞아! 메탈 장군이, 왜──!"

"저 녀석은 처음부터 뒤집힌 달이었겠지. 정말 배은망덕한 녀석이야. 같은 칠홍천이던 시절에 여러 번 밥을 사줬는데…….하지만 뭐, 반쯤은 예상한 대로 됐군."

"무슨 뜻인가요. 설마 메탈 장군의 정체를 알아채고 계셨다고요?"

"예감은 했다, 정도야. 저 녀석의 행동에는 옛날부터 수상한 점이 있었거든, 그리고 그걸 확인하기 위한 자리가 칠홍천 투쟁이지. ──아니, 애초에 이 행사를 제안한 게 오디론인 시점에서 거의 확신했지만."

"무슨 소린지 모르겠는데요."

"놈들은 사쿠나에게 칠홍천을 죽이게 했어. 그래서 짐은 그걸 위한 무대를 준비해 줬지. 오디론이 정말 흑막이라면 이 절호의 기회에 가만있을 리 없으니까. 그리고—— 모습을 드러낸 이상 끝이야. 반드시 코마리 손에 죽게 되겠지."

"…………."

아르만은 완전히 입을 다물고야 말았다.

황제는 반쯤 도취한 듯 조용히 중얼거렸다.

"자. 다시 보여다오, 코마리. 너라면 세상을 뒤엎을 수도 있겠지."

★

오디론 메탈은 당황하고 있었다.

테라코마리 건데스블러드가 죽지도 않고 일어난 것이다. 게다가 상대하는 사람이 얼어붙을 정도로 절망적인 마력을 띠면서. 꼭 다른 사람 같았다.

오디론은 신구《대붕검》을 든다.

저건 틀림없이 열핵해방이다. 저 계집의 눈이 붉게 빛나는 걸 보면 틀림없다. 설마 테라코마리 건데스블러드에게 이런 힘이 있을 줄은 몰랐지만—— 문제 될 건 없다. 원체 빈약하므로 대단한 건 아니겠지.

"네놈…… 엄청난 비장의 수단을 가지고 있었나 본데."

테라코마리는 대답하지 않는다. 옆에 쓰러져 있는 사쿠나 메모아를 내려다보고 있다.

새하얀 머리카락을 나부끼는 흡혈 공주는 부러졌을 팔을 살며시 사쿠나에게로 뻗었다. 그녀의 등에는 마법진이 떠올라 있다. 오디론은 모르는 마법이었다.

다음 순간, 쨍그랑! 하고 뭐가 깨지는 소리가 났다.

오디론은 경악했다. 사쿠나의 복부에 있는 문장이—— 그녀를 뒤집힌 달에 묶어두는 족쇄가—— 흔적도 없이 사라진 것이다.

"계약 파기라고?! 말도 안 돼."

저 계약 마법 자체에 큰 의미는 없다. 그러나 저건 뒤집힌 달의 상층부 '삭월'의 인간이 만든 것으로 웬만한 마법으로는 깰 수 없을 터다. 그런데—— 저 계집은 영창도 없이 꼭 '거슬리니까' 하는 식으로 아무렇지 않게, 너무나도 쉽게 깨버린 것이다.

말도 안 되는 일이었다. 그러나 더욱더 있을 수 없는 일이 벌어졌다.

사쿠나 메모아의 상처가 금세 회복된 것이다.

오디론은 눈을 크게 떴다. 얻어맞은 상처가 회복되는 것까지는 이해한다. 그러나 그녀의 안색까지 회복된다는 것은——, 즉 신구로 만든 코르네리우스의 비약의 부작용까지도 사라져 가는 것은 대체 무슨 원리일까.

"설마…… 마핵에 의존하지 않는 마력, 인가……?"

뭐가 뭔지 모르겠다. 그런 것이 존재한다고는 믿기 어려웠다.

사쿠나의 치료를 마친 코마리는 경쾌한 동작으로 오디론을 돌아봤다.

알아듣기 힘든 말이 쏟아졌다.

"사쿠나에게 사과해."

"……뭐?"

"사과해. 사쿠나에게."

말뜻을 이해한 순간, 오디론은 뭐라고 형용할 수 없는 분노가 솟구치는 걸 느꼈다. 무표정한 테라코마리에게 검을 들이대며 맹렬한 기세로 지껄였다.

"왜 이 내가 도구에게 사과해야 하는 거지! 네놈은 연필을 깎을 때 굳이 굽실굽실하냐?! 아니잖아!! 그 계집은 뒤집힌 달에 충성을 맹세한 충실한 종이야!! 소유자가 마음대로 쓰겠다는 게 무슨 잘못————."

테라코마리가 한 걸음 다가왔다.

그것만으로도 적과의 거리는 단숨에 좁아졌다. 눈앞에 너무나도 약해 보이는 주먹이 다가온다——, 그러나 오디론은 본능적으로 위험을 감지하고 《대붕검》의 칼날로 받아냈다.

받아낸 순간, 오디론의 몸은 충격에 밀려 종잇장처럼 날아갔다.

"컥, 우오오오오오오오오오?!"

뒤에 있는 기둥을 두 개 정도 파괴하고 나서 벽에 박힌다. 어찌어찌 살았다는 것에 안도한 것도 잠시, 시선 끝에 테라코마리가 없다는 걸 알아차린 오디론의 등에 식은땀이 흘렀다.

"윽, 어디 간 거냐! 테라코마리 건데스블러드!!"

"여기야."

바로 옆에서 목소리가 들려 오싹했다. 녀석은 오디론의 통나무 같은 팔을 잡고 있었다. 잡고 있다── 라고 해도 그녀의 작은 손으로는 잡을 수조차 없어서 단순히 '손가락을 얹은' 정도였지만.

엄청난 힘으로 짓누르는 듯한 격통을 느꼈다.

오디론은 무심코 굵직한 비명을 질렀다. 갑자기 맹렬한 냉기가 뿜어져 나왔다. 혼마저 얼려버릴 만큼 엄청난 한기가 온몸을 덮쳐든다. 그녀의 가느다란 손가락이 닿은 부분부터 기어 올라오듯 오디론의 팔이 얼어붙는다.

힘껏 뿌리치려고 했지만 허사였다. 얼어 버려서 움직이지 않는다.

우직, 팔이 부러졌다. 부러지기만 한 게 아니라 언 채로 파괴되어 터져 나온 피조차도 순식간에 붉은 고드름으로 변모했다.

"큭, 아아아아아아아아아! 이 계집이이이이이이이잇!!"

오디론은 격앙하면서 왼손으로《대붕검》을 들었다. 녀석은 움직이는 기색조차 없었다. 승리를 확신한 오디론은 그대로 대검을 그녀의 정수리 쪽으로 휘둘렀고──.

까앙! 금속을 두드리는 듯한 충격이 전해졌다.

"뭐, 라고……?"

《대붕검》은 확실히 테라코마리의 머리에 꽂혔다.

그러나 그뿐이었다. 그녀의 머리카락조차 잘라내지 못했다.

너무나도 단단하다. 꼭 강철처럼──.

그녀의 손가락이《대붕검》위에 얹혔다. 힘을 싣는 느낌이 난다.

그것만으로도 오디론이 오랫동안 애용해 온 신구는 새하얗게 얼어붙었고, 곧 쿠키처럼 산산이 조각나 버렸다.

그렇게 해서 겨우 오디론은 자기가 열세임을 깨달았다.

내뱉는 숨이 희다. 주변의 온도가 영하까지 내려갔다.

——말도 안 돼. 말도 안 돼, 말도 안 돼, 말도 안 돼——. 뒤집힌 달의 차기 '삭월' 최유력 후보로 손꼽히는 이 내가, 이런 별거 아닌 계집에게 압도당하다니……!

마력의 기색이 느껴졌다. 오디론은 필사적으로 그 자리에서 도망쳤다.

다음 순간, 테라코마리 주변에서 고속으로 얼음 탄환이 난사됐다.

하급 빙결 마법【고드름】. 그러나 그 질량, 속도, 파괴력은 '하급'이라고 부르기가 꺼려질 만큼 절망적이었고, 고성 바닥을 파낸 뒤 오디론의 옆구리를 도려내며 모든 것을 파괴할 듯한 기세로 맹렬히 날아들었다.

지옥 같은 마법 난사를 필사적으로 피하는데 갑자기 테라코마리의 마력이 수습되는 게 느껴졌다. 그녀의 뒤에는 거대한 마법진이 있다. 누가 봐도 끝장을 내려는 것이다.

"빌어먹으으으으으으으으으으으으으으으으으으을!"

오디론도 질세라 화염 마법으로 응했지만, 불꽃은 그녀에게 다다르기도 전에 촛불이 꺼지듯 사라져 버렸다. 너무 추워서 마법이 의미를 갖지 못했다.

"——얼어붙어라."

테라코마리의 마법진이 완성되어 있었다.

어마어마한 냉기를 띤 빛 덩어리가 오디론에게 발사되었다.

오디론은 필사적으로 피하려고 했지만── 불가능했다.

오른발이 얼어붙어 바닥에 고정되어 있다.

이미 피하는 것은 불가능했다.

"큭, 여, 여기까지인가……!"

오디론은 자신이 패배했음을 직감했다. ──아니, 이건 패배가 아니다. 죽지만 않으면 아직 기회는 남아 있다──. 그렇게 생각을 고친 오디론은 군복 안주머니에서 마법석을 꺼냈다. 【전이】를 봉인해둔 것이다. 만약에 대비해 준비해 뒀다.

"언젠가 반드시 죽여주마, 테라코마리 건데스블러드! 오늘은 일단 물러나겠지만 말이지!"

아무런 주저도 없이 마법석을 발동했다.

털보 흡혈귀의 모습이 고성에서 사라졌다.

그 직후, 표적을 잃은 테라코마리의 마법이 고성 벽을 뚫고 백은색 하늘 너머로 사라졌다.

★

세계 남방 겔라 알카 공화국의 모처, 밀림 지대.

겨우 살아서 도망친 오디론 메탈은 숲속에 적막하게 서 있는 원형 건물로 들어갔다.

뒤집힌 달의 비밀 아지트 중 하나인 겔라 알카 방면 지부이다.

잘려 나간 팔의 상처를 누르면서 어두컴컴한 복도를 지나는데

지부장의 귀환을 감지한 부하들이 황급히 달려왔다.

"메, 메탈 님! 그 팔은 어떻게 된 건가요!" "어서 치료를!" "아니, 뮬나이트로 돌아가면 마핵으로 금방⋯⋯."

"──바보 같으니! 마핵에 의지하는 건 뒤집힌 달 실격이야!"

오디론은 그렇게 중얼거린 부하를 때린 뒤, 근처에 있던 적당한 의자에 앉아 호통쳤다.

"이봐, 광석을 가져와! 지금 당장!"

"아, 알겠습니다!" 부하들은 겁먹은 듯 달려간다. 곧 그들은 빛의 속도로 돌아왔고, 한 사람씩 통신용 광석을 오디론에게 건넸다.

"받아주십시오!"

"하나면 돼, 바보들아!"

왼손으로 전원을 후려갈긴다. 맞은 부하들은 힉힉거리면서 바닥을 기고 있었다. 모두가 상사를 두려워하는 눈으로 바라보며 떨고 있다.

오디론은 혀를 차고 싶은 심정이었다.

이 아지트에는 사쿠나 메모아를 제외하면 부하가 53명이나 있다. 그들 모두 오디론의 소유물, 즉 도구이지만 쓸 만한 건 거의 없다. 왜 자기 주변에는 무능력한 것들뿐일까. 왜, 왜──.

분노를 느끼면서도 바닥에 떨어진 통신용 광석을 주워 들고 남은 마력을 다 쏟아부어 통신 경로를 확립한다. 그러나 상대는 좀처럼 답이 없었다.

"오디론 님. 테라코마리 건데스블러드는 어떡할까요?"

부하 중 하나가 머뭇거리며 말한다. 부지부장인 남자였다. 오디론이 가진 도구 중에서는 그나마 나은 부류, 그러나 이 시점에서 '어떡하죠'라고 묻는 시점에서 불량품이 되어 마땅하다. 오디론은 소리쳤다.

"어떡할까요가 아니지! 반드시 죽여야 해!"

발차기를 날리자 무능한 도구는 조용히 비명을 지르며 그 자리에 쓰러졌다.

오디론은 다리를 떨면서 통신용 광석의 반응을 기다린다.

"젠장……. 테라코마리 건데스블러드 녀석……!"

그 계집 때문에 모든 걸 망쳤다. 뮬나이트의 마핵의 정체를 밝히고 파괴했더라면, 오디론 메탈은 '삭월'로 승진할 수 있을 터였다. 용서할 수 없다. 기필코 용서하지 않을 것이다. 언젠가 그 계집에게는 상상을 초월하는 절망을 맛보게 해줘야 한다———.

문득 한기 같은 것을 느꼈다.

기분 탓인가———? 그렇게 생각한 직후, 광석 너머에서 응답하는 기척이 났다.

오디론은 물어뜯을 기세로 소리쳤다.

"이봐, 아마츠! 계획은 실패야! 테라코마리 건데스블러드 때문에……!"

[알아. 그 영상은 전 세계에 생중계되고 있었거든.]

"그럼 더 얘기할 것 없겠군! 지금 당장이라도 그 녀석을 죽일 계획을……."

[잘도 날뛰었군, 오디론 메탈.]

통신 상대——. 오디론의 동기이자 오디론보다 일찍 '삭월'이
된 화혼종 아마츠 카쿠메이는 진심으로 실망했다는 듯 그렇게
말했다.

[그런 곳에서 뒤집힌 달의 이름을 대다니 제정신이 아니야. 우
리를 세계에 선전한 거나 다름없잖아.]

"그, 그런 건 아무래도 상관없잖아! 얼른 다음 작전을 짜야
만——."

[없어. 그럴 필요는 없어. 너는 실패했어. 사쿠나 메모아는 뒤
집힌 달에 유익한 열핵해방을 가지고 있었어. 그런데 너는 그
녀석의 마음을 사로잡지 못했지——. 육체만 옭아매고, 정신을
회유하진 못한 거야. 너는 그 녀석을 잘 챙겨줘야 했다고.]

오디론은 말문이 막혔다. 아마츠는 가차 없이 몰아붙인다.

[그리고 무엇보다 【아스테리즘의 회전】을 썼음에도 너는 뮬나
이트의 마핵에 대해 알아내지 못했어. 이건 너무 큰걸. ——크
크크, 아가씨께서 실망하셨다고?]

"뭣……. 하, 하지만! 다음에야말로 반드시 마핵을 파괴하겠
어! 그러니까 아무 문제 없다고!"

광석 너머에서 의미심장하게 웃는 기색이 났다.

[흥. '다음'이 있다고 생각하는 뻔뻔함이 대단한걸. 만일 아직
기회가 있더라도 어떡하게? 같은 방법은 못 써. 네 정체는 전
세계에 알려져 버렸다고.]

"생각할 거야. 생각해 본다고……."

오디론은 이를 갈면서 생각에 잠긴다.

마핵의 정체를 확실히 아는 것은 황제다. 하지만 황제를 죽이는 건 쉬운 일이 아니다. 그렇다면 사쿠나 메모아 때처럼 인질을 잡는 게 어떨까? 그 뇌제는 테라코마리 건데스블러드를 눈에 넣어도 아프지 않을 정도로 아끼고 있다. 테라코마리 건데스블러드를 납치하면 그만이다. ⋯⋯아니. 과연 그게 가능할까. 그 상상을 초월하는 열핵해방을 쓰는 계집에게――.

"오디론 님."

누군가 이름을 불렀다.

그러나 그럴 여유가 없었기에 오디론은 다시 생각의 바다에 잠겼다.

그래. 그 열핵해방에는 발동 조건이 있는 게 분명하다. 그 조건만 찾으면 발동시키는 일 없이 인질로 삼을 수 있을지도 모른다――.

"오디론 님."

다시 이름을 부른다.

이번에는 가만있을 수 없었다.

"에잇, 무슨 일이야! 얼른 다시 일하러―――."

뒤를 돌아본 순간, 복부에 타는 듯한 충격이 퍼졌다.

오디론은 얼굴을 찡그리며 시선을 내린다.

복부에 나이프가 꽂혀 있었다.

뭐――? 소리가 새어나갔다.

나이프 자루를 쥔 것은 조금 전 오디론이 때린 부지부장이다.

영문을 모르겠다. 머지않아 온몸을 덮친 것은 살을 도려내는 강렬한 통증. 오디론은 절규하면서 자신의 도구를 노려봤다.

"네, 네놈이이이이이이이이이. 뭐 하는 거냐!"

"나는, 네 도구가 아니야."

남자의 얼굴에는 표정이랄 것이 일절 없었다.

가만히 이쪽을 응시한 채 감정 없이 나이프를 빙빙 돌려 내장을 휘젓는다.

참다못한 오디론은 거의 반사적으로 팔을 휘둘렀다. 강렬한 주먹이 부지부장의 안면에 박혔고, 너무나도 쉽게 날아간 몸이 벽에 힘껏 부딪힌다.

"뭐, 야. 네놈——!"

오디론은 나이프를 뽑아내면서 신음한다. 피가 뚝뚝 떨어져 바닥을 더럽힌다.

——부지부장이 배신했나? 도구 주제에? 그런 바보 같은 일이.

[어떻게 된 거야, 오디론. 시끄러운데.]

"아, 아무것도 아니야!"

오디론은 통신용 광석을 군복 주머니에 넣고는 자리를 떴다.

이 남자를 어떻게 하지. 지금까지 아주 잘해줬는데——, 은혜를 느껴야 할 주인에게 이런 짓을 하다니. 변명 따위는 들을 필요도 없다. 불량품은 처분해야만 한다.

[크크크. 조심해. 그 녀석뿐만이 아니거든.]

살기를 느꼈다.

어느새 부하들이 몰려와 있다.

이놈이고 저놈이고 무표정하다. 공허한 눈으로 오디론을 노려보고 있다.

아무리 칠홍천 대장군이라도 섬뜩함을 느낄 수밖에 없었다.

"이것들이! 하고 싶은 말이 있으면 똑똑히 말해!"

"나는, 네 도구가 아니야."

하나가 나이프를 들고 달리기 시작했다. 그걸 시작으로 눈사태처럼 부하들이 몰려든다. 그중에는 마법을 영창하며 공격하는 사람까지 있다.

평소 같으면 팔 하나로 저지했겠지만 지금은 그것도 뜻대로 되지 않는다.

자기가 불리하다는 걸 깨달은 오디론은 순간적으로 몸을 날려 방을 뛰쳐나갔다.

그러나 복도 안쪽에서 더 많은 부하들이 몰려든다.

"나는 네 도구가 아니야." "나는 네 도구가 아니야." "나는 네 도구가 아니야."——.

"굼벵이들이, 이 나를 배신하겠다고!"

날아온 화염 마법을 직전에 피한다. 레이피어를 들고 도약하는 남자를 주먹으로 때린다.

그러나 뒤에서 오는 나이프는 막지 못했고, 등으로 엄청난 충격을 느낀 오디론은 그 자리에 쓰러지고야 말았다.

"대체, 어떻게 된 거야——. 이……!"

"나는 네 도구가 아니야."

"시끄러워! 도구 주제에!"

마력을 가다듬고 상급 화염 마법【폭진염(爆眞炎)】을 발동한다.

오디론의 몸에서 나온 열풍이 무시무시한 기세로 아지트 안을 훑었고, 주변에 있던 부하들의 몸이 그야말로 도구처럼 날아갔다.

　　녀석들은 비명조차 지르지 않았다.

　　불덩이가 되면서도 몸부림 한 번 치지 않고 복도에 쓰러져 있다.

　　이상하다고 볼 수밖에 없었다.

　　"하아, 하아……. 제길, 마력이……."

　　"나는, 도구가, 아니——."

　　"닥쳐, 벌레 같은 놈!"

　　끈질기게 되뇌는 부하의 머리를 짓밟았다.

　　상황을 이해할 수 없다. 이 녀석들이 배신한 건가? 아니, 그건 말이 안 된다. 배신이라면 배신하는 대로 감정이라는 걸 드러낼 것이다. 이 녀석들은 무서울 정도로 무표정하다. 꼭 누군가에게 조종당하는 것처럼——.

　　문득 깨닫는다.

　　시체가 종잇조각 같은 것을 쥐고 있다.

　　상처의 통증에 얼굴을 찡그리면서 몸을 웅크린 그는 주먹을 비틀어 그것을 빼앗았다.

　　역시 종잇조각이었다. 그곳에는 서툰 글씨로 이렇게 적혀 있었다.

　　[꼴좋다.]

머리가 새하얘졌다.

이런 일이 가능한 건 한 사람뿐이다. 그 녀석이다. 그 녀석이
한 것이다……!

그때 귀가 멀 것처럼 엄청나게 큰 웃음소리가 울려 퍼졌다.

오디론은 놀라서 소리가 난 쪽을 돌아봤다. 그곳에는 여자가
있었다. 오디론의 부하다. 그녀는 동물처럼 괴성을 내면서 자기
손가락에서 떨어진 피로 벽에 섬뜩한 글자를 쓰고 있다. 자세히
보니 여기저기에 피로 쓴 글자가 있었다.

오디론은 분노에 떨면서 주변을 둘러본다.

그건, 바로 그 소녀의 메시지였다.

[내 가족을 죽인 건 너야.]

[절대 용서 못 해.]

[아무도 널 신뢰하지 않아.]

[나도 네 뜻대로는 안 해.]

[뒤집힌 달 따윈 사라져 버리라지.]

[너희가 있어서 세상이 불행해지는 거야.]

[사람들에게 지독한 짓을 하는 녀석은 죽어버리라지!!]

"사쿠나 메모아아아아아———————!!"

오디론의 외침에 호응하듯 부하들이 몰려들었다.

이 아지트에는 53명이나 배신자가 있다.

사방팔방에서 날아드는 무감각한 공격을 피하고 받아치고 때로는 맞고 때로는 반격하면서 오디론은 견디기 힘든 굴욕에 몸이 뜨겁게 달아오르는 걸 자각했다.

　그 계집은—— 그 계집은.

　순종하는 척하면서 뒤에서는 남몰래 이를 갈고 있었던 것이다……!

　[우습군, 오디론.]

　"아마츠! 네놈은 알고 있었냐!"

　부하의 안면을 때리면서 오디론은 절규한다.

　[알고 있었고말고. 이 내가 모를 리가 있나. ——사쿠나 메모아는 정기적으로 겔라 알카 지부로 귀환해서 하나씩 세뇌해 갔거든. 전류종 이외에는 거기서 죽이면 되살아나지 않으니까 굳이 기절시켜서 핵 영역으로 데려간 다음 처리했지.]

　"알고 있었다면—— 왜 알려주지 않은 거냐!"

　[부하의 반항도 몰라서야, 삭월의 그릇은 아니구나.]

　오디론은 이를 악물었다.

　옆에서 덤벼든 피투성이 남자를 발차기로 날려 버린다.

　아마츠는 재미있다는 음색으로 말을 잇는다.

　[너는 사쿠나 메모아를 단순히 심약한 계집으로 본 것 같은데 그건 큰 실수야. 이런 일이 가능하기에, 그 녀석은 열핵해방을 가진 거라고.]

　"무슨 소리인지……! 이런 하찮은 반역이 무슨 의미가 있다고! 내가 부상만 안 당했다면, 고작 50명 정도에게 습격당하는 건 아무 일도 아닌데……!"

[그 녀석도 반쯤 포기하고 있었겠지. 하지만── 소용없다고
생각해도, 그래도 꾸준히 쌓아 올려 왔기에 지금이 있는 거야.
실제로 너, 죽을 것 같은데?]

"윽……! 이건 테라코마리 건데스블러드 때문에……."

[변명은 꼴사나워. ──사쿠나 메모아는 처음부터 뒤집힌 달
에 반감을 품고 있었어. 너는 소녀 하나의 사상도 교정하지 못
했어. 그게 다야.]

더는 아마츠의 말 따위는 듣고 싶지 않았다.

오디론은 맹렬한 기세로 한때 부하였던 자들을 베어 나갔다.

만신창이가 된 칠홍천 대장군은 그저 추하게 움직였고, 툭하
면 적의 공격을 받아 피를 튀겼지만 그래도 증오의 감정 하나로
오로지 싸웠다.

아무리 미워해도 끝이 없다. 그 계집의 몸을 지금 당장 갈기갈
기 찢어버리고 싶다──.

그리고 잠시 후, 서 있는 사람은 오디론 하나밖에 남지 않았다.

주변에는 시체가 산더미처럼 쌓여 있다. 이로써 반역자 53명
은 전멸했을 것이다.

"제길……. 제길, 제길, 제길제길제길제길……!"

오디론은 어깨를 들썩이며 저주를 퍼부었다.

지금까지 쌓아온 모든 게 와르르 무너져 내리는 걸 느꼈다.

이만한 실태를 저지른 흡혈귀에게 기회는 두 번 다시 오지 않
겠지.

조직에서 자객을 보낼 것이고 나는 벌레처럼 살해당하고야 말 것이다——.

——오디론! 당신은 오늘부터 내 거야! 신을 죽여서 여섯 나라를 평화롭게 할 수 있게 도와!

과거 '신을 죽이는 사악'은 오디론에게 손을 뻗었다.

제도 하급구에서 태어나 바보 같은 귀족의 변덕으로 가족을 잃고 핵 영역의 황야에서 생사의 경계를 헤매었다. 그런 그를, 그 소녀가 구해주었다.

무슨 일이 있어도 그녀의 꿈을 들어주고 싶었다.

하지만 이제 그럴 기회가 없다.

아가씨는 태양처럼 자비롭지만 달처럼 냉혹하니까.

오디론은 떨면서 머리를 굴린다.

일이 왜 이렇게 된 거지?

뻔하다.

사쿠나 메모아와 테라코마리 건데스블러드.

그 녀석들 때문이다.

그 녀석들만 없었다면——.

쿡.

등을 찔렸다.

오디론은 무의식중에 뒤를 돌아본다.

뒤를 돌아본 순간 그만 비명을 지를 뻔했다.

거기 서 있는 것은 은색 마력을 띤 백발의 소녀다.

테라코마리 건데스블러드다.

다음 순간, 오디론의 열풍마저 얼어붙을 만큼 엄청난 냉기가 아지트를 훑고 지나갔다.

경악한 나머지 말도 나오지 않는다. 어떻게 여기, 대체 어떻게—— 그러나 그렇게 묻기 전에 그녀의 부드러운 손이 오디론의 목을 힘껏 조였다.

"으억?! 네, 네놈…… 뭘."

"사과해."

테라코마리는 뼈를 부러뜨릴 듯한 괴력으로 오디론의 굵은 목을 잡는다.

오디론을 주변을 둘러봤다. 부하들의 시체는 어마어마한 냉기에 얼어붙어 있었다.

"사쿠나에게, 사과해."

"큭——."

사과는 무슨. 웃기고 있어. 이런 빌어먹게 건방진 계집은 당장에라도 죽여버려야 한다. 한 방 날려주지——, 안 돼. 팔에 힘이 안 들어간다. 그렇다면 마법으로—— 이것도 안 된다. 마력은 조금 전의 싸움 때문에 바닥났다. 웃기지도 않는다. 웃기지도 않는다. 웃기지도 않는다——.

"이, 이."

화가 치밀어서 참을 수가 없었다.

오디론은 넋을 잃고 절규했다.

"──누가, 사과한다고! 그딴 우둔한 계집은 실컷 이용당하다 죽는 게 어울릿."

손가락에 힘이 들어가면서 마침내 숨이 멈췄다.

눈알이 튀어나올 듯한 표정을 지으며 오디론은 서서히 의식을 놓았다.

이렇게 해서 남자의 야망은 허무하게 끝나고야 말았다.

거구를 지탱하는 힘이 사라져 그대로 바닥으로 쓰러진다.

팔에서 흘러나온 혈액이 바닥에 새빨간 얼굴을 만들어 간다.

새빨간 얼룩은 어마어마한 냉기에 뒤덮여 즉시 얼어붙는다.

오디론의 피가, 자연스레 멎는다.

"…………."

쉽게 적을 처리한 테라코마리는 그대로 감정 없이 거구의 남자를 바라보고 있었다. 갑자기 바닥에 떨어져 있던 통신용 마광석에서 목소리가 나왔다. 오디론의 마력이 남아 있었던 것이다.

[오, 미스 건데스블러드. 거기 있지?]

코마리는 답하지 않는다. 남자는 아랑곳 않고 말을 이었다.

[지난번에는 우리 밀리센트가 신세를 졌는데. 덕분에 정성 들여 키운 병사를 하나 잃었어.]

"…………."

[그런데 네 열핵해방은 어떤 구조야? 겉만 봐서는 이성을 잃은 것 같아도 실은 그렇지 않은 느낌인데. 우리 아가씨가 신경 쓰여서 못 참겠다는 모양이야.]

우득! 통신용 마광석을 부숴버렸다.

주변에 정적이 찾아든다.

그러나 곧바로 소란스러운 소리가 가까워졌다. 멀리서 뒤집힌 달의 남자들이 혈색이 달라져선 달려온다.

코마리로서는 아무래도 상관없는 일이지만, 겔라 알카 지부의 소동을 듣고 다른 지부에서 【전이】해 온 뒤집힌 달의 구성원들이었다.

"찾았다!" "죽여라!" "직접 봐보실까, 그 열핵해방을!"

적의 모습을 인식한 코마리의 몸이 둥실 떠오른다.

농밀한 마력이 회전하기 시작한다. 코마리 뒤에는 거대한 마법진이 떠올라 있었다.

남자들은 다가오는 죽음의 기척을 감치하고 벌벌 떨며 즉시 걸음을 멈추었다.

그러나 코마리는 봐주지 않았다.

"죽어라."

그렇게 해서 세계를 파멸로 이끄는 섬광이 폭발했다.

뒤집힌 달의 아지트는 괴멸했다.

제8회 칠홍천 투쟁 결과 발표

　　※홍옥이 파괴되었으므로 포인트로 순위를 정한다.

우승자 테라코마리 건데스블러드············ 획득 포인트 511

제2위 사쿠나 메모아························· 획득 포인트 68

제3위 헬데우스 헤븐························· 획득 포인트 32

제4위 프레테 마스카렐····················· 획득 포인트 12

제5위 델피네······························ 획득 포인트 0

실격 오디론 메탈

육국 신문 7월 2일 조간.

[칠홍천 투쟁에서 큰 소란]

【제도―― 메르카 티아노】뮬나이트 제국 칠홍천에 의한 일대 행사 '칠홍천 투쟁'이 1일 핵 영역 메트리오주에서 개최되었다. 결과는 이하와 같다(표1 참조). 투쟁 초반부터 테라코마리 건데스블러드 대장군의 폭발 마법이 고성을 부수며 관객을 크게 흥분케 했다. ……(중략)…… 투쟁 종반, 오디론 메탈 대장군은 자신이 '뒤집힌 달의 구성원이다'라고 선언. 건데스블러드 대장군

은 대장군을 포박하기 위해 분골쇄신하여 분투했다. ……(중략)
……패색이 짙다고 판단해 도주하는 메탈 대장군을 빛의 속도
로 추적한 건데스블러드 대장군은 겔라 알카 공화국의 델리스
톨주에 있는 뒤집힌 달의 아지트를 특정. 바로 황급 빙결 마법
【영년빙하(永年氷河)】로 반경 1km를 얼려버렸다. 이에 겔라 알카
공화국의 매드할트 수상은 '아무리 테러리스트 섬멸 때문이라지
만 영토 일부를 얼린 것은 간과할 수 없다. 뮬나이트 제국이 상
응하는 책임을 져야 한다'라고 유감의 뜻을 표명. 최근 뮬나이트
와 겔라 알카 간의 긴장이 고조되고 있어 이 사건이 양국의 관
계에 파멸적인 균열을 가져오지 않을까 불안해하는 목소리도
있다.]

※

"다녀올게, 코마리 언니————. 아니, 테라코마리 씨."

7월 3일.

사쿠나 메모아는 자기 방에 늘어서 있는 등신대 코마리 인형
에게 인사하고 배낭을 짊어진 채 밖으로 나왔다. 딱히 어디 멀
리 가는 게 아니다. 이제부터 병원에 입원해 있는 코마리를 병
문안하러 갈 것이다.

바깥 날씨는 맑다. 여름의 빛에 시냇물이 반짝반짝 빛나고
있다.

그러나 사쿠나의 마음은 전혀 맑지 않았다.

그날, 그 장렬한 싸움이 있었던 날 사쿠나는 죽었을 것이다. 그런데 깨어 보니 어째서인지 온몸의 상처가 나아 있었고 비약의 부작용도 사라진 데다. 그것도 모자라 뒤집힌 달과의 계약 마법까지 깨져 있었다.

기적이 일어났다──. 잠깐 그렇게 생각했지만 아무래도 아닌가 보다.

듣기로는 이건 테라코마리 건데스블러드 덕이라나. 그녀는 역사상 유례를 찾아볼 수 없을 만큼 강력한 열핵해방을 가졌으며 (본인은 아무 자각이 없는 것 같지만), 그 힘으로 사쿠나에게 붙어 있던 저주를 부숴버렸다고 한다.

사쿠나는 왠지 모르게 기억한다.

흰 마력. 다정한 공기. 언니가 곁에 있어 준 듯한 느낌이었다.

──그건 테라코마리 씨였겠지.

어쨌든 또 그 사람에게 도움을 받고 말았다…….

제도의 거리를 걸으면서 사쿠나는 크게 한숨을 내쉰다.

지금부터 사쿠나는 평생에 걸쳐 사죄해야만 한다. 뒤집힌 달의 일원으로서 저지른 악행은 물론이고, 자기 이기심으로 새빨간 남을 가족으로 삼은 것에 대해서도 크게 반성하며 속죄해야 한다.

용서받을 수 있을까. 용서될 리가 없겠지. 사쿠나는 생각한다.

황제 폐하는 '정상참작의 여지가 있다'라며 사쿠나를 강하게 규탄할 생각이 없나 보다. 하지만 그래서는 사쿠나의 마음이 편치 않다. 여러 사람에게 불편만 끼쳤다. 특히 제6부대 사람들에게는 아무리 사죄해도 끝이 없다. 어제 사쿠나는 하루에 걸쳐 그들을 다시 죽이고(굉장히 불쾌한 작업이었다), 다시 기억을 조작해 원래대로 돌려놓았다. 그 사람들은 뜻밖에도 '신경 쓰지 마. 네가 강하다는 걸 알았으니까 충분해'라고 해줬지만 당연히 신경 쓰인다. 앞으로 그들을 어떻게 대해야 할까. 그보다 칠홍천을 그만두고 싶다……

우울해하면서 걷는데 문득 낯익은 검은 옷을 발견하고 걸음을 멈췄다.

헬데우스 헤븐. 과일이 든 봉투를 안고 이쪽으로 걸어오고 있다.

그리고 사쿠나는 떠올렸다. 아직 그의 기억은 복구하지 않았다.

"이런, 사쿠나 아니냐. 외출하니?"

헬데우스는 부드러운 미소를 지었다. 그건 사쿠나가 그에게 씌운 가면이기도 하다.

너무나도 견디기 힘든 느낌을 받은 사쿠나는 당장은 말을 할 수 없어 고개를 숙이고 말았다.

"이렇게 날이 좋으니까. 밖에 나가지 않으면 아깝지."

"……응, 그러네. 아빠는 뭐 해?"

그를 '아빠'라고 부르는 것은 상당한 정신력이 필요했다.

헬데우스는 더욱더 웃으며 말한다.

"쇼핑이지. 오늘은 안식일이니까. ──어때, 같이 마을을 걷지 않겠니?"

이 자리에서 기억을 돌려놓자.

가능한 한 통행인이 없는 곳으로 유도하고, 그리고── 평소처럼 심장을 꿰뚫어 버리면 된다. 그 후에 충분히 사과하자. 그는 용서해 주지 않을 수도 있지만 그러지 않으면 새로이 걸음을 내디딜 수 없다.

"응. 아빠, 잠깐 저쪽 가게 뒤로 가자."

사쿠나는 그의 손을 끌며 걷는다. 그러나 의외로 헬데우스는 그 자리에 멈춰 섰다.

"──그럴 필요는 없지요!"

움찔해서 뒤를 돌아본다. 검은 옷을 입은 신부는 아버지의 가면을 버리고 있었다. 칠홍천에 어울리는 크레이지 신부의 표정으로 이쪽을 바라보고 있다.

"나를 죽여도 의미가 없습니다, 메모아 님! 나는 원래부터 헬데우스 헤븐. 신부(神父)이긴 하지만 당신의 진짜 아빠는 아니니까요."

"뭐……."

사쿠나는 경악했다. 떨리는 입술을 겨우 움직인다.

"언제, 부터……?"

"처음부터입니다."

"열핵해방이, 안 들은 거야……?"

"하하핫. 몇 년 전에 교회 창고에서 당신에게 살해당했을 때는 죽는 건가 했지만, 이래 봬도 저는 칠홍천 대장군. 정확도가 낮은 열핵해방으로는 제 정신을 지배할 수 없어요."

아연실색했다. 그럼 이 사람은 쭉 아빠인 척을 했던 건가……?

사쿠나 안에서 의문이 소용돌이쳤다. 헬데우스는 미안하다는 듯 웃었다.

"당신이 저를 죽인 진의를 알았을 때, 이 아이를 위해서라면 부친이든 뭐든 돼주자. 그렇게 생각하고 말았습니다. 하지만 나에게 그럴 자격은 없어요. 당신을 괴롭게 했으니까……. 저 같은 얼간이 성직자는 부친이 될 수 없어요."

"어째서……."

"이건 숨길까 했지만. 당신의 아버지는 제 친구였어요."

놀라움이 온몸을 훑고 지나간다. 사쿠나는 무심코 헬데우스의 얼굴을 올려다본다.

"정말 기특한 사람이었죠. 그와는 신성교의 학원에서 함께 면학한 사이거든요. 저 같은 괴짜는 남에게 배척당하는 게 일반적이지만, 그 남자만은 이런 바보에게도 차별 없이 잘해줬어요. 저는 그에게서 신성교의 평등심을 배웠습니다."

그래. 아빠는 언제나 다정했다.

"당신은 '정신의 형질'을 보고 가족으로 삼을 사람을 고른 것 같지만, 제가 뽑힌 이유는 아마 당신의 친아버지와 같이 신의 길을 목표로 했기 때문이겠죠."

헬데우스는 아빠를 닮았다. 그 밤하늘 같은 다정함이——.

"……그렇기에 메모아 일가가 누군가에게 참살당했단 걸 알았을 때, 저는 꼭 복수해 주겠다고 결심한 겁니다."

"잠시만……!"

사쿠나는 참다못해 신부에게 달려들었다.

이 사람은 대체 무슨 생각으로 사쿠나를 대해 온 것일까.

"모르겠어, 정말 모르겠어……. 당신은 내가 뒤집힌 달이란 걸 알고 있었어? 사람을 죽였는데, 왜 나 같은 걸 거둔 거야……?"

"당신이 오디론 메탈의 꼭두각시가 되어 불법적인 일을 저지르고 있다는 건 알았어요. 그리고 상상을 초월하는 고통을 맛보고 있다는 것도."

"그럼…… 왜 나를 그냥 둔 거야. 왜 나를 벌하지 않은 건데……."

"원래라면 그냥 두지 말았어야 했을 수도 있죠. 제가 당장에라도 오디론 메탈을 죽이고 당신을 구해야 했을지도 몰라요──. 하지만 그렇게 되지 않았어요. 왜냐하면 당신은 처음부터 직접 뒤집힌 달에 복수할 생각이었으니까요."

가슴이 철렁했다. 그럴 생각 없었다── 라고는 단언할 수 없다. 쭉 뒤집힌 달이 미웠다. 언젠가 꼭 복수하고 싶다고 생각했다.

"신이란 역경을 물리치고자 하는 마음에 깃드는 것. 당신이 자기 의지로 고난을 극복하고자 한다면, 제가 나서서 오디론 메탈을 죽여 봤자 의미가 없어요. 이 복수는 당신 자신의 것이니까요. 그래서 최소한 아버지로서 마음의 버팀목 정도는 되어 주자고 생각했는데…… 이건 역시 자만이겠죠."

사쿠나는 무심코 주먹을 움켜쥐었다.

어찌 보면 지금까지 쭉 속아온 것이다. 하지만── 왠지 마음이 따뜻해지고 말았다. 그리고 동시에 죄책감에 짓눌려버릴 듯했다.

──나는 이 사람에게, 이렇게 배려받고 있었나.

"어째서……."

"응?"

"어째서 웃는 거야. 난 당신을 죽였는데…… 지독한 테러리스트였는데……. 이상해."

"그런가요? 전부터 '넌 이상하다'라는 말을 들으며 자랐는데."

"나를 때려줘. 아니면 속이 풀리지 않는다고."

사쿠나는 눈물을 뚝뚝 흘리면서 애원했다.

그러나 헬데우스는 "무슨 말을" 하고 상냥하게 미소 지었다.

"세계에는 비극이 널려 있어요. 그리고 많은 사람은 비극에 굴복하죠──. 하지만 사쿠나 당신은 달라요. 당신은 극복하고자 하는 의지를 버리지 않았죠. 그런 용감한 아이를 어떻게 꾸짖겠어요. 설령 뒤에서 손가락질하는 녀석이 있다고 하더라도 이 헬데우스 헤븐이 용납하지 않을 겁니다. 누구도 당신의 앞날을 어둡게 만들게 두지 않을 거예요."

"으……."

"그보다 맞아야 할 사람은 저죠. 제가 당신의 사정을 알면서도 방치나 다름없는 짓을 저지른 건 사실. 자기 힘으로 극복했으면 했다고는 하나, 이건 인간으로서 실격입니다. 오히려 맞을 사람은 저예요. 자, 때려주시죠! 얼른! 저를 때리세요!"

주변의 통행인들이 무슨 일인가 하고 주목했다. "뭐야, 저 사람들." "무슨 플레이지?" "잘도 이런 데서……." 사쿠나는 무심코 얼굴을 붉히고 말았다.

"이. 이제 됐어! 때릴 필요 없어!"

"그런가요. 그거 아쉽군요." 헬데우스는 정말 아쉽다는 듯 그렇게 말했다. "——자, 당신은 저를 상대할 때가 아니에요. 가야 할 곳이 있잖아요?"

"어?"

"당신에게는 복수를 이룰 의지가 있었어요. 하지만 아무리 불타는 의지를 가졌더라도 고통만이 이어지면 마음이 위축되어 버리죠. 그리고 가짜 아버지인 저로서는 당신을 달랠 수 없었어요. ——모든 건 다 그 심홍의 흡혈 공주 덕이네요."

"무슨, 뜻이야……?"

"당신에게 칠홍천을 우연히 폭살시키게 하는 데, 꽤나 애를 먹었어요."

사쿠나는 깜짝 놀랐다.

생각해 보면 사쿠나를 칠홍천으로 강하게 추천한 것도 이 사람이었다. 그 덕에 사쿠나는 그 흡혈 공주를 만났다. 그리고——.

헬데우스는 기분 탓인지 약간 쓸쓸한 얼굴로 말했다.

"좋은 친구가 생겨서 다행이네요. 앞으로는 혼자 노력하세요. 당신은 혼자가 아니니까. 당신 편을 들어줄 사람은 그 흡혈 공주를 비롯해서 얼마든지 있어요. 그래도 힘들면 말해주세요. 다시 아버지 역할에 도전해 볼 테니까요."

"아니. 됐어. 고맙습니다. ……헬데우스 씨."

고개를 푹 수그린다.

신부의 부드러운 시선을 등으로 느끼면서 병원으로 가는 길을 빠르게 걷는다.

가슴속에 쌓인 것은 기묘한 온기다. 이 세상에는 지독한 짓을 하는 악마 밖에 없다고 생각했는데——, 의외로 사쿠나를 위해 주는 사람이 가까이 있었던 것이다.

그게, 어찌할 수 없이 기뻤다.

☆

"코마리 님, 아——."

"돼, 됐어. 직접 먹을게."

"안 돼요. 코마리 님은 크게 다치셨어요. 메이드인 저에게는 간병할 의무가 있다고요."

"그러는 너도 다쳤잖아! 부상자에게 간병받을 수는 없어!"

"그럼 저한테 '아—'해 주세요. 입으로 먹여주셔도 되고요."

"직접 먹어! 나도 직접 먹을게!"

나는 변태 메이드의 손에서 사과가 꽂힌 포크를 빼앗은 뒤 입에 덥석 깨물고는 우물우물 씹었다.

칠홍천 투쟁 이틀 후, 병원 개인실.

오디론에게 엉망으로 당했던 나는 부상이 나을 때까지 병원(남들은 시체안치소라고도 한다)에 입원하게 되었다. 본래라면 비록 죽더라도 하루 이틀이면 완쾌하지만, 어째서인지 나의 경우는 전신의 마력이 몽땅 사라지는 원인을 알 수 없는 이상 상태였기 때문에 장기 입원을 면치 못했다. 마법 전문가에 따르면 몸이 완전히 회복할 때까지 거의 일주일은 걸린다나 보다. 몸

어디에도 간지러움조차 없지만.

즉 합법적인 농땡이다. 이렇게 기쁜 일이 또 있을까. 그럴 텐데—— 내 병실을 점거한 변태 메이드가 지겹도록 엉겨 붙어서 여유가 없다. 희대의 현자답게 독서에 잠기거나 숭고한 사색에 빠져 있을 수가 없다.

"그런데 코마리 님, 몸은 좀 어떠세요?"

"이제 괜찮아. 집에 돌아가서 틀어박혀 있어도 문제없을 정도야."

"그건 안 돼요. 열핵해방을 발동했으니까 한동안 안정하면서 상태를 지켜봐야죠."

"또 그 소리야……."

빌의 망언에 따르면 난 칠홍천 투쟁 때 또 【고홍의 애도】라는 열핵해방을 발동한 모양이다. 오디론이 고전장에서 철수한 것도 내 덕이고 겔라 알카 공화국에 있던 뒤집힌 달의 아지트가 날아가서 그 부근이 불모지가 된 것도 내 덕이란다.

말이 되냐. 신문에서 봤는데 그 풀 한 포기 안 자랄 것 같은 공간을 내가 만들었다고는 볼 수 없다. 아무리 봐도 운석 짓이다. 운석은 굉장하니까.

사과를 꿀꺽 삼키자 빌이 미안하다는 표정으로 말했다.

"코마리 님을 무리하게 한 건 제 책임이에요. 그런 변태 가면에게 밀리다니, 일생의 불찰이었어요."

"됐어. 빌이 없었다면 그 변태 가면에게 당했을 거고."

"가능하다면 오디론 메탈도 제가 끝장내고 싶었어요."

오디론 메탈.

그 무서운 아저씨는 놀랍게도 뒤집힌 달의 일원이었다. 자세한 건 모르겠지만, 겔라 알카 공화국에 떨어진 운석에 말려들어 행방불명된 모양이다. 정말 의미를 알 수 없는 결과다. 하지만 이로써 사쿠나를 구속하는 게 사라졌으니 순순히 기뻐하도록 하자.

그래, 사쿠나. 그 후로 그녀와는 한 번도 못 만났는데 어떻게 됐을까.

"저기, 빌. 사쿠나는?"

"사쿠나 메모아요?"

빌은 씁쓸한 표정을 지었다.

"모르겠네요. 하지만 그녀는 테러리스트로서 불법 행위를 저지른 데다, 열핵해방을 악용해 타인의 기억을 조작하고 있었어요. 무죄 방면될 리는 없겠죠."

"그래……, 그렇겠지."

"그렇다고 해도 메모아 님의 경력에는 동정해야 할 점이 많으니까 그대로 '사형 처분'되진 않을 거예요. 사실 옹호하는 목소리도 다수 있거든요. 황제 폐하도 관대하게 끝내길 원하시는 것 같고요."

"그 녀석은 어디 있어?"

"글쎄요. 감금된 것도 아니니까 자택에 있지 않을까요?"

그리고 빌은 싱긋 웃었다.

"맞다, 코마리 님. 황제 폐하 하니 말인데, 칠홍천 투쟁에서 훌륭하게 우승한 코마리 님에게 포상을 주실 것 같아요."

그 말을 듣고 문득 떠올렸다. 이번 칠홍천 투쟁의 우승자는 어째서인지 내가 되어 있었다. 고성의 대폭발에 말려들어 죽은 만큼의 포인트가 내 것이 된 것 같다. 그 손목 밴드, 판정이 너무 대충이네.

"뭘 받을 수 있을까. 과자 1년 치?"

"2주일의 휴가예요."

"……뭐?"

내 귀를 의심했다. 이 녀석, 정신을 났나……?

"테러리스트 포박으로 일주일의 휴가를. 그리고 칠홍천 투쟁 우승으로 추가로 일주일의 휴가를. 이제 한동안 쉴 수 있겠네요."

"뭐── 뭐라고ㅇㅇㅇㅇㅇㅇㅇㅇㅇㅇㅇㅇㅇㅇㅇㅇㅇㅇㅇ?!"

나는 안절부절못하다가 침대 위에서 일어섰다.

2주일의 휴가……, 2주일의 휴가라고?! 그런 터무니없는 보물을 받아도 되나?! 솔직히 돈을 1억 주는 것보다 백 배는 더 기뻐! 즉 이건 100억 멜의 포상이다!

"축하드립니다. 이제 여름휴가겠네요."

"좋아! 마음껏 집에 있어야지!"

"모처럼이니 어디 놀러 가죠. 바다 같은 곳은 어떠세요? 실은 이미 코마리 님의 수영복을 15벌 정도 사뒀어요. 주무시는 동안에 입혀 봤으니까 사이즈는 딱 맞아요."

"뭐, 기분이 내키면 가줄 수도 있지만 2주일 중 최소 13일은 집에만 있을 거야! 이건 꼭이다!"

너무 기뻐서 침대 위에서 폴짝폴짝 뛰었다.

이게 뭐야. 꿈이라도 꾸는 건가? 아아, 행복해……

그렇게 생각했는데 갑자기 병실 문이 철컥 열렸다.

백은의 소녀가 나타났다.

눈이 마주쳤다. 그녀는 봐선 안 될 것을 봤다는 표정을 지었다.

"죄, 죄송해요. 노크해도 답이 없길래…… 방해했나요?"

"방해 아니야! 전혀!"

나는 얼굴을 붉히며 그 자리에 정좌했다. 이 무슨 실태란 말인가. 그녀 앞에서는 쿨한 선배인 척하고 있었는데 이래서는 이미지가 붕괴한다. 아니, 아직 늦지 않았다. 지금부터라도 차분한 느낌으로 있자.

소녀―― 사쿠나 메모아는 기어들어가는 목소리로 "실례합니다"라고 하더니 꼭 지뢰밭을 걷는 것처럼 조심조심 내 쪽으로 다가왔다.

자신감 없어 보이는 표정이다. 칠홍천 투쟁 때 그렇게 감정을 폭발시켰던 게 거짓말 같았다.

"사쿠나. 몸은 괜찮아?"

"네. 테라코마리 씨 덕에요."

사쿠나는 가방을 뒤적이더니 뭔가를 꺼냈다. 나를 본뜬 인형이다. 그걸 왠지 내 쪽으로 내밀더니 이렇게 말한다.

"병문안 선물이에요. 괜찮으시면, 받아주세요……"

"그, 그래."

역시 이 아이는 조금 어긋나 있을지도 모른다. 빌이 엄청나게 부럽다는 표정으로 이쪽을 보고 있다. 이 녀석도 어긋나 있을지 모른다. ……아니, 다수결로 보면 나야말로 이상한 걸까? 분명 1억 년에 한 번 태어나는 미소녀를 잘 데포르메한 인형 같기는 한데.

반응하지 못하고 있는데 그녀는 긴장한 표정으로 "테라코마리 씨" 하고 내 이름을 불렀다.

"제가 민폐를 끼쳤죠. ……죄송해요. 이제 테라코마리 씨를 언니로 삼겠다는 말은 안 할게요. 가족을 새로 만들지도 않을게요. 아무도 안 죽일게요. 이제, 나쁜 짓은 안 할 거예요……. 정말 죄송해요."

"그래. 나는 하나도 신경 안 써."

사쿠나의 표정이 무너졌다. 지금까지 필사적으로 참아온 격정이 눈물이 되어 눈에서 흘러넘쳤다.

"다들…… 그렇게 말해요. 정말 다들 착해요. ……하지만 이래선 제 속이 안 풀려요. 테라코마리 씨, 저한테 벌을 주지 않으실래요?"

그렇군──. 나는 생각한다.

나쁜 짓을 해서 자기는 엄청난 죄책감을 느끼는데 '괜찮아', '신경 쓰지 마', '누구나 실수는 하는 법이야' 같은 식으로 무조건 용서해 주면 찜찜한 마음이 남는 것이다. 아마 황제가 합당한 벌을 내리겠지만──. 뭐, 본인이 그렇게까지 말한다면 내가 벌을 줘야지.

"알았어. 그럼 나랑 사귀어줘."

아, 실수했다. 나랑 '놀아줘'라고 하려고 했는데.

병실에 긴장감이 퍼졌다. 어째서인지 사쿠나가 얼굴을 새빨갛게 붉히며 입을 뻐끔뻐끔했다.

빌이 토우 같은 얼굴로 말했다.

"그게 무슨 뜻인가요, 코마리 님? 설마 메모아 님과──."

"미안, 미안. 나랑 놀아 달라는 걸 잘못 말했어. ──사쿠나, 나는 이제부터 2주일 동안 장기 휴가에 들어갈 거야. 물론 집에만 있을 예정이지만, 가끔 남들과 놀고 싶어질지도 몰라. 그러니까 내가 부르면 와줘. 일은 팽개치고서라도 말이지."

조금 오만한 부탁이었나── 했는데, 사쿠나는 울면서 웃는 듯한 얼굴로 "알겠어요"라고 수긍했다.

"하지만 그래서는 벌이 아니에요. 새삼 그러지 않으셔도 테라코마리 씨가 부르면 당장에라도 달려갈 거니까."

"그, 그래? 아, 맞다! 그럼 소설 집필을 상담해줘! 아직 쓰고 싶은 테마가 많아서……, 이런 걸 내 입으로 말하기도 뭣하지만 꽤 귀찮을걸! 각오해 둬!"

"네, 알겠어요. 테라코마리 씨."

그때 나는 살짝 찜찜함을 느꼈다.

'테라코마리 씨'는 왠지 너무 서먹서먹한 느낌이 든 것이다.

"그렇게 부르지 말아줘. 나하고 너는…… 그, 그거지. 친구, 야."

"어. 그럼, 뭐라고 불러야……."

"코마리라고 불러줘. 친한 사람은 다들 그렇게 부르니까."

나는 용기를 쥐어짜 내 오른손을 내밀었다. 감정을 서로에게 쏟아낸 후에는 악수하며 화해한다. 그게 이야기의 왕도다.

사쿠나는 조금 주저했지만 이윽고 천천히 손을 뻗더니 위험한 것을 만지듯이 조심조심 내 손을 맞잡았다. 그리고 빛나는 듯한 미소를 지으며 갈라진 목소리로 이렇게 말한다.

"──잘 부탁드릴게요, 코마리 씨."

이렇게 해서 나는 새로운 친구를 얻었다.

아마 우리 앞에는 아직 성가신 문제가 기다리고 있을 게 분명하다. 하지만 혼자 고민하기보다는 이렇게 손을 맞잡고 함께 맞서는 게 100배는 더 나을 게 당연하다.

우선 사쿠나와 함께 놀 예정을 생각해 볼까.

밖에 나오는 건 별로 안 좋아하지만, 빌 말처럼 바다에 가는 것도 괜찮을지 모른다. 왠지 기대되기 시작하는걸──. 그렇게 앞으로의 일을 기대하며 나는 한동안 사쿠나의 미소를 바라보았다.

뮬나이트에 본격적인 여름의 기색이 다가오고 있었다.

(끝)

"【고홍의 애도】는 평범한 열핵해방이 아니야. 이번 칠홍천 투쟁으로 잘 알았어."

로네 코르네리우스는 홍차를 홀짝이며 그렇게 말했다.

구겨진 백의를 입은 전류종 여자다. 뒤집힌 달의 간부 세 '삭월' 중 한 명이며, 조직에 다양한 무기며 도구를 공급하는 기술부의 부장이기도 했다.

그녀는 지금 겔라 알카 공화국 수상 관저의 폭신한 소파에 앉아 있었다.

평소 같으면 그녀가 직접 나서는 일은 없다. 자기 방에 틀어박혀 수상한 연구에 매진할 뿐이다. 어디 사는 은둔형 외톨이 흡혈 공주와 똑같은 사고 회로를 가졌으니까.

하지만 오늘은 특별했다. 같은 '삭월'이자 조직의 넘버 2 아마츠 카쿠메이에게 강제로 끌려온 것이다. 그가 말하길.

「안 따라오면 네가 쓴 관능 소설을 저자명과 함께 뿌린다.」

귀신이다. 따를 수밖에 없었다.

코르네리우스는 힐끗 옆을 살폈다.

아마츠는 여느 때처럼 무표정하게 침묵하고 있다. 전부터 생각했던 거지만 이 남자의 목적은 대체 뭘까. 예를 들어 코르네리우스는 자기가 자유롭게 연구할 수 있으면 그걸로 족하다. 그런 생각으로 행동 중이다. 하지만 이 녀석은 장난으로 세상에 불행을 흩뿌릴 뿐, 그 토대가 되는 사상이 보이지 않는다.

"──평범하지 않다는 게 무슨 뜻이지? 코르네리우스 님."

이름을 불려 시선을 정면으로 돌린다.

거기 앉아 있는 건 겔라 알카 공화국의 수상 매드할트다. 이렇다 할 특징이 없는 외모를 가진 장년의 남성이지만, 속에 숨긴 야망은 타국의 군주 따위와는 비교도 되지 않는다.

이 남자는 세상 그 누구보다 '전쟁'이니 '패권' 같은 데 관심이 있다.

"말 그대로의 뜻이야. ──으음, 그렇지. 피를 빨잖아. 그럼 발동하잖아. 하지만 이건 여러 배리에이션이 있는 것 같아. 꽤 평범하지 않아."

"그 특수성을 묻고 있다만?"

"……. 구, 구체적으로 말하자면. 테라코마리는 흡혈귀의 피를 빨면 밀리센트 때처럼 그런 느낌이 돼서, 아니면 이번처럼……."

"좀 더 알기 쉽게 말해줘."

매드할트는 실망이 담긴 한숨을 내쉬었다.

코르네리우스는 울 뻔했다. 왜 자신이 이런 남자와 대화해야 하는 건지. 그만 집에 가고 싶다. 집에 가서 연구를 재개하고 싶다. 최근 표고버섯을 두 배 속도로 재배하는 기술이 완성될 것 같으니까──. 그렇게 생각하며 고개를 숙이고 있는데 뜻밖에도 옆에서 도움의 손길을 뻗었다.

"즉 건데스블러드는 섭취한 혈액이 어떤 종족의 혈액이냐에 따라 다른 이능을 발현한다는 거지."

"흠, 구체적으로 말하자면?"

"흡혈종의 피를 빨면 폭발적인 마력과 신체 능력을 얻어. 창옥종의 피를 빨면 강력한 회복 마법과 빙결 마법, 또 강철처럼 단단한 몸을 손에 넣고. 그 종족다운 특징을 얻는다는 거지——.
뭐, 추측의 영역을 벗어나지 않지만. 참고로 사쿠나 메모아는 흡혈종과 창옥종의 혼혈이야. 이번 것은 두 종족의 특징을 섞어놓은 열핵해방, 이라는 거겠지."

"그, 그래. 그거야! 그 얘기를 하고 싶었어! 역시 아마츠야……!"

"너는 좀 더 직접 말할 수 있게 노력해."

꾸중에 풀이 죽었다.

"——그래, 알겠군. 얕보다가는 큰코다치겠어. 사실 녀석은 뒤집힌 달에서도 손에 꼽히는 전사 오디론 메탈을 허무하게 죽였으니까."

"아니, 뭐, 그 녀석은 살아 있는데."

아마츠는 재미없다는 듯 그렇게 말했다.

"……살아 있다고? 뒤집힌 달은 실패자에게 자비를 베풀지 않는다던데?"

"나는 용서하지 않았지. 하지만 이번에는 아가씨 눈에 띄어서 말이지. 그 아가씨는 이상하게도 좀 물러서 용서하겠다더라고. ——뭐, 녀석은 이미 이빨 빠진 호랑이 같은 거지만."

"흐음……, 잘 알겠군. 허수아비 군주란 귀찮은 존재지."

전통복을 입은 남자의 눈썹이 실룩였다. 매드할트는 그걸 모르고 "그런데" 하고 화제를 바꾼다.

"테라코마리 건데스블러드의 힘은 이해했어. 마신 피에 따라 변화무쌍해지는 열핵해방, 그래, 귀찮아지겠군. ——그럼 우리 전류종의 피를 섭취하면 어떻게 되지?"

"몰라. 어떻게 되지?"

"어, 모르겠는데…….."

"모른다는데. 우리 코르네리우스가 도움이 안 돼서 미안하군."

마음에 상처를 입었다. 매번 아마츠의 말투에는 가시가 있다.

코르네리우스는 눈가를 훔치며 매드할트를 돌아봤다.

"어, 어쨌든, 그런 거야. 만약 당신이 정말 뮬나이트와 맞설 생각이라면 주의하는 게 좋아. 페트로즈 카라마리아 따위보다 저 아이가 가장 위험해."

"그렇군——. 하지만 문제 될 건 없어. 나에게는 당신들이 붙어 있으니까."

아니, 딱히 붙어 있을 생각은 없는데——. 그렇게 생각했다.

"맡겨줘. 귀국에는 신구를 100개 보낼 테니까."

아마츠가 그런 말을 했다.

"100개의 신구……? 그런 게 우리한테 있었나?"

"이제 만들 거야."

"누가?"

"네가."

"뭐?"

매드할트가 만면의 미소를 지었다.

"훌륭하군! 로네 코르네리우스의 작품이라면 성능은 확실해! 이제 우리 군은 흡혈귀들을 쉽게 분쇄할 수 있겠지!"

"잠시만, 나에게는 다른 연구가…… 표고버섯이……."

"크크크, 뒤집힌 달은 전력으로 서포트하거든. 도중까지는 말이야."

"알지. 젤라 알카가 다른 마핵을 전부 회수해 파괴할 때까지는 잘 지내보자고. 그 후에는── 어떻게 될지 모르지만."

"마음대로 얘기를 진행하지 말아줘……. 들어봐……."

"참고로 묻겠는데 뮬나이트의 마핵은 짐작이 가나?"

"그럴 리가. 그래서 전쟁을 하는 거지. 이제부터 할 건 엔터테인먼트가 아니라, 패자가 승자에게 절대복종하는 순수한 투쟁이야."

"신구 100개는 무리……."

"그래. 뒤처리는 해줄 테니까 전력으로 민초(民草)의 목숨을 끝내버려."

"물론이지. 젤라 알카가 육국의 역사를 바꿔주겠어. 그게 모든 국민의 뜻이니까."

"표고버섯……."

코르네리우스의 마음속 외침은 전해지지 않는다.

세계는 피비린내 나는 쪽으로 흘러가고 있었다.

작가 후기

  늘 감사합니다, 코바야시 코테이입니다.

  '외톨이 흡혈 공주의 고뇌'를 쓸 때 가장 신경 쓰는 점은 주인공이 본연의 자세를 얼마나 인상적으로 보여주는가 하는 점입니다. 이번에도 호락호락하지 않은 적과 본의 아니게 진심으로 싸우게 되는, 그리고 역시 무모하게도 맞서 나가는 코마리입니다. 하지만 그런 식으로 '길을 개척하는 데 자기 힘을 쓸 수밖에 없는 상황'에 처하기에 코마리의 강함과 다정함, 그런 것이 눈에 띄지 않을까 했습니다. 물론 너무 힘든 역경을 쓰면 불쌍해지니까 조절하기가 참 힘들어요. 아직 신인만도 못한 햇병아리 수준의 저로서는 그런 감각을 익히지 못해서 '라노벨이란 거 어렵네'라고 뼈저리게 체감하는 매일입니다. 힘내겠습니다. 서론이 길어졌는데 이번 작품 '외톨이 흡혈 공주의 고뇌 2'에서도 평소처럼 '말랑말랑+살벌'한 분위기는 확실히 나고 있으니까 후기부터 읽는 파라서 본편을 아직 안 읽으신 분이 계신다면 꼭 확인해주세요. 잘 부탁드립니다……

  뒤늦게나마 감사 인사드립니다.

  코마리나 동료들의 활약을 아름답게 그려주신 리이츄 님. 이번에는 새로운 캐릭터가 너무 많이 나왔는데 다 너무 귀엽고 멋져서 일러스트를 받아볼 때마다 '대단해', '귀여워', '멋져' 소리만

하는 기계가 되어 있었습니다. 정말 감사드려요.

당정을 담당해주신 히이라기 료 님. 1권의 후기에서 인사드리지 못해 정말 죄송합니다. 타이틀 로고가 컬러풀해서 아주 마음에 들어요. 2권의 띠지도 큐트하고 과격한 은둔형 외톨이 느낌이 나서 정말 좋습니다. 감사합니다.

담당 편집자 스기우라 요텐 님. 2권 수정은 1권과 비교해 엄청나게 많았던 것 같은데, 끝까지 끈기 있게 들어주신 덕에 훌륭한 작품을 완성할 수 있었습니다. 앞으로도 잘 부탁드릴게요.

독자 여러분, 여기까지 읽어주셔서 정말 감사합니다. 2권을 세상에 내놓게 된 건 전적으로 읽어주신 여러분 덕이에요. Twitter 등의 감상도 정말 큰 격려가 됩니다. 힘낼게요.

'흡혈 공주'는 저자 혼자서는 절대 만들 수 없는 이야기입니다.

다시 한번 이번 작품을 쓰는 데 도움을 주신 모든 분께 진심으로 감사드립니다.

감사합니다!!!

3권에서 다시 뵈어요.

코바야시 코테이

HIKIKOMARI KYUKETSUKI NO MONMON 2
Copyright © 2020 Kotei Kobayashi
Illustrations copyright © 2020 riichu
Original Japanese edition published in 2020 by SB Creative Corp.
Korean translation rights arranged with SB Creative Corp.
through Japan UNI Agency, Inc., Tokyo

외톨이 흡혈 공주의 고뇌 2

2023년 10월 1일 1판 2쇄 발행

저　　　자	ㅣ	코바야시 코테이
일러스트	ㅣ	리이츄
옮 긴 이	ㅣ	고나현
발 행 인	ㅣ	유재옥
총괄이사	ㅣ	조병권
본 부 장	ㅣ	박광운
담당편집	ㅣ	박치우
편집 1팀	ㅣ	박광운
편집 2팀	ㅣ	정영길 조찬희 박치우 정지원
편집 3팀	ㅣ	오준영 곽혜민 이해빈
디 자 인	ㅣ	김보라 박민솔
라 이 츠	ㅣ	김정미 맹미영 이윤서
디 지 털	ㅣ	박상섭 김지연 윤희진
발 행 처	ㅣ	(주)소미미디어
인쇄제작처	ㅣ	코리아피앤피
등　　　록	ㅣ	제2015-000008호
주　　　소	ㅣ	서울시 마포구 토정로 222, 403호(신수동, 한국출판콘텐츠센터)
판　　　매	ㅣ	(주)소미미디어
영　　　업	ㅣ	박종욱
마 케 팅	ㅣ	최원석 박수진 최정연 박소연
물　　　류	ㅣ	허석용 백철기
전　　　화	ㅣ	(02)567-3388, Fax (02)322-7665

ISBN 979-11-384-3341-9
ISBN 979-11-384-1037-3 (세트)